HAMBRE INSACIABLE

Sylvia Day

Hambre insaciable

Traducción de Camila Batlles Vinn

Argentina • Chile • Colombia • España
Estados Unidos • México • Perú • Uruguay • Venezuela

Título original: *A Hunger So Wild*
Editor original: Signet Eclipse, New York
Traducción: Camila Batlles Vinn

1.ª edición Febrero 2015

ISBN: 978-84-92916-82-5
E-ISBN: 978-84-9944-811-4
Depósito legal: B-26.874-2014

Fotocomposición: Montserrat Gómez Lao
Impreso por Romanyà Valls, S.A. – Verdaguer, 1 – 08786 Capellades (Barcelona)

Impreso en España – *Printed in Spain*

Este libro es para todos los lectores que han abrazado con tanta generosidad a los Ángeles Renegados. Vuestro apoyo y entusiasmo son muy importantes para mí. ¡Gracias!

Agradecimientos

Estoy profundamente agradecida a Danielle Perez, Claire Zion, Kara Welsh, Leslie Gelbman y a todo el personal de NAL, por haber sido tan maravillosos conmigo y con esta serie.

Gracias a Robin Rue y a Beth Miller por ocuparos de los detalles engorrosos.

Gracias al departamento artístico por concederme el deseo de que Tony Mauro diseñara la cubierta… una vez más. Estoy entusiasmada.

Mi cariño a Tony Mauro por otra portada espectacular. Soy una gran fan. Me encanta tener sus diseños en mis libros.

Himeko, te dije que te convertiría en una licana. Y lo he hecho.

Gracias a todos los lectores, críticos, blogueros, libreros y bibliotecarios que han alabado la serie de Ángeles Renegados y la han compartido con sus amigos, clientes y visitantes. ¡Os doy las gracias de todo corazón!

Ve a decir a los Vigilantes del cielo, que han abandonado las cumbres celestiales y sus sempiternas moradas, que se han mancillado con las mujeres, y que han imitado a los hijos de los hombres, tomándolas como esposas, y que se han corrompido en la Tierra; que en la Tierra no obtendrán jamás paz ni remisión de sus pecados. Jamás se regocijarán en sus vástagos; asistirán al exterminio de sus seres queridos; llorarán la destrucción de sus hijos; suplicarán eternamente, pero jamás obtendrán paz ni misericordia.

El Libro de Enoc, 12:5-7

Glosario

CAÍDOS: Los Vigilantes después de caer en desgracia. Despojados de sus alas y sus almas, son vampiros inmortales que no pueden procrear.

CENTINELAS: Una unidad de operaciones especiales de élite de los serafines, cuya misión es aplicar el castigo de los Vigilantes.

ESBIRRO: Un mortal que ha sido Transformado en vampiro por uno de los Caídos. La mayoría de mortales no se adaptan bien y se vuelven rabiosos. A diferencia de los Caídos, no toleran la luz del sol.

ESPECTROS: Esbirros infectados con el Virus de los Espectros.

LICANOS: Un subgrupo de Caídos que evitaron el vampirismo al acceder a servir a los Centinelas. Se les dio sangre de demonio, lo que restituyó sus almas pero les hizo mortales. Pueden cambiar de forma y procrear.

NAFIL: Singular de nefilim.

NEFILIM: Hijos de un Vigilante y un mortal. Su sed de sangre inspiró el castigo vampírico de los Caídos.

(«Se volvieron contra los humanos para devorarlos.» Enoc, 7:13)

(«No tomarán alimento alguno pero siempre estarán sedientos.» Enoc, 15:10)

SERAFÍN: Singular de serafines.

SERAFINES: El más alto rango de ángeles en la jerarquía angelical.

TRANSFORMACIÓN: El proceso mediante el cual un mortal se convierte en vampiro.

VAMPIROS: Un término que abarca tanto a los Caídos como a sus esbirros.

VIGILANTES: Doscientos ángeles serafines enviados a la Tierra en el inicio de los tiempos para observar a los mortales. Infringieron las leyes tomando a mortales como compañeros y fueron castigados con una eternidad en la Tierra como vampiros sin posibilidad de perdón.

VIRUS DE LOS ESPECTROS: Nombre popular de una nueva enfermedad que hace estragos entre los vampiros. Los síntomas incluyen un hambre voraz, echar espuma por la boca y un tono ceniciento de la piel, el cabello y el iris.

Prólogo

Las yemas de unos dedos deslizándose por la curva de su columna vertebral despertaron a Vashti. Arqueó la espalda con una sonrisa en los labios y un ronroneo de placer, mientras se despabilaba.

—Neshama —murmuró su compañero.

Mi alma. Al igual que él era la suya.

Con los ojos todavía cerrados, Vashti se colocó boca arriba y se desperezó, alzando sus pechos desnudos hacia Charron, un gesto de deliberada provocación.

El aterciopelado tacto de la lengua de él sobre su pezón la sorprendió, arrancándole una exclamación que hizo que cayera de nuevo sobre el colchón. Abrió los ojos y vio los labios de Charron, perfectamente dibujados, rodeando su rígido pezón, hundiendo las mejillas mientras se lo succionaba con deleite. Ella gimió mientras su cuerpo respondía a las caricias del hombre por el que respiraba todos los días.

Hizo ademán de estrechar su dorada cabeza contra su pecho, pero él se enderezó, y ella cayó entonces en la cuenta de que estaba de pie junto a la cama, no acostado en ella. Al observar que estaba vestido comprendió que algo había pasado.

Él contempló su cuerpo tendido y desnudo con mirada ardiente. Los colmillos que asomaban a través de su libidinosa sonrisa revelaban que él también estaba sexualmente excitado por la manera en que la había despertado.

Su corazón se aceleró al verlo sonreír de aquel modo. Le inspiraba tal torrente de emociones que le aprisionaban el pecho. Lo había perdido todo; en ocasiones aún experimentaba un dolor imaginario en la espalda al recordar las alas que le habían arrancado. Pero Char había llenado ese vacío. Ahora lo era todo para ella, la razón por la que se levantaba cada día.

—Guarda ese pensamiento —dijo él con su voz resonante y melodiosa—. Saciaré tu hambre cuando vuelva.

Vash se incorporó sobre los codos.

—¿Adónde vas?

Él terminó de ajustarse las vainas de las dos katanas que llevaba cruzadas a la espalda.

—Una patrulla no se ha presentado.

—¿La de Ice?

—No empieces.

Ella suspiró, consciente del tiempo que Char había dedicado a entrenar a aquel novato; pero ese chico era incapaz de obedecer órdenes.

Char la miró antes de sujetarse la funda de una pistola al muslo.

—Sé que crees que Ice no ha demostrado ser lo bastante responsable.

Sentada en el borde de la cama, balanceó las piernas.

—No es que lo que crea —respondió—. Lo ha demostrado. En repetidas ocasiones.

—Quiere complacerte, Vashti. Es ambicioso. Ice no abandona su posición para divertirse. La abandona porque piensa que puede ser más útil en otro lugar. Si se le presenta la oportunidad de impresionarte, no la desaprovecha. En estos momentos probablemente está persiguiendo a un renegado o espiando a los lícanos.

—Me impresionaría si obedeciera órdenes sin insubordinación. —Vash se puso de pie, se desperezó y suspiró cuando su compañero se acercó a ella y deslizó sus elegantes manos por su cintura—. Y te ha sacado de nuestra cama. Por enésima vez.

—Neshama, alguien tiene que sacarme de ella. De lo contrario, no la abandonaría nunca.

Ella le rodeó con sus brazos y recostó la cara en el chaleco de cuero que cubría su esbelto torso. Al aspirar su olor, pensó de nuevo que su amor por él valía cualquier sacrificio. Si pudiera revivir la elección entre conservar sus alas y su amor por Charron, no dudaría ni vacilaría en repetir su «error». La maldición del vampirismo era un precio pequeño que pagar por poseerlo.

—Iré contigo.

Él ladeó la cabeza y presionó la mejilla contra la coronilla de Vash.

—Torque dice que no —contestó.

—Esa decisión no le corresponde.

Ella se separó de él, entrecerrando los ojos. Torque era el hijo de Syre, pero ella era la lugarteniente del líder de los Caídos. En lo tocante a los Caídos y a sus esbirros —en sentido colectivo, los vampiros—, sólo Syre tenía más autoridad que ella. Incluso Char tenía que acatar sus órdenes, algo que hacía con bastante dignidad, teniendo en cuenta que era un hombre que, por naturaleza, mandaba sobre otros.

—Tiene un problema con los demonios.

—Maldita sea. Debería ser capaz de resolverlo.

Sí, dar caza a demonios que perseguían a vampiros era tarea de Vash. Nadie lo hacía con más eficacia que ella, pero no podía estar en todas partes al mismo tiempo.

—Esa hembra es otra sierva de Asmodeo.

—Pues claro que lo es. Maldita sea. ¿Tres veces en dos semanas? Asmodeo nos está tocando las narices.

Eso cambiaba las cosas. Eliminar a un demonio en la línea sucesoria de un rey del infierno tenía unas implicaciones políticas que lo complicaban todo. Vash tenía fama de ser imprevisible; soportaría la presión mejor que el hijo de Syre, y sin darle tantos problemas. Y ahora estaba lo bastante cabreada como para querer resolver el asunto personalmente. Puede que fueran unos ángeles caídos, pero no eran blancos fáciles.

Char la besó en la frente y luego la soltó.

—Regresaré antes del anochecer.

—¿Antes del anochecer...? —Después de dirigir un rápido vistazo a la ventana del dormitorio, Vash lo comprendió—. Acaba de amanecer.

—Lo sé —la expresión de Char era sombría, probablemente como la suya propia.

Ice no era uno de los Caídos, como lo eran Charron y ella. Era un mortal que había sido Transformado, lo que significaba que padecía fotosensibilidad. Al margen de su entusiasta naturaleza, tendría que haber regresado antes del amanecer. Ahora tendría que ocultarse en algún sitio hasta que anocheciera o esperar a que Char diera con él. Unos cuantos sorbos de la potente sangre de Caído de Char procuraría al esbirro rebelde una inmunidad temporal para que pudiera volver a casa.

—¿Se te ha ocurrido —preguntó Vash, retrocediendo un paso—, que quizá le convenga purgar su error? ¿Cómo va a aprender si nunca tiene que enfrentarse a las consecuencias de sus actos?

—Ice no es un niño.

Vash le dirigió una mirada que contradecía esa afirmación. Puede que Ice fuera casi tan alto y fornido como Char, pero carecía de su férreo autocontrol, lo que provocaba que fuera tan impulsivo como un niño.

—Creo que proyectas sobre él unos rasgos que no tiene.

—Y yo creo que va siendo hora de que confíes en mi criterio. —Char la miró, retándola a que siguiera insistiendo. Era una mirada que nadie más se atrevería a dirigir a Vash, y no sólo debido a su rango. Aunque estimulaba su obstinación, ella admiraba que su compañero no tuviera reparos en discrepar cuando estaba convencido de algo. Era su habilidad de separar la forma en que la trataba como su jefa y la forma en que la trataba como mujer lo que había hecho que ella empezara a enamorarse de él, en una época en que la humanidad que ella había sido enviada a observar había empezado a extenderse como la pólvora en su interior.

No habría podido precisar cuándo sus sentimientos hacia él se habían hecho más profundos. Un día, Charron era tan sólo otro ángel Vigilante como ella, uno de los serafines enviados a la Tierra para informar al Creador sobre el progreso del hombre. Y al siguiente, su sonrisa la había dejado sin aliento, y su cuerpo grácil y musculoso le había provocado una tensión en el bajo vientre. Su dorada belleza —sus alas de color dorado y crema, su piel ambarina, su cabello leonado y sus ojos azules, ardientes y penetrantes— habían pasado de ser un mero testimonio de la pericia del Creador a constituir un irresistible atractivo para el hambre que acababa de despertarse en ella.

Ocultar la atracción que sentía por él había sido una tortura, pero ella lo había hecho durante un tiempo, avergonzada de su debilidad mortal y porque no quería contaminarlo. Cuando él consiguió acorralarla, y luego seducirla, la poseyó con frenética determinación, y ella cayó rendida en sus brazos, perdiendo con ello la gracia divina, con pleno conocimiento de las consecuencias. No derramó ni una lágrima ni rechistó cuando los Centinelas, los ángeles vengadores, le extirparon las alas, transformándola en la vampira caída que era en la actualidad. No obstante, había suplicado e implorado misericordia para Charron, y había sollozado desconsoladamente cuando los ángeles vengadores le arrebataron también a él sus maravillosas alas.

Él le hizo una caricia en la cara que la arrancó de sus reflexiones, haciendo que regresara al presente y al hombre cuyos ojos relucientes y ambarinos eran los de un vampiro sin alma.

—¿Adónde vas —preguntó él con tono quedo— cuando te alejas de mí de esa forma?

En la boca de Vash se dibujó una media sonrisa.

—Me decía que es una estupidez irritarme por tu compasión y tu deseo de hacer de mentor a los novatos cuando precisamente me enamoré de ti por esas cualidades. Entre otras.

Char le acarició su larga cabellera, acercando un mechón de color rojo a sus labios.

—Te recuerdo cuando volabas, Vashti. Cuando cierro los ojos, veo tu silueta recortándose contra el sol, cuya luz iluminaba tus plumas de color esmeralda. Eras como una joya para mí, con tu pelo de color rubí y tus ojos como zafiros. Cada vez que te veía te deseaba con todo mi ser. La necesidad de tocarte, de saborearte, de penetrarte me producía un dolor físico.

—¿Poesía, amor mío? —preguntó ella, aunque su tono burlón estaba empañado por una profunda emoción.

Él la conocía bien. Leía sus pensamientos con facilidad. Era su alma gemela, la mejor parte de ella. Si ella era temperamental y caprichosa, él era sensato y constante. Si ella era impaciente y se sentía frustrada enseguida, él tenía un carácter tranquilizador y pensaba en el futuro.

—Eres mucho más valiosa y deseable para mí ahora que entonces. —Él agachó la cabeza y apoyó la frente en la suya—. Porque ahora eres mía. Total y completamente. Y yo soy tuyo. Con todos los defectos y manías que te enojan.

Ella apoyó una mano en su nuca y lo besó en la boca, un beso que hizo que se estremeciera y su respiración se acelerara.

—Te amo.

Pronunció esas palabras contra los labios de él, abrazándolo con la fuerza de la dicha que la embargaba. A veces era una sensación excesiva, que la superaba y le agarrotaba la garganta con lágrimas de gratitud. Le avergonzaba la intensidad de los sentimientos que le inspiraba su compañero. Pensaba en él a cada momento del día, cuando estaba despierta e incluso cuando estaba dormida.

—Te amo, querida Vashti. —Él estrechó su cuerpo desnudo contra el suyo—. Sé que me has dado, a pesar de tus reparos, mucha libertad de acción con Ice. Ha llegado el momento de que te lo agradezca haciendo caso de tus consejos y frenándolo.

Eso era lo que ella adoraba en él: su sentido de la justicia y su capacidad de doblegarse cuando convenía.

—Tú ocúpate de él y yo resolveré el problema de Torque, y esta noche desapareceremos del mapa durante un par de días. Los dos hemos trabajado duro últimamente. Merecemos darnos un respiro.

Él la asió con una mano por el cuello con delicadeza y sonrió. Con ojos rebosantes de sensualidad y afecto, murmuró:

—Con un incentivo como ése, prometo regresar pronto a casa.

—Esperemos que Ice colabore. Quizás esté escondido en el lugar más jodidamente recóndito que cabe imaginar.

Él arqueó una ceja con gesto de reproche por su tono socarrón, pero le aseguró:

—Nada podría mantenerme alejado.

—Más te vale. —Ella se volvió y meneó al culo—. No os conviene a ninguno de los dos que salga a cazaros...

Al mediodía, Vashti entró con paso decidido en el despacho de Syre sosteniendo en la mano un recuerdo de su última cacería. El líder de los vampiros no estaba solo, pero ella no vaciló en interrumpirle. La mujer que estaba con él era una de las innumerables hembras humanas que habían llamado la atención de Syre y que la habían perdido al instante. Por más que estuvieran prevenidas, nunca creían que éste fuera realmente inalcanzable hasta que las despedía sin más miramientos. Syre era un hombre apasionado, pero el entusiasmo físico no era señal de un interés más profundo. Había perdido sus alas por amor y, posteriormente, había perdido a la mujer por la que había renunciado a ellas.

—Syre.

Él la miró con esos ojos profundos que enloquecían a las mujeres. Tenía los brazos cruzados y una cadera apoyada contra la pequeña estantería empotrada en la pared detrás de su mesa. Vestido con un pantalón negro y una corbata de seda negra que contrastaba con su camisa blanca, resultaba al mismo tiempo elegante y tremendamente atractivo. Su pelo negro como el azabache y su piel de un cálido tono caramelo le daba un aspecto exótico en un estilo imposible de catalogar. Algunos creían que procedía de Europa Oriental. Antaño, Syre había sido uno de los privilegiados, uno de los más queridos por el Creador. Vashti creía que ése era el motivo por el que su crimen había sido castigado con tanta dureza; Syre había caído desde una cumbre mucho más elevada que los otros.

—Vashti —la saludó con voz potente y cálida como el whisky—. ¿Todo va bien?

—Por supuesto.

La rubia, quien por lo visto no tenía intención de marcharse, fulminó a Vashti con la mirada, como solía hacer la mayoría de amantes de Syre. Interpretaban equivocadamente la conexión entre ella y su superior como algo más profundo de lo que era. Su relación era personal e inestimable, pero no era íntima ni romántica. Vash habría dado la vida por Syre sin pestañear, pero el amor que sentía por él se basaba sólo en el respeto, la lealtad y el hecho de saber que él también estaba dispuesto a morir por ella.

Vash sonrió a la mujer con simpatía, pero se expresó con la brusquedad que la caracterizaba.

—No lo llames; él te llamará a ti.

—Vashti —le advirtió Syre. Era demasiado caballeroso como para romper abiertamente con una mujer, aunque le habría ahorrado muchas molestas discusiones.

Ella no tenía tantos remilgos.

—Syre te deseaba, te ha conseguido y los dos lo habéis pasado bien. Eso es todo.

—¿Y tú quién eres? —replicó la bonita rubia—. ¿Su alcahueta?

—No, eso te convertiría a ti en su puta.

—Basta, Vashti. —La voz de Syre restalló como un látigo.

—Estás celosa —espetó la rubia; sus armoniosas facciones estaban contraídas en un rictus de rabia y dolor. Su arrebato emocional contrastaba con su hermoso y perfecto exterior. Su exagerada reacción desentonaba con su elegante moño, su estiloso sombrerito y su traje de chaqueta, de corte femenino e impecable factura—. Te revienta que esté conmigo.

Lamentablemente, la chica no podía estar más equivocada. Vash habría renunciado a todo salvo a Charron con tal de ver de nuevo feliz a su jefe. De haber servido de algo, habría comentado que ambos, la imponente rubia y el atractivo príncipe negro, formaban una pareja ideal. Pero el corazón que la esposa mortal de Syre había despertado en él había muerto con ella.

—Trato de ahorrarte muchas semanas de humillación —dijo Vash con la máxima amabilidad.

—Que te den.

—Diane —terció Syre con firmeza, enderezándose y asiéndola por el codo—. Lamento tener que poner fin tan bruscamente a nuestra agradable relación, pero no puedo consentir que nadie hable a Vashti en ese tono.

Diane abrió desmesuradamente sus ojos de un azul aciano, su boca pintada formando una O de estupor, al tiempo que Syre la sacaba trastabillando de la habitación.

—¿Y consientes que ella me hable en el tono con que lo ha hecho? ¿Cómo puedes hacerme esto?

Cuando Syre regresó, solo, su hermoso rostro mostraba un gesto sombrío.

—Se nota que hoy estás de mal humor —dijo secamente.

—Acabo de ahorrarte más de una semana de ruegos y súplicas. De nada. Lo que necesitas es una amante fija.

—Mis tendencias sexuales no te incumben.

—Pero tu bienestar mental sí —replicó ella—. Búscate alguien cuya compañía te complazca y cultívala. Deja que cuide de ti.

—No necesito complicarme la vida.

—No tienes por qué complicártela. —Vashti se sentó en una de las sillas frente a la mesa de Syre, alisando su elegante pantalón caqui—. Me refiero a una transacción comercial. Yo no lo comprendo, pero algunas mujeres son capaces de practicar sexo sólo porque les divierte. Instálala en un bonito apartamento y pásale una asignación mensual.

Syre meneó la cabeza.

—Te estás convirtiendo en mi alcahueta.

—Quizá necesites una.

—Me ofende incluso el concepto de tirarme a una mujer que se sienta obligada a complacerme.

Vashti arqueó una ceja.

—No existe mujer en el mundo que no desee hacerlo.

Incluso ella, una mujer que estaba felizmente comprometida con el amor de su vida, no era inmune al atractivo sexual de Syre. Era el tipo de hombre que impresionaba a cualquier mujer: sensual, seductor, hipnótico.

—Deja de hablar del tema.

—No. Necesitas que alguien cuide de ti, Samyaza.

El empleo de su nombre de ángel indicaba que Vashti hablaba muy en serio. Él entrecerró los ojos y la miró fijamente mientras se sentaba en la silla detrás de su mesa.

—No.

—No he dicho que te ame, sino que cuide de ti. Una persona que te prepare el café por la mañana, como a ti te gusta. Alguien que mire contigo una película antigua en la televisión, ya sabes…, que te haga compañía, que te conozca y que quiera lo mejor para ti.

Syre se reclinó hacia atrás, apoyó los brazos en los reposabrazos y juntó los dedos de ambas manos.

—A veces me piden que explique lo que significas para mí. Aún no he dado con la respuesta adecuada. Eres mi segunda, pero no eres simplemente una subordinada. Somos más que amigos, sin embargo no te miro como a una hermana. Te quiero, pero no estoy enamorado de ti. Soy consciente de tu belleza, como cualquier hombre, pero no me interesa acostarme contigo. Eres la mujer más importante de mi vida, y estaría totalmente perdido sin ti, pero jamás se me ocurriría cohabitar contigo. ¿Qué representas para mí, Vashti? ¿Qué te da el derecho a hablar de unos temas tan personales conmigo?

Vashti frunció el ceño. Describir lo que uno significaba para el otro era algo que jamás había hecho. A su modo de ver, la relación entre ambos era tan sólo… lo que era. En muchos aspectos, ella era una extensión de él.

—Soy tu mano derecha —decidió, tras lo cual le arrojó el objeto que sostenía en la mano.

Él lo atrapó al vuelo, sus reflejos rápidos y ágiles.

—¿Qué es esto?

—La mitad de un amuleto que arranqué a la sierva de Asmodeo. La otra mitad la dejé sobre el montón de cenizas en el que se convirtió cuando la maté. Cuando estaba entero, ostentaba el sello de Asmodeo.

—Le estás provocando.

Vash negó con la cabeza.

—¿Tres en dos semanas? Eso no es una casualidad. Está permitiendo, quizás incluso animando a sus subalternos a que jueguen con nosotros. Somos un trofeo, unos ángeles que fueron arrojados como basura.

—Ya tenemos suficientes enemigos.

—No, tenemos carceleros: los Centinelas y sus perros, los licanos. Los demonios posiblemente sean enemigos, si no les castigamos. Debemos tomar cartas en el asunto…

—No es así como quiero que resolvamos la situación.

—Pero así es como debemos hacerlo. Por eso me confiaste la tarea de solventar los problemas con los demonios. —Vashti cruzó las piernas—. Puedes ofrecerles una tregua con la otra mano. Yo soy la mano que los elimina.

Un ruido en el pasillo hizo que Vashti se levantara en el acto. Se dirigió hacia la puerta a una velocidad sobrehumana, adelantándose a Syre por un mero milisegundo.

Lo que vio hizo que se le helara la sangre en las venas.

Raze y Salem transportaban un cuerpo que le resultaba más que familiar. Se dirigieron hacia el comedor, donde lo depositaron sobre la larga mesa ovalada.

—¿Qué coño ha pasado? —les espetó Vashti, al entrar en la habitación y contemplar el cuerpo inmóvil de Ice. La piel del esbirro estaba ennegrecida y requemada en algunos lugares, cubierta de ampollas. Tenía la camiseta empapada de sangre, al igual que los vaqueros, hasta las rodillas. Los desgarrones en su ropa revelaban las marcas de unas garras de lobo.

Ice extendió la mano con la rapidez del rayo, agarrándola por la muñeca. Abrió sus ojos inyectados en sangre.

—Char… Ayuda…

Durante unos instantes la habitación comenzó a girar; luego todo fue ocupando su lugar con escalofriante claridad.

—¿Dónde?

—El viejo molino. Licanos… Ayúdalo…

Tras desenvainar una de las katanas que Raze llevaba sujetas a la espalda, Vash dio media vuelta y salió a la carrera hacia el crepúsculo.

1

Elijah Reynolds estaba de pie sobre una roca, desnudo, en el bosque que rodeaba el Lago Navajo, observando cómo sus sueños ardían junto con el devastado enclave que estaba a sus pies. El humo acre y oscuro se alzaba en columnas visibles a kilómetros a la redonda

Los ángeles sabrían que había estallado una rebelión mucho antes de que llegaran a las ruinas.

A su alrededor, los licanos gritaban de alegría para celebrar su triunfo, pero él no sentía nada de eso. En su interior estaba frío y muerto, la vida que había conocido reducida a cenizas en la humeante devastación de lo que había sido su hogar. Su especialidad era cazar vampiros, y era un maestro. Trabajar para los Centinelas —la élite superior de los ángeles guerreros— le ofrecía la oportunidad de hacer lo que le gustaba. Esa inquebrantable servidumbre, aunque irritante, era un precio pequeño a pagar para hacer lo que le entusiasmaba. Pero muy pocos licanos compartían ese sentimiento, y eso los había conducido a aquella situación. Todo cuanto era importante para él había desaparecido, y lo que quedaba era una batalla por la independencia que en el fondo a él no le interesaba iniciar.

Pero estaba hecho y no podía deshacerse. Tendría que vivir con ello.

—Alfa.

Elijah crispó la mandíbula al oír ese calificativo que nunca había ambicionado. Miró a la mujer desnuda que se había acercado a él.

—Rachel.

Ella bajó la vista.

Él esperó a que la mujer dijera algo, hasta que comprendió que ella hacía lo mismo a la inversa.

—¿Ahora quieres obedecer órdenes?

La mujer enlazó las manos a la espalda y agachó la cabeza. Irritado por su falta de convicción, él se dio la vuelta. Le había explicado que una revuelta era un suicidio. Los Centinelas les perseguirían, les exterminarían. El único propósito de la existencia de los licanos era servir a los ángeles; si dejaban de hacerlo, no tenían lugar en el mundo. Pero ella no le había hecho caso. Ella y su compañero, Micah —el mejor amigo de Elijah— habían instigado a los otros a perpetrar este acto de pura y jodida estupidez.

Elijah sintió que se acercaba un licano macho antes de oírlo. Al volverse, vio aparecer un lobo dorado, que de repente adquirió la forma de un hombre alto y rubio.

—He reunido a los que poseen el instinto de autoconservación, Alfa —dijo Stephan.

Eso confirmaba las sospechas de Elijah de que algunos habían huido de la batalla sin tener en cuenta los brutales tiempos que sin duda les aguardaban. O quizás algunos de los más inteligentes habían regresado junto a los Centinelas. Cosa que él no les reprochaba.

—¿Montana? —preguntó Rachel con tono esperanzado.

Él negó con la cabeza, recordando que había prometido a Micah en su lecho de muerte que cuidaría de Rachel.

—No creo que podamos llegar tan lejos. Dentro de unas horas tendremos a los Centinelas pisándonos los talones.

Uno de los Centinelas se había alejado volando durante el conflicto, sus alas azules desplegadas mientras se apresuraba a informar de la sublevación. Los demás se habían quedado para luchar, pero las puntas de sus alas afiladas como cuchillos les ofrecían escasa protección contra el tamaño de la manada de Lago Navajo, pese a que ésta había disminuido durante los últimos meses. Los Centinelas, en notable inferioridad numérica, habían luchado hasta la muerte, sabiendo que era lo que su capitán, Adrian, habría hecho y esperaba de ellos. Durante las semanas que Elijah había formado parte de la manada de Adrian, había podido observar de primera mano la tenacidad y entrega del líder de los Centinelas. Sólo una cosa podía hacer que Adrian perdiera la concentración, y ni siquiera ella podía atenuar el instinto asesino del ángel.

—Hay unas cuevas cerca de Bryce Canyon. —Elijah dio la espalda al enclave del Lago Navajo por última vez—. Nos ocultaremos allí hasta que nos organicemos.

—¿Unas cuevas? —preguntó Rachel, frunciendo el ceño.

—Esto no ha sido una victoria, Rachel.

Ella retrocedió ante el trasfondo de ira que denotaba su voz.

—Somos libres.

—Éramos cazadores y nos hemos convertido en presas. No es precisamente un avance. Nos ensañamos con los Centinelas cuando ya los habíamos derrotado. Los superábamos numéricamente en veinte a uno, les sorprendimos y no contaban con la ayuda de Adrian, quien en estos momentos se enfrenta a tal cantidad de mierda que no tiene la cabeza donde debería tenerla. Fuimos a por ellos con todas las de ganar.

Rachel enderezó la espalda, mostrando sus pechos menudos en todo su esplendor. La desnudez no significaba nada para un licano; carne o pelo, daba lo mismo.

—Y lo conseguimos.

—Sí, lo conseguisteis. Ahora confía en mí para que me ocupe del resto.

—Esto era lo que quería Micah, El.

Elijah suspiró, tragándose su ira en un torrente de pesar y dolor.

—Ya sé lo que él quería, una casa en una zona residencial, un trabajo de nueve a cinco, coches, piscina y amiguitas. Yo haría lo que fuera para concederte ese sueño... Se lo concedería a cualquier licano que lo deseara... Pero es imposible. Me habéis confiado una tarea en la que he fracasado antes de comenzar, porque es imposible triunfar en ella.

Y ellos no podían saber lo que ese fracaso le había costado. Jamás se lo revelaría a nadie. Lo único que podía hacer era tratar de sacar el máximo partido de lo que tenía y tratar de mantener con vida a quienes ahora dependían de él.

Elijah miró a Stephan.

—Quiero que envíes a equipos de dos individuos a los otros enclaves. Preferiblemente en parejas de compañeros.

Los compañeros se protegerían uno al otro hasta la muerte. En un momento como aquel, en el que los perseguirían aprovechando que estaban separados de la manada, necesitarían todo el apoyo posible.

—Comunícaselo a tantos licanos como puedas —prosiguió, moviendo los hombros para aliviar la tensión del cuello—. Adrian cortará las comunicaciones con y desde todos los enclaves: móviles, Internet y correo electrónico. De modo que los equipos tendrán que llevar a cabo la misión directamente, cara a cara.

Stephan asintió con la cabeza.

—De acuerdo.

—Todos tienen que retirar el dinero que tengan guardado antes de que Adrian congele sus cuentas.

Como «empleados» de la compañía de aviación de Adrian, Mitchell Aeronautics, su remuneración se depositaba en una cooperativa de crédito a la que Adrian tenía acceso.

—La mayoría ya lo ha hecho —apuntó Rachel.

De modo que al menos ella había previsto esta contingencia. Elijah le ordenó que fuera a reunir a los demás; luego se volvió hacia Stephan.

—Necesito a los dos licanos en quien más confíes para una misión especial: localizar a Lindsay Gibson. Quiero averiguar su paradero y su situación.

Stephan se sorprendió al oír a Elijah mencionar el nombre de la compañera de Adrian.

Elijah se esforzó en reprimir el imperioso deseo de localizar él mismo a Lindsay, una mujer mortal a la que consideraba una amiga, la única que le quedaba ahora que Micah había muerto. En muchos aspectos, Lindsay era un misterio. Había aparecido en sus vidas sin previo aviso, haciendo gala de unas habilidades que ningún ser humano debería poseer y consiguiendo atraer al líder de los Centinelas mediante unas artes de las que Elijah jamás había visto ni oído hablar.

A diferencia de los Caídos, que habían perdido sus alas porque habían confraternizado con seres mortales, los Centinelas eran unos ángeles intachables. Los pecados de la carne y las veleidades de las emociones humanas eran indignos de su elevado estatus. Elijah jamás había visto a un Centinela mostrar el menor atisbo de deseo o pasión…, hasta que Adrian se topó con Lindsay Gibson y la convirtió en su compañera con una ferocidad que sorprendió a todos. El líder de los Centinelas protegía la vida de esa mujer con más afán que la suya propia, y había encomendado a Elijah su seguridad pese a saber que éste era uno de los raros y anómalos Alfas que eran rápidamente erradicados de la manada.

Fue durante el período en que Elijah se ocupó de la protección de Lindsay cuando empezó a nacer entre ellos una amistad. Les unía una camaradería tan profunda que ambos habrían dado la vida por el otro. «Yo moriría por ti», le había dicho ella en cierta ocasión. No muchas personas tenían amigos así, y ahora Elijah sólo la tenía a ella. Por más que se hubiera convertido en el licano Alfa, jamás dejaría en manos de otro la seguridad de Lindsay. Ésta había desaparecido cuando los Centinelas la custodiaban, y él no descansaría hasta cerciorarse de que no le había ocurrido nada malo.

—Quiero que la localicéis y protejáis —dijo Elijah—, empleando cualquier medio que sea necesario.

Stephan asintió con la cabeza. Aquella falta de oposición fue para Elijah el primer resquicio de esperanza que le hizo pensar que quizá tuvieran una oportunidad, entre un millón, de sobrevivir.

—Me cago en la... —Vash observó el traje protector que sostenía en la mano y sintió una punzada de terror en el vientre.

La doctora Grace Petersen se frotó un ojo soñoliento con el puño.

—No estamos seguros de cómo se transmite esta enfermedad. Más vale prevenir que curar, te lo aseguro. Es un mal asunto.

Vash se enfundó el traje, mientras intentaba desterrar de su mente el pánico que empezaba a hacer mella en ella. Se centró en recuperar las habilidades y la mentalidad con las que la habían enviado a la Tierra como Vigilante. Hacía mucho que no se enfrentaba a algo sin la mentalidad guerrera que había cultivado como vampira, pero esta era una batalla que no podía librar con sus colmillos ni sus puños.

—Tienes unas pelotas de acero, Gracie —dijo a través del receptor de sus auriculares.

—Dice la mujer que se enfrenta a adversarios del tamaño de un autobús de dos pisos.

Una vez vestidas con los trajes protectores, entraron en la antecámara sellada de la habitación de cuarentena. Cuando recibieron luz verde, pasaron a la habitación interior. Dentro, un hombre yacía sobre la mesa de reconocimiento como si durmiera, su rostro apacible y relajado. Sólo las vías intravenosas en sus brazos y el rápido movimiento de su pecho delataban su enfermedad.

—¿Qué le administras? —preguntó Vash—. ¿Eso es sangre?

—Sí, le estamos haciendo una transfusión. Lo mantenemos en un coma inducido. —Grace miró a Vash a través de su máscara; su rostro mostraba un aspecto cansado y solemne—. Se llama King. Cuando era un mortal, se llamaba William King. Ha sido mi asistente principal hasta esta mañana, cuando fue mordido por uno de los vampiros infectados que capturamos ayer.

—¿Tan rápido es el contagio de esta enfermedad?

—Depende. Según unos informes preliminares de campo, algunos vampiros son inmunes. Otros tardan semanas en mostrar los síntomas. La mayoría son como King y sucumben a las pocas horas.

—¿Cuáles son los síntomas, exactamente?

—Un hambre voraz, una agresividad irracional y una increíble tolerancia al dolor. Los llamamos espectros.

—¿Por qué?

—Porque son una sombra de lo que eran antes. Las luces están encendidas, pero no hay nadie en casa. Sus mentes y personalidades están destruidas, pero sus cuerpos siguen funcionando. Los que he conseguido mantener con vida unos cuantos días pierden pigmento y melanina en el cabello y la piel. Hasta sus iris adoptan un color ceniciento. Y fíjate en esto.

Grace apartó el flequillo de la frente de King con delicadeza y mano trémula.

—Lo siento, amigo —murmuró, antes de tomar un artilugio sujeto a un cable que parecía un escáner como el que utilizan las cajeras en los supermercados. Sosteniendo la muñeca de King, Grace orientó el artilugio hacia su antebrazo y lo activó, haciendo que emitiera un resplandor azul pálido. Luz ultravioleta.

Vash se acercó para examinar la piel bajo la radiación. Mostraba unas minúsculas ondas, como si el músculo debajo de ella sufriera un espasmo, pero era la única señal de irritación.

—Joder. ¿Tolerancia a los rayos ultravioleta?

—No del todo. —Grace apagó el artilugio y lo dejó a un lado—. No existe inmunidad realmente. La carne aún está llagada, pero se regenera a una velocidad acelerada. Las células dañadas de la piel se renuevan con tanta rapidez como se destruyen. Por tanto, no hay daños visibles o duraderos. Hice unas pruebas a dos de los otros pacientes que tenemos aquí. El resultado fue el mismo.

Ambas se miraron.

—No te hagas demasiadas ilusiones —murmuró Grace—. La renovación celular es lo que causa los otros síntomas. El hambre insaciable se debe a la necesidad de estimular el ingente gasto de energía que requiere la regeneración. La agresividad procede de su insaciable apetito; deben tener la sensación de que se están muriendo de hambre constantemente. Y la elevada tolerancia al dolor se debe al hecho de que no pueden centrarse en nada más que en su necesidad de comer. No pueden siquiera pensar. ¿Has visto a un espectro en acción?

Vash meneó la cabeza.

—Son como zombis enloquecidos. El puro instinto altera la función cerebral superior.

—¿De modo que le das sangre porque si no recibe una dosis continua moriría?

—He aprendido de mis errores. Mantuve sedados a dos de los que capturamos para poder estudiarlos, porque cuando son plenamente funcionales no puedes acercarte a ellos, y se licuaron. Su metabolismo está tan acelerado, que sus cuerpos se digirieron a sí mismos. Quedaron reducidos a una papilla. No era un espectáculo agradable.

—¿Es posible que Adrian creara esto en un laboratorio oculto en alguna parte?

Al líder de los Centinelas se le había confiado la misión de dirigir a los serafines que formaban la unidad de operaciones de élite que habían despojado a los Caídos de sus alas. Utilizando a licanos como perros guardianes, Adrian había impedido que los vampiros se expandieran hacia zonas más pobladas. El resultado había sido una represión tanto territorial como financiera.

—Todo es posible, pero yo no habría hecho ese salto. —Grace señaló a King—. No me imagino a Adrian haciendo esto. No es su estilo.

A decir verdad, Vash tampoco se lo imaginaba. Adrian era un guerrero de los pies a la cabeza. Si quería luchar, lo hacía cara a cara y mano a mano. Pero tenía mucho que ganar si la nación de los vampiros acababa extinguiéndose. Su misión habría concluido y podría abandonar la Tierra, junto con su dolor, su miseria y su inmundicia. Suponiendo que quisiera abandonarla ahora que tenía a Lindsay, una compañera que no podría ir con él.

Vash suavizó el tono y dijo con sinceridad:

—Lamento mucho lo de tu amigo, Gracie.

—Ayúdame a encontrar un remedio, Vash. Ayúdame a salvarlo a él y a los otros.

Por eso había venido, ése era el motivo por el que Syre la había enviado. Habían recibido informes de brotes de la enfermedad en todo el país. El contagio era tan rápido que se estaba convirtiendo en una epidemia.

—¿Qué necesitas?

—Más sujetos, más sangre, más material, más personal.

—Hecho. Desde luego. Dame una lista.

—Esa es la parte fácil. —Grace cruzó los brazos y miró de nuevo a King—. Necesito saber dónde apareció por primera vez el Virus de los Espectros. En qué zona del país, en qué estado, en qué ciudad, en qué casa, en qué habitación de esa casa. Hasta el último detalle. Macho o hembra. Joven o viejo. Raza y complexión física. Necesito que localices a la primera persona que contrajo la enfermedad. Luego necesito que encuentres a la segunda. ¿Conocía a la primera? ¿Vivían en la misma casa? ¿Compartían el mismo lecho? ¿O apenas existía una relación entre ellas? ¿Eran parientes consanguíneos? Luego, localiza a la número tres, cuatro y cinco. Hablamos de seis grados de separación que se han ido al traste. Necesito reunir datos suficientes para establecer un patrón y el lugar de origen.

Vash, que de pronto sintió que se asfixiaba en el traje protector, se encaminó hacia la puerta. Grace se reunió allí con ella y tecleó el código que hacía que se abriera la puerta de la antecámara.

—Vas a necesitar un montón de recursos humanos —murmuró Vash, mientras seguía el ejemplo de Grace y se colocaba sobre un círculo pintado en el suelo. Un tubo en el techo vertió un líquido pulverizado que envolvió su traje en una fina bruma.

—Lo sé.

Había decenas de miles de esbirros, pero su intolerancia a la luz del sol mermaba su utilidad. Los Caídos originales no tenían esa incapacidad, pero eran menos de doscientos. Demasiado pocos para procurar a los esbirros la sangre que les proporcionaría una inmunidad temporal. Y no los suficientes para patearse todo el país y llevar a cabo la tarea necesaria en el menor tiempo posible.

Después de quitarse el traje protector, Vash movió los hombros para desentumecerlos y se puso a reflexionar. Los informes iniciales sobre la enfermedad habían aparecido al mismo tiempo que el amor perdido de Adrian. Si lograba establecer una cronología de los hechos, podría saber si el líder de los Centinelas era culpable o no.

—Haré lo que sea necesario.

—Sé que lo harás. —Grace dejó de revolverse su alborotado pelo rubio y la observó—. Aún vistes de luto.

Vash bajó la vista y miró su pantalón de cuero negro y chaleco a juego y se encogió de hombros. Al cabo de sesenta años, el dolor aún persistía, recordándole que había jurado vengar el brutal asesinato de Charron. Un día daría con un licano que pudiera proporcionarle la información que necesitaba para seguir la pista de los asesinos de Char. Sólo confiaba en que ocurriera antes de que los responsables murieran de viejos o durante una cacería. A diferencia de los Centinelas y los vampiros, los licanos tenían una fecha de caducidad mortal.

—Vamos a por esa lista —dijo con firmeza, dispuesta a enfrentarse a la monumental tarea que tenía ante sí.

Después de mirar el vídeo hasta el final, Syre se levantó con un movimiento ágil y rápido.

—¿Qué opinas de esto?

Vash se sentó en la silla frente a la mesa de Syre y colocó las piernas debajo de su trasero.

—Estamos jodidos. No tenemos efectivos suficientes para atacar esto tan rápidamente como el virus…, el Virus de los Espectros, según lo llama Grace… No disponemos de los recursos para enfrentarnos al virus con la misma rapidez con que se está extendiendo.

Él se pasó una mano por su cabello negro y espeso y maldijo.

—No podemos dejarnos derrotar por esto, Vashti. No después de lo que hemos pasado.

El dolor del líder de los Caídos era una fuerza tangible en la habitación. De pie frente a las ventanas que daban a la calle Mayor de Raceport, Virginia, una población que él había construido de la nada, parecía soportar sobre sus hombros el peso del mundo. No eran sólo los problemas a los que se enfrentaban lo que le hundía. Aún guardaba riguroso luto, llorando la pérdida de su hija tras siglos rezando para que regresara. Esa pérdida lo había trastornado. Nadie más se había percatado todavía, pero Vash lo conocía demasiado bien. Algo había cambiado en él, como si en su interior se hubiera activado un extraño mecanismo. Se mostraba más duro, menos flexible, y eso se veía reflejado en las decisiones que tomaba.

—Haré cuanto esté en mi mano —le prometió ella—. Todos lo haremos. Somos luchadores, Syre. Nadie tirará la toalla.

Él se volvió hacia ella, su hermoso rostro contraído en un rictus feroz.

—Mientras estabas con Grace recibí una llamada muy interesante.

—¿Ah, sí?

El tono y el brillo de la mirada de Syre la alarmaron. Conocía esa expresión, sabía lo que significaba: que estaba decidido a seguir el rumbo que se había marcado aun sabiendo que hallaría resistencia.

—Los licanos se han sublevado.

Vash sintió una dolorosa tensión en su columna vertebral, como sucedía siempre que hablaban de los perros de los Centinelas.

—¿Cómo? ¿Cuándo?

—La semana pasada. Supongo que la preocupación de Adrian por mi hija fue considerada como una ocasión de oro para sublevarse. —Syre cruzó los brazos, flexionando sus poderosos bíceps con ese gesto. Adrian se había sentido atraído por Lindsay Gibson porque era la última encarnación de Shadoe, la hija de Syre, y el amor de su vida. Al final, Lindsay había conquistado tanto el corazón de Adrian como el derecho a su propio cuerpo, dejando a Syre hundido en el dolor por la pérdida de su hija y a Adrian un tanto descolocado—. Los licanos nos necesitarán si quieren seguir libres, y al parecer nosotros también los necesitamos a ellos.

Ella se levantó de la silla.

—No lo dirás en serio.

—Sé lo que te pido.

—¿De veras? Esto equivale a pedirme que trabaje con Adrian, sabiendo que él es la razón de que tu hija haya desaparecido. O que yo te proponga que colabores con el demonio que mató a tu esposa.

Syre emitió un lento y profundo suspiro, haciendo que su torso se expandiera.

—Si la suerte de todos los vampiros del mundo dependiera de que yo lo hiciera, no dudaría en hacerlo.

—A la mierda tú y tu sentimiento de culpa. —Las palabras brotaron de sus labios antes de que Vash pudiera reprimirlas. Al margen de lo que Syre significaba para ella, ante todo era su superior—. Lo siento, comandante.

Él despachó su preocupación con un ademán impaciente.

—Me resarcirás localizando al licano Alfa y ofreciéndole una alianza con nosotros.

—No hay licanos Alfa. Los Centinelas se han encargado de ello.

—Tiene que haber uno o la revuelta no habría prosperado.

Ella empezó a pasearse de un lado a otro de la habitación; los tacones de sus botas emitían un rápido *staccato* en el suelo de madera.

—Envía a Raze o a Salem —sugirió, ofreciéndole a sus dos mejores capitanes—. O a los dos.

—Tienes que ser tú.

—¿Por qué?

—Porque odias a los licanos y tu reticencia ocultará nuestra desesperación. —Syre rodeó la mesa, se sentó en el borde delantero y cruzó sus largas piernas a la altura de los tobillos—. No podemos darles ventaja. Tienen que creer que nos necesitan más de lo que nosotros los necesitamos a ellos. Y tú eres mi segunda. El hecho de enviarte a ti transmite un potente mensaje sobre la seriedad con la que estoy dispuesto a tomarme la alianza que les ofrecemos.

La perspectiva de trabajar con licanos suscitó en ella una ira que le nubló la vista. ¿Y si se daba la circunstancia de que tenía que trabajar junto a uno de los que habían destrozado a Charron? ¿Y si salvaba la vida a uno de ellos, pensando que era un aliado? Era tan perverso que Vash sintió una opresión en la boca del estómago.

—Dame tiempo para lidiar con el tema por mi cuenta. Si no consigo nada dentro de un par de semanas, volveremos a hablar de ello.

—Para entonces Adrian quizás haya exterminado a los licanos. Tiene que ser ahora, mientras están en inferioridad de condiciones. Piensa en la rapidez con que podríamos empezar a investigar con miles de licanos a nuestra disposición.

Ella siguió paseándose de un lado a otro de la habitación a una velocidad que a los mortales les habría costado seguir.

—Dime que tu petición no tiene nada que ver con tu odio por Adrian.

Syre esbozó una media sonrisa.

—Sabes que no puedo. Quiero machacar a Adrian cuando lo hayamos derrotado. Por supuesto. Pero ése no es el único motivo por lo que te pido esto, sabiendo el esfuerzo que representa para ti. Significas para mí más que eso.

Vash se detuvo bruscamente y se acercó a él.

—Lo haré porque tú lo ordenas, pero no dejaré a un lado la venganza que se me debe. Utilizaré esta oportunidad para buscar a los culpables de la muerte de Charron. Cuando utilice esa información, no se me considerará responsable de las consecuencias. Si eso no te parece aceptable, les presentaré tu oferta de alianza y me marcharé.

—No harás tal cosa. —El tono grave de Syre denotaba una advertencia—. Te apoyaré, Vashti. Lo sabes. Pero en este momento, la urgente necesidad de la nación vampírica debe ponerse por delante.

—De acuerdo.

Él asintió con la cabeza.

—La revuelta se inició en el enclave de Lago Navajo. Empieza por Utah. No pueden haber llegado muy lejos.

2

—Tenemos que averiguar si hay otros Alfas. —Elijah miró al licano que caminaba junto a él, sorprendido por la facilidad con la que Stephan había asumido el papel de Beta.

El instinto influía de manera decisiva en todo lo que hacían como manada de novatos, una verdad que más que tranquilizar a Elijah le inquietaba. Habría preferido que los licanos fueran dueños de sus destinos, en lugar de estar condicionados por la sangre de demonio que corría por sus venas.

Pero al atravesar el largo corredor de piedra, el número de miradas de color verde que recibió era una prueba irrefutable de lo dominante que era la naturaleza primitiva de un licano. Todos tenían los iris verdes y luminosos de unas criaturas de sangre mixta. Había centenares observándolo junto a los muros, formando un pasillo de honor a través de las cuevas de piedra roja del sur de Utah que él había elegido como cuartel general. Creían que era el maldito Mesías, el único licano capaz de conducirlos hacia una nueva era de independencia. No se daban cuenta de que lo agobiaban con sus expectativas y sus esperanzas de libertad.

—Lo he convertido en una prioridad principal —declaró Stephan—. Pero la mitad de los licanos que enviamos fuera no regresan.

—Quizá regresan al redil de los Centinelas. Por lo que respecta a la calidad de vida, estábamos mejor cuando trabajábamos para los ángeles.

—La libertad tiene un precio. ¿Qué no estarías dispuesto a hacer por conseguirla? —preguntó Stephan—. Todos sabemos que los Centinelas están acabados si tomamos la ofensiva. Existen menos de doscientos vivos. Nosotros somos miles.

A Elijah no le pasó inadvertida la sutil sugerencia de que se comportara de modo proactivo en lugar de reactivo. Lo sentía en el aire, en la vibrante energía de los licanos, que estaban preparados y ansiosos por cazar.

—Todavía no —dijo—. No ha llegado el momento.

De repente un brazo lo sujetó.

—¿A qué coño estás esperando?

Elijah se detuvo y se volvió hacia el fornido macho cuyos ojos relucían en las sombras de la cueva. El licano estaba furioso y se había transformado a medias, sus brazos y cuello cubiertos por un pelaje grisáceo.

La bestia que Elijah llevaba dentro emitió un gruñido a modo de advertencia, pero se contuvo, un autocontrol que lo convertía en Alfa.

—¿Me estás desafiando, Nicodemus? —preguntó con tono sereno pero amenazante. Había esperado algo así; sabía que llegaría en algún momento. Era el primero de los numerosos desafíos a los que debería enfrentarse para establecer su dominio; contaba con su poder físico, pero también con la necesidad instintiva de los licanos de seguir a un líder.

Las fosas nasales del licano se dilataron, su pecho se movía de forma agitada mientras luchaba contra su bestia interior. Nic carecía del control de Elijah, y por eso perdería.

Soltándose con brusquedad, Elijah le espetó:

—Ya sabes dónde encontrarme.

Acto seguido le dio la espalda y se alejó, retando deliberadamente a la bestia de Nic. Cuanto antes resolvieran el tema, mejor.

Nic le había preguntado a qué esperaba. Esperaba a que se produjera la cohesión, la confianza, la lealtad, el armazón que uniría a todas las manadas. Al margen de su superioridad numérica, si no trabajaban todos juntos era imposible que derrotaran a una unidad de élite dirigida con mano férrea como la de los Centinelas.

De repente, se le acercó una hembra casi a la carrera; su cuerpo tenso irradiaba una fuerte agitación.

—Alfa —le saludó, presentándose enseguida como Sarah—. Tienes una visita. Una vampira.

Elijah arqueó las cejas.

—¿Una vampira? ¿Sola?

—Sí. Dice que quiere hablar con el Alfa.

A Elijah le picó la curiosidad. Los licanos habían sido creados por los Centinelas con el único propósito de dar caza y frenar a los vampiros. El hecho de que los licanos se hubieran sublevado contra el control de los Centinelas no significaba que hubieran olvidado su arraigado odio hacia los chupasangres. El hecho de que una vampira penetrara sola en su guarida era un suicidio.

—Hazla pasar a la sala grande —dijo Elijah.

Sarah dio media vuelta y regresó corriendo por donde había venido, seguida por Elijah y Stephan a un paso más pausado.

—¿A qué carajo viene esto? —preguntó Stephan, meneando la cabeza.

—Por el motivo que sea, esa vampira está desesperada.

—Ése no es nuestro problema.

Elijah se encogió de hombros y replicó:

—Pero podría beneficiarnos.

—¿Queremos realmente convertirnos en un refugio para vampiros perdedores?

—Aclaremos una cosa: ¿si nos rebelamos salimos ganando, pero si un vampiro se las pira se convierte en un perdedor?

Stephan frunció el ceño.

—Sabes tan bien como yo que la manada no acepta a vampiros.

—Los tiempos han cambiado. Por si no te habías dado cuenta, nosotros también estamos bastante desesperados.

Elijah estaba atravesando el umbral de la sala grande cuando oyó un gruñido a su espalda. Dio un salto hacia delante y asumió su forma de lobo antes de que sus patas tocaran el suelo de piedra. Se volvió en el preciso instante en que Nicodemus se abalanzaba sobre él y lo golpeaba en el costado, dejándolo sin aliento. Tras rodar por el suelo, Elijah se incorporó rápidamente y agarró a su atacante por el cuello antes de que éste pudiera reaccionar. Sacudiendo la cabeza, arrojó al licano al otro extremo de la habitación. Luego emitió un aullido de furia, un sonido que reverberó a través de la gigantesca habitación.

Nic patinó de lado sobre sus patas, pero logró recuperar el equilibrio y atacó de nuevo. Elijah se apresuró hacia delante para interceptarlo.

Ambos chocaron con una fuerza brutal, abriendo las fauces para atrapar a su adversario. Nic mordió con fuerza a Elijah en una pata delantera. Éste trató de alcanzar a su adversario en el flanco, clavándole los dientes con furia mientras su bestia gruñía al percibir el potente sabor a sangre caliente y espesa.

Después de repeler a su atacante de una patada, Elijah se revolvió, arrancándole un pedazo de carne. Nic soltó un aullido de dolor y se dirigió hacia él, renqueando. Elijah flexionó las patas, dispuesto a saltar, cuando una tentadora oleada de delicioso olor a cerezas maduras le asaltó los sentidos. El aroma le invadió, encendiéndole la sangre y estimulando la agresividad que corría por sus venas.

De repente se hartó de jugar con Nicodemus. Elijah dio un salto hacia delante, girando en el aire para evitar las fauces de Nic y aterrizando sobre el lomo del licano. Tras agarrarlo por el cuello, lo inmovilizó sobre el suelo, mordiéndole a modo de advertencia, con la fuerza suficiente para herirlo pero no matarlo. Todavía. Si aumentaba un poco la presión asfixiaría a Nic.

Nic se revolvió durante unos momentos, agitando sus extremidades con el fin de quitarse a su adversario de encima. Pero la pérdida de sangre y el cansancio acabaron con las pocas fuerzas que le quedaban. Gimió con tono suplicante y Elijah lo soltó.

El grave gruñido de Elijah retumbó en la habitación. Se volvió, mirando a todos los licanos que se hallaban en la cueva. Estaban situados alrededor del perímetro, con la vista baja, mientras Elijah les desafiaba a que le atacaran.

Satisfecho al ver que había dejado clara su posición, al menos de momento, Elijah cambió a su forma humana y se volvió hacia el arco de entrada de la sala grande, atraído por el dulce aroma a cerezas maduras que hizo que su pene se pusiera duro.

—Traedme ropa limpia —dijo, dirigiéndose hacia los presentes en general, sin importarle quién lo hiciera, mientras fuera en el acto—. Y una toalla húmeda.

Apenas había terminado de hablar cuando apareció ella, con el mismo aspecto que él recordaba: botas negras de tacón alto, un ajustado mono de lycra negro que realzaba cada una de sus curvas, una cabellera escarlata que le caía hasta la cintura y unos colmillos blancos como perlas. Parecía un personaje salido de un sueño erótico con toques sado. Al verla, sintió un deseo tan intenso de follársela como de matarla. Era una lujuria tan instintiva como inoportuna; la furia estaba teñida de pena y dolor. Ella había matado a su mejor amigo de una forma lenta y atroz con el propósito de llegar a él, pues creía, equivocadamente, que Elijah había asesinado a su amiga Nikki, una vampira que también había sido la nuera de Syre.

Cuidado con lo que deseas, zorra.

Elijah le enseñó los dientes a modo de sonrisa y pronunció su nombre.

—Vashti.

La mirada de ella se intensificó al percibir su olor.

—Tú.

Mierda.

Vash miró al licano desnudo y manchado de sangre que estaba frente a ella al otro lado de la habitación y apretó los puños. No poder sentir el familiar peso de las vainas de sus katanas en la espalda le había tocado las narices, pero ahora le tocaba los cojones.

Ese licano había matado a su amiga, y pagaría por ello.

Avanzó hacia él, los tacones de sus botas resonando en el suelo de piedra irregular. Vivían en una condenada cueva y luchaban entre sí como animales. Como unos malditos perros. Durante días había intentado disuadir a Syre de este disparatado plan, pero el líder de los vampiros no se había dejado convencer. Creía en el viejo dicho de que «el enemigo de mi enemigo es mi amigo». Ella podría haber estado de acuerdo con él si no hubieran estado hablando de los licanos.

—El nombre es Elijah —le corrigió él, observándola con la concentración de un cazador natural al dar con su presa.

Otro macho se acercó a él sosteniendo una toalla en una mano y ropa limpia en la otra. Elijah tomó la toalla y empezó a limpiarse la sangre de la boca y la mandíbula. No apartó la mirada de ella mientras se frotaba su amplio torso y sus brazos con la toalla.

La atención de Vash se vio atraída, muy a su pesar, por el movimiento de la toalla blanca sobre la piel dorada del licano. Elijah estaba dotado de poderosos músculos de la cabeza a los pies, tan perfectamente definidos que era difícil no admirarlos. No le sobraba ni un gramo de grasa, y su virilidad era indudable, incluso aunque no hubiera mostrado su imponente verga y sus pesados testículos. El aire estaba impregnado de su olor, un aroma natural pero excitante a clavo y bergamota saturado de feromonas masculinas.

Elijah entregó la toalla al licano que estaba junto a él y se acarició su largo y grueso pene de la raíz a la punta.

—¿Te gusta lo que ves? —la provocó con una voz grave y potente que la afectó físicamente. Tenía una profunda herida en la pantorrilla, de la que brotaba un chorro de sangre cuyo delicioso olor hizo que a Vash se le hiciera la boca agua.

Ella levantó la vista de su entrepierna con insolente parsimonia.

—Me maravilla que no huelas como un perro mojado.

Él olisqueó el aire.

—Tú hueles a chivo expiatorio.

Vash se rió por lo bajo.

—He venido para ayudaros, licano. Mientras permanezcáis bajo tierra estáis seguros. Pero tarde o temprano tendréis que salir de aquí, y cuando estéis al descubierto los ángeles os liquidarán a todos. Puesto que ya habéis empezado a pelear entre vosotros, no tendréis la menor oportunidad de derrotar a los Centinelas de Adrian sin unos aliados.

Los licanos que estaban en la habitación murmuraron para manifestar su desagrado ante esa idea. Ella alzó la voz y se dirigió a todos los presentes.

—Estoy de acuerdo con vosotros. Yo tampoco quiero colaborar con vosotros.

—Pero has venido porque Syre te ha enviado —dijo Elijah, enfundándose unos vaqueros amplios—. A una orden del jefe, te has metido en la boca del lobo.

Ella se volvió de nuevo hacia él, alzando el mentón.

—Nosotros somos más civilizados que vosotros, licano. Conocemos el valor de la jerarquía.

Él se acercó a ella, descalzo, con el paso ágil de un depredador. Ella se fijó en los tensos músculos de su abdomen, que se tensaban mientras avanzaba. Sintió una oleada de calor que le recorrió el cuerpo mientras el olor que él exhalaba se hacía más intenso.

Joder. Si un licano era capaz de ponerla tan cachonda, significaba que llevaba demasiado tiempo célibe.

Vash apretó los puños cuando él se detuvo frente a ella. Demasiado cerca. Invadiendo su espacio personal. Tratando de intimidarla con su poderoso cuerpo y su apetito voraz. Vio el deseo reflejado en sus ojos y percibió el seductor olor a feromonas en el aire que lo rodeaba. Él la odiaba, pero al mismo tiempo la deseaba.

Pese a su elevada estatura y sus botas de tacón alto, Vash tuvo que inclinar la cabeza hacia atrás para mirarlo.

—Dime que me largue y lo haré. Sólo accedí a hacerte la oferta. En realidad no quiero que aceptes.

—No tengo intención de rechazar tu oferta hasta que entres en detalles. —Él tomó un mechón de su cabello rojo y lo restregó entre los dedos—. Y quiero ver qué cara pones cuando averigües que yo no maté a tu amiga.

Ella contuvo el aliento. Se dijo que era debido a la sorpresa y no porque sintiera sus nudillos rozándole los pechos.

—Mi olfato es casi tan bueno como el tuyo.

Él esbozó una media sonrisa cruel.

—¿Has comprobado si mi muestra de sangre contiene anticoagulantes?

Ella retrocedió apresuradamente. Sabía que los Centinelas guardaban muestras de sangre de todos los licanos en unas instalaciones de conservación criogénica situadas en los enclaves de los licanos, pero no se le había ocurrido que esas muestras pudieran ser manipuladas.

—¿Qué coño quieres decir?

—Me tendieron una trampa. Tú, sin embargo, eres culpable de matar a mi amigo. Confío en que lo recuerdes, porque su asesinato selló tu sentencia de muerte. ¿El pelirrojo al que dejaste clavado a un árbol y diste por muerto?

Elijah la rodeó. Docenas de pares de ojos de color esmeralda la observaban con evidente hostilidad. Las posibilidades de salir de esa cueva con vida se reducían a cero.

—Si me matas ahora —le advirtió Vash—, los vampiros y los Centinelas vendrán a por ti.

—Eso es un problema —murmuró él junto a su hombro.

—Pero hay algo que quiero más que mi vida. Si me ayudas a conseguirlo, dejaré que me mates de forma que parezca que lo has hecho en defensa propia.

Elijah se detuvo de nuevo frente a ella.

—Te escucho.

—Quiero hablar a solas contigo.

Elijah hizo un gesto con el brazo, ordenando a los demás que se retiraran.

—¿Alfa...? —preguntó Stephan.

—Descuida —respondió Elijah—. Puedo con ella.

Vash soltó un bufido.

—Puedes intentarlo, cachorro. No olvides que te llevo varios eones.

En menos de un minuto, la habitación estaba vacía.

—Estoy esperando —dijo él. Sus ojos emitían un fulgor peligroso.

—Uno de tus perros mató a mi compañero. —Vash sintió la furia y dolor que le corrían por las venas como ácido siempre que pensaba en ello—. Si crees que lo que le hice a tu amigo fue atroz, no fue nada comparado con lo que le hicieron a Charron. Ayúdame a dar con los responsables de esa salvajada y deja que los mate, y luego puedes hacer lo que quieras conmigo.

Él la miró con ojos entrecerrados.

—¿Cómo pretendes localizar a esos licanos? ¿Qué es lo que buscas?

—Tengo la fecha, la hora y el lugar. Sólo necesito saber quiénes se hallaban en ese momento en la zona. He reducido la lista a tres.

—Una lealtad sedienta de sangre.

Ella se volvió para mirarlo.

—Yo podría decir lo mismo de ti.

—Tendrías que quedarte conmigo —apuntó él—. Quiero estar presente cada vez que interrogues a un miembro de la manada. Eso podría llevar varios días, quizá semanas.

El olor a lujuria que exhalaba Elijah se intensificaba por momentos, y ella, maldita sea, no era inmune a él.

—Llevo años buscando. Unas semanas más no me matarán.

—No, pero yo sí. Tarde o temprano. Entretanto, no es preciso que me caigas bien —dijo él con tono afable— para querer follar contigo.

Ella tragó saliva, maldiciendo el acelerado ritmo de su pulso, que sabía que él podía percibir.

—Por supuesto. Eres un animal.

Él la rodeó de nuevo, inclinándose sobre ella y aspirando profundamente su olor.

—¿Cuál es tu excusa?

Vash no tenía ninguna, y eso la desconcertaba. Desde que Char había muerto, la necesidad de practicar sexo había sido casi nula. Pero no estaba dispuesta a confesar que él la atraía como no lo había hecho ningún hombre desde la muerte de su compañero. Y menos sabiendo que su reacción tenía menos que ver con él que con la ansiedad que le producía encontrarse en una guarida llena de seres a los que odiaba sin un arma sujeta a la espalda. Vash era más que capaz de liquidar a media docena de licanos con sus colmillos y sus garras; con las dos katanas de Charron, podía enfrentarse a una legión. Sólo el propio Char rivalizaba con ella en materia de destreza con las espadas.

—No necesito ninguna excusa. Soy una mujer heterosexual y tú eres un exhibicionista que goza tocándose su enorme verga. El espectáculo tiene su mérito.

Él enseñó los dientes a modo de sonrisa y cruzó los brazos.

—¿Qué quiere Syre a cambio de su protección contra los Centinelas?

Vash lo observó, tomando nota de su postura con las piernas separadas y su mentón alzado. Era una presencia sólida y fuerte. Casi podía imaginarlo como un objeto inamovible en medio de un tornado. Aunque la fuerza de su ira, al igual que la de su deseo, era tangible —algo que la excitaba—, sus hermosos ojos de color esmeralda estaban empañados por el dolor. Al margen de sus defectos, Elijah era leal. Si además era de fiar, podría ser muy útil para la nación de los vampiros. Y para ella.

Ella le imitó, cruzando los brazos. Observó que los ojos de Elijah descendían hasta la uve de su escote y que tensaba la mandíbula. No quería desearla. Vash sonrió para sus adentros. Desde la muerte de Charron había utilizado su sexualidad como un arma, un arma tan mortífera como una espada.

Cosa que Elijah no tardaría en descubrir de primera mano.

—Vas a matarme —dijo Vash sin perder la calma—, como represalia por la muerte de tu amigo, que murió porque yo también quería vengar la muerte de Nikki. No..., deja que termine antes de discutir conmigo.

No voy a incumplir nuestro acuerdo. A fin de cuentas, me harás un favor. Incluso apoyaré el pescuezo sobre un tocón para ponértelo fácil.

El licano la miró con desconfianza.

—¿Adónde quieres ir a parar?

—No quiero tu comprensión ni tu compasión. Sólo quiero que veas en mí la fidelidad que yo veo en ti. Aportaré a esta alianza todo cuanto tengo. Si tú haces lo mismo ambos conseguiremos nuestros respectivos objetivos.

—¿Estás segura? —El tono de Elijah era grave e íntimo, distinto a la ira que contraía su sexi boca.

—Siempre que tus objetivos sean realistas —respondió ella secamente.

—No has respondido a mi pregunta, Vashti. ¿Qué espera ganar Syre con esto?

—Es un acuerdo prácticamente equitativo. —Ella alzó la mano y se pasó los dedos por el pelo, observando cómo él no apartaba los ojos de su pelirroja cabellera. Quería jugar un poco con él, espolear su hambre, pero en lugar de eso sintió que la ferocidad de su mirada la excitaba. El deseo que transmitía esa bestia de hombre, tan hermoso y viril, era seducción en estado puro—. Los dos necesitamos efectivos.

—No conduciré a los licanos a una guerra con los Centinelas.

—¿No? ¿Aún sientes la presión del collar?

—Soy consciente de que los Centinelas cumplen un propósito —replicó él—. Son necesarios para mantener a los renegados a raya. Por eso creo que Adrian no ha caído como lo has hecho tú, aunque haya cruzado la misma línea. Él representa el peso que equilibra la balanza; es demasiado necesario como para eliminarlo.

Ella tensó la mandíbula, tratando de reprimir los irritantes pensamientos que le asaltaban cada vez que hablaba del líder de los Centinelas, porque tenía que conservar la calma.

—Por otra parte, ahora que estáis todos en el paro necesitáis dinero. La nación vampírica ha amasado una considerable fortuna.

—Quieres tenerme en una posición de desventaja. Quieres que me sienta agradecido. —Elijah descruzó los brazos y se pasó una mano por el pecho, frotando la palma sobre un pectoral maravillosamente definido. Exhibiendo su increíble cuerpo. Siguiéndole el juego. Su voz era áspera. Cálida como terciopelo. Acariciándola como la punta de una lengua. —No subordinaré las manadas a nadie. O somos iguales o no hay trato.

Ella sonrió.

—No puedes permitirte rechazar esta oferta.

—Sé lo que puedo permitirme y lo que no. Y lo que estoy dispuesto a pagar. Ya no tengo nada que perder, pero eso no hace que me sienta desesperado. Lo tomas o lo dejas.

Ella dio media vuelta, ocultando una sonrisa.

—Tomaré lo que necesito y regresaré mañana. Espero que estés dispuesto a hablar en serio del trato.

—Vashti.

Al volverse para mirarlo, ella comprendió que él era perfectamente capaz de defenderse solo. Atrapado entre dos fuerzas de la naturaleza como Adrian y Syre, estaba claro que, llegado el momento, Elijah se podría decantar por cualquiera de los dos bandos en la batalla. Los rasgos de sumisión que estaba tan acostumbrada a ver —y despreciar— en otros licanos, en el Alfa brillaban por su ausencia. Sin embargo, Adrian lo había tenido a su servicio, rompiendo su costumbre de segregar a los Alfas de los otros. No sólo eso, sino que el líder de los Centinelas le había confiado la seguridad de Lindsay.

—¿Sí?

—No juegues conmigo. —El tono de Elijah contenía una clara advertencia, que hizo que a ella se le pusiera la carne de gallina—. Reconozco que te deseo, pero no dejaré que me manipules a través de mi polla. Yo también sé jugar a este juego. No se me va a olvidar que tú también me deseas. No necesito oírtelo decir, me basta con olerlo.

—Odio a los licanos —dijo ella con tono desapasionado. Era un hecho, que era preferible dejar bien claro por si él había interpretado mal el mensaje—. La idea de follar con uno me produce náuseas.

—Pero la idea de follar conmigo hace que te humedezcas —respondió él con una voz tan carente de emoción como la suya—. Dejemos las cosas claras desde el principio. Yo te follaré hasta dejarte sin sentido y tú me exprimirás hasta la última gota, y por la mañana seguiremos odiándonos. Nada de eso cambiará la forma en que llevemos a cabo esta alianza.

Ella sonrió divertida.

—Bueno es saberlo.

Él fijó la vista en su cuello.

—Y quien haya estado alimentándose de ti no volverá a hacerlo. Los únicos labios que tocarán tu piel serán los míos. No me gusta compartir.

Ella se llevó involuntariamente los dedos a los dos diminutos orificios producidos por unos colmillos que cicatrizaban con insólita lentitud. Lindsay había bebido su sangre después del intento fallido por parte de Syre de recuperar el alma de su hija, Shadoe. Vash recordó que la primera vez que había visto a Elijah éste estaba con Lindsay, protegiendo a la compañera de Adrian con su vida.

—Aunque no te incumbe, eso no volverá a suceder.

Vash emprendió la larga caminata de regreso a la entrada de la cueva, sintiendo un nerviosismo que no había experimentado desde… nunca. Elijah la ayudaría a dar con los licanos que andaba buscando. Pese a ser una «colaboración» entre adversarios, confiaba en que él cumpliera su palabra, siquiera para poder vengarse al final. Eso debería hacer que se sintiera satisfecha de trabajar con él, pero lo cierto es que no las tenía todas consigo.

A partir de ese momento dependía de la fiabilidad de un ser cuya especie despreciaba desde hacía tiempo justamente por su tendencia a traicionar a sus aliados. Tiempo atrás los licanos habían sido Vigilantes. En lugar de someterse al mismo castigo que el resto de sus hermanos y convertirse en vampiros, habían implorado clemencia a los Centinelas. Adrian se la había concedido a cambio de una inquebrantable servidumbre como licanos. Con sangre transfundida de lobos corriéndoles por las venas, habían perdido sus alas pero habían conservado sus almas…, y su mortalidad. Vivían, aullaban y morían como esclavos, que era lo menos que se merecían.

Pero habían traicionado a los Centinelas, al igual que habían traicionado a los Caídos, aliándose de nuevo con éstos.

Vash estaba resuelta a impedir que estos perros tuvieran la oportunidad de traicionar a los Caídos por segunda vez. Estaba dispuesta a hacer lo que fuera para asegurarse de que, si alguien recibía una puñalada por la espalda, sería un licano.

3

—Tengo derecho a matarla —le espetó Rachel, mirándolo con ojos rebosantes de furia—. No puedes arrebatarme ese derecho.

Elijah estaba de pie, con las palmas de las manos apoyadas en su mesa. Tenía la vista fija en el plano esquemático frente a él, observando las líneas rojas que indicaban los lugares por los que los cables eléctricos transmitirían la potencia de los generadores a varias cavernas.

—Puedo postergar ese derecho y voy a hacerlo.

Porque no eran las dos únicas personas que reivindicaban un pedazo del fabuloso pellejo de Vashti. Lindsay también había perdido a un ser querido a manos de la vampira.

—Micah te habría vengado, El. No olvides que murió para protegerte. Vashti lo mató tratando de averiguar dónde estabas.

Para vengar la muerte de Nikki, porque alguien había utilizado su sangre para endosarle el crimen. Daba lo mismo que él no hubiera secuestrado a Nikki. Era culpable de ser el motivo por el que Micah había muerto.

—Micah no tenía a docenas de licanos que dependían de él, Rach. Necesitamos esta alianza para sobrevivir.

—Maldita sea. Deseas a esa mujer.

Él levantó la cabeza y la miró.

—No te molestes en negarlo. —Ella sostuvo su mirada—. Es más que evidente.

—Pero me matará igualmente —terció Vashti, acercándose a ellos.

Todos se volvieron hacia el arco y hacia la vampira que acababa de aparecer. A diferencia del aspecto que presentaba la víspera, Vash había

regresado armada hasta los dientes. Las correas de las vainas de sus katanas le atravesaban el torso entre sus seductores pechos, y tenía dos fundas de cuchillo sujetas a sus esbeltos muslos. En la mano sostenía una
pequeña bolsa de lona azul marino. Caminaba con pasos largos y seguros, el mentón alzado con gesto orgulloso. Como de costumbre, iba vestida de negro de los pies a la cabeza. Esta vez su atuendo consistía en un
ajustado pantalón de algodón y un chaleco de cuero abrochado en la
parte delantera con corchetes de metal. Llevaba el pelo recogido en un
moño alto, sujeto con lo que Elijah sospechaba que eran unos pequeños
cuchillos para lanzar.

Como la primera vez que la había visto en un aparcamiento en Anaheim, su aspecto le impactó como un puñetazo en el estómago. Su reacción visceral al verla fue tan intensa, que contuvo el aliento y luego se
esforzó en expelerlo despacio.

Rachel soltó un gruñido y él la observó, aceptando su exclamación
de desdén. Comprendía que, de estar en su lugar, él sentiría lo mismo
que ella.

—Vashti —dijo, enderezándose—. Esta es Rachel, la compañera del
licano que mataste. Rach, esta es Vash, la segunda de Syre.

Elijah observó a las dos mujeres con atención, consciente de lo difícil
que debía ser para Rachel enfrentarse a la asesina de su compañero sin
poder vengarse porque se lo había prohibido el hombre que había contribuido a la muerte de Micah. Se llevó una mano al pecho, frotándoselo
para aliviar el dolor que le impedía respirar con normalidad.

Vash dejó caer su bolsa al suelo delante de la mesa de Elijah.

—Aunque no te sirva de consuelo que te diga que sé cómo te sientes,
Rachel, es la verdad. A mi compañero lo mataron unos licanos.

—¿Lo dejaron mortalmente herido durante días para que muriese
lentamente? —preguntó Rachel con amargura.

—No. Le arrancaron las entrañas y devoraron sus órganos vitales
mientras aún estaba vivo.

—Mientes —le espetó Rachel—. Los licanos no matan de ese modo.

—Claro… Como quieras.

Elijah señaló a Beta, que trabajaba frente a un ordenador portátil en una mesa contigua.

—Este es Stephan.

—Hola, Beta —dijo Vash, sonriendo al observar que el otro arqueaba las cejas—. Aquí nos conocemos todos.

Stephan la saludó con un breve gesto de cabeza.

Vashti asestó un puntapié a una piedra en el suelo.

—Me encanta lo que has hecho con este lugar, El. Has llevado el encanto rústico a un nuevo nivel.

La mirada que él le dirigió llevaba implícita todo lo que él necesitaba decir sobre su sarcasmo.

Ella se acercó más, contemplando los planos esquemáticos con una media sonrisa.

—Están bien. Pero ya puedes recogerlos. No nos quedaremos aquí.

Él se reclinó en la silla, esperando a que Vash dijera lo que tenía que decir.

Ella se sentó a medias en la mesa.

—No voy a asignar a mis chicos la misión de montar guardia en unas cuevas. De hecho, esta alianza no les hará ninguna gracia. Además, necesitamos más potencia que la que pueden procurarnos unos generadores. En este agujero en la tierra no tendrás Internet ni cobertura para teléfonos móviles, y tienes que disponer de la información y comunicación necesarias para mantener a las manadas unidas. Yo también necesito comunicarme con mi gente y mantener mi agenda.

—¿Tu agenda…? —Elijah miró a Rachel y suavizó el tono de su voz—. Comunica a los demás que evacuaremos dentro de poco esta cueva.

—¿Así, sin más? —preguntó Rachel, sorprendida—. ¿Ella te dice que saltes y tú lo haces?

—Míralo como quieras. —Por más que lamentaba la posición en que se veía obligado a colocar a Rachel, Elijah no estaba dispuesto a discutir sus decisiones con nadie. Si querían sobrevivir, su palabra era ley—. Si lo prefieres puedes quedarte aquí. Informa a los demás que pueden quedarse contigo o venir conmigo, como quieran.

Stephan se levantó al ver que Rachel salía airadamente de la sala.

—Yo me encargaré de ello, Alfa.

— Eso puede esperar. Por ahora te necesito aquí.

Vash meneó la cabeza.

—Espero que puedas evitar que estalle un drama. Ya tenemos bastantes problemas.

—¿Como por ejemplo…? Ahora es el momento de mostrar tus cartas.

Ella dudó unos instantes, frunciendo un poco los labios mientras reflexionaba sobre lo que tenía en mente.

—La situación es complicada.

—Cuéntame algo que no sepa. De no ser así, no habrías venido.

—Necesito comprobar algunas cosas, y necesito gente que se patee la calle a la luz del día. No tengo los suficientes Caídos para cubrir el territorio necesario en el espacio de tiempo de que disponemos. —Vash empezó a tamborilear con los dedos sobre la mesa, delatando su nerviosismo—. Yo te apoyaré y me aseguraré de que los licanos que huyan de otros enclaves no sufran daño alguno. A cambio, tú ordenarás a esos licanos que me ayuden a recabar información.

Elijah esperó a que ella entrara en más detalles. Entretanto, la observó con atención, tomando nota de la maravillosa textura de su piel marfileña y sus pestañas negras y espesas. El color ámbar de sus ojos, un rasgo universal en todos los vampiros, contrastaba con el rojo vivo de su cabello. Se preguntó qué aspecto tendría con los ojos intensamente azules de un serafín. Supuso que parecería una muñeca de porcelana. Poseía una elegante fragilidad que no era apreciable a primera vista, y que de lejos era imperceptible. Su inclinación por el cuero y la lycra de color negro impedía que uno se percatara de lo profundamente femenina que era.

Vash emitió un suspiro de capitulación y sacó un pendrive de su escote.

—Esto lo explicará todo mejor de lo que yo podría.

Stephan tomó su ordenador portátil de la otra mesa y lo colocó frente a Elijah, que insertó el pendrive en él. Al cabo de unos momentos apareció un vídeo. Eran las imágenes de una cámara de seguridad de una celda en la que un vampiro que echaba espuma por la boca y tenía los ojos inyectados en sangre se golpeaba la cabeza contra un muro de ladrillo hasta reventarla.

—He visto a otros vampiros infectados como éste —comentó Elijah.

—¿De veras? —Vash se levantó y se situó ante él, mirándolo con renovado interés—. ¿Cuándo? ¿Dónde?

Él se reclinó de nuevo en su silla.

—La primera vez fue en Phoenix, hace aproximadamente un mes. Creo que era la amiga cuya muerte querías vengar, una chica morena, menuda, una piloto.

—Nikki. —Vash respiró hondo—. Joder. Pensé que Adrian me mentía cuando dijo que la pobre estaba tan jodida.

—Dos días más tarde vaciamos un nido en Hurricane, Utah. La mitad de los ocupantes echaban espuma por la boca.

Vash se agachó y sacó un iPad de su bolsa. Mientras hablaba se puso a teclear.

—No sabemos en qué consiste esta enfermedad, ni con qué rapidez se propaga, ni dónde comenzó. Esto es lo que tenemos que determinar y para lo que os necesitamos… Tenemos que trabajar noche y día. Podemos hacerlo en turnos.

—Quizá sea un método de control de población.

Ella alzó la cabeza.

—No me vaciles. No me gusta.

—¿Se han infectado algunos de los Caídos?

—No. —Vash colocó el dispositivo ante él, mostrando un mapa de Norteamérica marcado con puntos multicolores—. Los puntos rojos son los primeros informes. Como puedes ver, la aparición de Nikki en Phoenix formaba parte de la primera oleada. Los segundos informes son los de color naranja. Los amarillos son los más recientes.

Stephan se acercó para mirar más de cerca.

—Están en todo el mapa.

—En efecto. Lo lógico sería que la enfermedad se hubiera propagado hacia fuera desde un punto, pero al parecer hubo cuatro, como si hubieran sido repartidos de forma deliberada para acelerar el ritmo de propagación y ampliar la zona de contagio. Sabemos que los Centinelas asaltaron un nido en las afueras de Seattle, el cual, como podéis ver, constituye uno de los primeros casos conocidos.

Elijah meneó la cabeza, sabiendo a dónde quería ir a parar Vashti.

—Adrian no está involucrado en esto.

—¿Estás seguro?

—Sí. No significa que un Centinela no sea responsable, pero Adrian no ha tenido nada que ver en ello.

—Mierda. —Vash empezó a pasearse de un lado a otro de la habitación, distrayendo a Elijah durante unos instantes con su caminar ágil y airoso—. Y los Centinelas no actúan si él no se lo ordena, lo cual nos deja… ¿con qué? ¿Demonios? ¿Un licano?

—No descartes a los Centinelas.

Ella se detuvo y lo miró.

—¿Por qué?

—Secuestraron a una mujer en Angel's Point mientras la custodiaban unos Centinelas.

—Entonces ellos dejaron que sucediera.

—No a esta mujer. Adrian hubiese desatado el Armagedón antes de permitir que se la llevaran.

—¿Tú crees? Hmm… —Vash giró sobre sus tacones de vértigo y salió de la cueva.

Elijah fue tras ella, siguiendo su olor a cerezas maduras. Cuando salieron a la superficie estaba bastante mareado y tuvo que respirar hondo para aclararse la mente, nublada por la lujuria. Observó a Vash sacar un iPhone de debajo de uno de los tirantes de su sujetador rojo y pulsar un botón de marcación rápida. Al cabo de un momento, el líder de los vampiros apareció en la pantalla del móvil.

—Vashti. —Syre saludó a su segunda con afectuosa familiaridad—. ¿Estás bien?

—Eso no te preocupó cuando la enviaste a verme sola y desarmada —terció Elijah.

—Deja que lo vea —dijo Syre, haciendo que Vash inclinara la pantalla hacia Elijah—. Ah. El licano Alfa. Eres tal como imaginé.

—Yo supuse que eras más inteligente. —Elijah cruzó los brazos.

—Serías un idiota si lastimaras a mi lugarteniente. Yo te perseguiría y colocaría tu pellejo a modo de alfombra frente a mi chimenea.

—¿Mi pellejo vale tanto como el de ella? —Elijah miró a Vash, irritado porque le preocupara el respeto que le pudiera mostrar o no su comandante.—Si hubieras logrado matarla, sí. Es una guerrera excelente, armada o desarmada.

Vash colocó de nuevo el móvil frente a ella.

—¿Cómo conseguiste secuestrar a Lindsay?

Invadido por una inusitada furia que hizo que se le erizara el vello de los brazos y el cogote, Elijah sujetó a la vampira por el cuello contra un árbol antes de que ésta pudiera reaccionar.

Vash se encontró sujeta contra el áspero tronco de un árbol por un licano de más de dos metros de estatura y casi cien kilos de peso que no cesaba de gruñir y aullar de rabia. Su furia por dejarse pillar desprevenida se veía agravada por la irritación que le producía el sentimiento posesivo de Elijah hacia Lindsay Gibson.

—¿Qué? —le espetó, asiéndole por las muñecas mientras él la aferraba por el cuello. Él había introducido su musculoso muslo entre los de ella y sus enjutas caderas le oprimían la pelvis de una forma que hacía que el corazón le latiera aceleradamente—. ¿La mujer de Adrian te pone cachondo?

—¿Dónde está?

Ella sonrió con desdén.

—¿A ti qué te importa?

—Lindsay me salvó la vida.

—Ya sabía yo que tenía motivos para odiar a esa zorra.

—Está con Adrian.

Elijah volvió la cabeza hacia el iPhone que había caído al suelo, fijando la vista en el frío rostro de Syre.

—¿Está ilesa?

—Si sigue viva, gozará de mejor salud que nunca.

Elijah sintió que un escalofrío le recorría la espalda. Miró a Vashti, cuyos ojos brillaban, desafiantes. Aunque un mortal ya habría perdido el conocimiento debido a la falta de aire, la vampira tenía tan sólo el rostro arrebolado, lo cual aumentaba su atractivo.

—¿Qué le has hecho?

—Lo que ella quería que hiciera —respondió Syre—. Suelta a mi lugarteniente, Alfa, antes de que piense que eres más problemático que útil.

—Todavía no —contestó Elijah. Si sus sospechas se confirmaban, quizá no la soltaría nunca. Se le formó un nudo en el estómago mientras sentía cómo el miedo aumentaba.

Vash sonrió.

—¿Cómo conseguiste llegar a ella, Syre?

—Me la trajeron unos miembros de la secta de Anaheim.

Elijah soltó un gruñido.

—¿Hay un nido de vampiros en California del Sur?

—Nosotros preferimos llamarlos sectas o clanes —le rectificó Vash—, según el tamaño. —Se volvió hacia Syre—. ¿Te dijeron cómo consiguieron sacarla de Angel's Point?

Todo el mundo sabía que Angel's Point, la residencia de Adrian en

Anaheim Hills, era una fortaleza. Construida en las colinas sobre la ciudad, estaba custodiada por Centinelas y licanos —antes de la sublevación—, y por el sistema de vigilancia electrónica más puntero que existía en el mercado.

—No. —Se podía percibir en el tono reflexivo de Syre cómo trabajaban los engranajes de su cerebro—. Deduje que la habían secuestrado en algún punto entre su lugar de trabajo y el Point.

—Tenemos que hablar con ellos. Tienen un contacto alado que desconocemos.

—Me encargaré de ello. He enviado la muestra de sangre del Alfa que recogieran en el lugar donde Nikki fue raptada para analizarla y comprobar si contiene anticoagulantes, tal como pediste. Te informaré de los resultados cuando los tenga. —Se produjo una pausa—. ¿Seguro que estás bien, Vashti?

Los dedos de ella soltaron las muñecas de Elijah, y luego deslizó las manos por sus brazos como haría un amante. Atormentándolo. Incitándolo.

—Desde luego.

—Llámame con frecuencia, para poder estar seguro.

—Sí, Syre.

Sí, Syre. Elijah estaba decidido a oírla ceder de la misma manera... mientras estaba debajo de él, soportando que la embistiera una y otra vez con su poderosa polla. Que pudiera desearla y querer matarla al mismo tiempo lo estaba volviendo loco. El dolor de Rachel era como una tenaza que le oprimía el pecho... Lindsay había perdido a su madre debido a la brutalidad de Vashti... Sin embargo, él deseaba a esa vampira con una ferocidad que le asombraba.

Ella le apretó los hombros con la fuerza de una vampira, que era precisamente la presión exacta que le gustaba a él. Luego deslizó las manos por su columna vertebral, masajeándola, antes de alcanzarle el culo y acariciárselo. Sacó la punta de la lengua y la pasó sobre su carnoso labio inferior.

—No puedes tener a Lindsay, ¿lo sabes? Está loca por Adrian. Ha sacrificado su vida por él.

Él trató de resistir la trampa de seducción en la que ella intentaba atraparlo

—¿Qué le hiciste exactamente, Vashti?

—Llevas años siendo el perro de los Centinelas. Pero nunca has visto a Adrian perder la cabeza por una mujer. ¿Por qué ella? ¿Qué tiene de especial esa mujer?

—¿Qué insinúas?

—Ella es, mejor dicho, era, la hija de Syre.

Elijah se quedó helado y ella sintió que relajaba los dedos alrededor de su cuello.

—Imposible.

Los vampiros no podían procrear, eran unas criaturas sin alma incapaces de crear a un ser dotado de alma. Pero… Lindsay había mostrado casi desde el principio unos rasgos anómalos.

—Nació con otra alma dentro de ella. El alma reencarnada de la hija nafil de Syre, creada antes de que éste cayera en desgracia.

—¿Qué le hiciste, Vashti? —insistió él.

—Lo que era preciso para que un alma predominara sobre la otra.

Elijah sintió una furia que le corría por las venas como fuego, induciéndole a aferrarla por el cuello con todas sus fuerzas. En aquel momento, estaba a una milésima de segundo de separarle la cabeza del cuello.

—¿La sometiste a la Transformación? —preguntó, luchando contra la bestia que pugnaba por abrirse paso bajo su piel—. ¿Aniquilaste su espíritu? ¿Lindsay ya no existe?

Por primera vez, el temor se reflejó en los ojos de ella y sus labios adquirieron un color blanquecino. Cuando él saco sus garras y las clavó en su pálida piel, unos hilos de sangre se deslizaron sobre la parte superior de sus pechos.

—Sigue siendo Lindsay. El alma de Shadoe se perdió cuando Syre culminó la Transformación. Y él no mentía, era lo que deseaba Lindsay.

—Y una mierda. Ella odiaba a los vampiros por tu culpa. Tú mataste a su madre. Jamás se habría transformado en una vampira por voluntad propia.

Vash frunció el ceño.

—¿De qué coño estás hablando?

—Ocurrió hace dos décadas. Una bonita niña rubia de cinco años y su madre habían ido de picnic al parque... Hasta que una pandilla de vampiros decidieron darse un festín.

—No. —La confusión se aclaró. Ella lo miró a los ojos—. No es mi estilo. Y si no me crees, pregúntaselo a ella. Debió descubrirlo todo cuando me hizo estos dos orificios en el cuello con los colmillos y me succionó la sangre y los recuerdos almacenados en ella. Me había derribado al suelo y me tenía inmovilizada con un afilado trozo de madera que había cerca; pudo haberme liquidado, pero me dejó libre.

Elijah, que necesitaba respuestas definitivas, se apartó de su cuerpo dúctil y sensual, maldiciéndose por querer creerla.

—Necesito saber que ella está bien. Haz que ocurra.

—Tienes problemas más graves en qué pensar.

Él le dirigió una mirada feroz que la clavó contra el árbol.

—Ahora, Vashti.

Soltando una palabrota por lo bajo, Vashti recogió su móvil del suelo y consultó sus contactos. Al cabo de unos momentos se oyó el sonido de otro teléfono, seguido por el saludo profesional de una recepcionista de Mitchell Aeronautics.

—Páseme con Adrian Mitchell, por favor. Dígale que Vashti desea hablar con él.

Elijah cruzó los brazos mientras esperaba. Intentaba comprender por qué los vampiros que se habían apoderado de Lindsay habían dejado que regresara junto a Adrian, renunciando a utilizar contra él la única debilidad del líder de los Centinelas. ¿Por qué?

—Vash. —La grave y sonora voz de Adrian fluyó a través del receptor del móvil, esta vez sin imágenes de vídeo.

—¿Cómo está el nuevo amor de tu vida, Adrian? —En los labios de Vash se dibujó un rictus de amargura—. ¿Ha conseguido sobrevivir?

—Está perfectamente bien. ¿Cómo está tu cuello?

—Todavía mantiene unida mi cabeza y mi cuerpo.

—Seguís teniendo a unos cuantos salvajes entre vuestras filas, Vashti. —Pese a la dureza de sus palabras, el tono del líder de los Centinelas seguía siendo tan sereno y afable como siempre—. Acabaremos cazándolos.

Todos los Centinelas mostraban ese férreo autocontrol y neutralidad emocional, pero Elijah había oído a Adrian hablar con Lindsay y sabía que en el caso del ángel, las apariencias engañan.

Ella soltó un bufido de desdén.

—Según tengo entendido, no todos los miembros de tu pandilla acatan tus órdenes a rajatabla.

—No te acerques a Lindsay. Ni tú ni Syre tenéis ya nada que ver con ella.

Vash miró a Elijah.

—Es una vampira, Adrian, por lo tanto es una de los nuestros.

—Es mi compañera, por lo tanto es mía. Si olvidas eso tu cuello dejará de cumplir su propósito.

—Me encanta cuando me amenazas —ronroneó ella con tono meloso—. Saluda a Lindsay de mi parte. —Después de colgar marcó otro número. El vídeo se activó y apareció el rostro de Syre en la pantalla—. Lindsay está bien. Y Adrian me ha amenazado por si nos acercamos a ella, lo que significa que sigue protegiéndola. Está en buenas manos, Samyaza.

Elijah se acercó, fascinado por la mirada atormentada del líder de los vampiros. Al cabo de unos momentos, Syre tragó saliva y emitió un prolongado suspiro.

—*Todah*, Vashti.

—De nada. —El rostro y el tono de ella se suavizaron—. Debí comprobarlo antes. Lamento no haberlo hecho.

Entre los dos vampiros existía una comprensión silenciosa. Su forma instintiva de tratarse indicaba una larga relación y una profunda compasión. Elijah estaba pensando cómo había cambiado la idea que tenía sobre Vashti —en especial el fascinante descubrimiento de la mujer de corazón tierno que se ocultaba tras ese exterior duro—, cuando ella concluyó la llamada y se volvió hacia él.

—¿Te sientes mejor? —preguntó, arqueando una ceja.

—Por ahora. —Elijah no se sentiría totalmente tranquilo hasta que hubiera hablado personalmente con Lindsay, pero al menos sabía que estaba con Adrian, quien daría su vida por ella. De momento, su amiga estaba a salvo.

—¿Ya no tienes tantas ganas de matarme?

Él sonrió, enseñando los dientes.

Ella se encogió de hombros.

—Tenía que preguntártelo.

4

Cuando Vash abrió la parte trasera de su Jeep, sintió la mirada de Elijah deslizándose por su espalda.

Algo había cambiado entre ellos hacía unos instantes. Ella lo había sentido, aunque no podía definirlo.

—¿Qué haces? —sentir tan cerca la voz grave y áspera de Elijah hizo que respirara profundamente y cerrara los ojos, intentando aclarar su mente.

Lo más difícil de la transición de Vigilante a Caído no había sido la pérdida de sus alas, sino el torrente de emociones que había dado al traste con su calma, antaño inviolable. Desde Charron, la única bendición que había recibido había sido la intensa furia que lo abarcaba todo. Que un licano —una de las criaturas que la habían convertido en lo que era hoy— fuera quien había logrado traspasar su caparazón, alterándola de esa forma, era una cruel ironía.

—Estas son cámaras de seguridad. —Vash sacó uno de los largos soportes de metal en cuya parte superior llevaban incorporada una cámara—. Ordena a tus hombres que las instalen alrededor del perímetro en unos círculos concéntricos. Luego coloca a un equipo en la superficie para monitorizar las imágenes.

Vash retrocedió, para que él viera que había abatido el asiento posterior, ampliando la zona de carga para que cupieran docenas de cámaras.

—Esto es lo que se llama lanzarse a la piscina —comentó él, mirándola con esos luminosos ojos verdes.

Ella hundió el extremo del soporte de la cámara en el suelo y apoyó su peso en él. Syre no quería que los licanos supieran lo mucho que les necesitaban, pero ya se habían descubierto unos cuantos cadáveres en el armario. Teniendo en cuenta quienes eran ambos —unos cazadores de primera categoría de sus respectivas facciones—, sin duda se producirían más transgresiones por las que se odiarían mutuamente. A partir de ahora ninguno de los dos podía permitirse el lujo de ocultar información vital, al igual que no podían escarbar demasiado en sus respectivos pasados. La suya era una alianza necesaria. Al margen de lo que hubieran hecho con anterioridad, ahora se necesitaban uno al otro. Empezar a hurgar en busca de viejos secretos sólo serviría para complicar más la situación; no modificaría la hoja de ruta.

Vash se volvió hacia él, sosteniendo su mirada.

—¿Qué otra opción tenemos?

—De acuerdo. —Pero él suavizó el rictus de su boca.

—Son precauciones temporales. Mañana por la mañana empezaremos a evacuar a tu gente de aquí. Sé que quieres que nos instalemos cerca de zonas rurales, pero necesitamos un centro de operaciones de fácil acceso. He examinado algunas propiedades que cumplen ambas exigencias. El dinero no supone un problema.

De improviso Elijah cambió de postura y sus iris asumieron un fulgor sobrenatural. Ella sintió que se le erizaba la piel. Se dio la vuelta antes de oír un murmullo a su espalda, maldiciéndose por dejarse pillar desprevenida, otra señal de que Elijah la había dejado fuera de juego.

Una mujer alta y esbelta apareció en el claro. Llevaba un sencillo vestido sin mangas con estampado de flores, abotonado en la parte delantera. Tenía un aspecto fresco e inocente excepto por sus ojos, que rebosaban odio.

Rachel. La compañera del licano al que Vash había torturado con el fin de dar con el paradero de Elijah, cuya sangre había quedado en el escenario del secuestro de Nikki.

—Retrocede, Rachel —le advirtió Elijah.

—Es mía, El.

Vash se movió sutilmente, afirmando los pies en el suelo, preparada para desenvainar las espadas que llevaba sujetas a la espalda. Se compadecía de Rachel por la pérdida que había sufrido y no le negaba el derecho a desafiarla —al fin y al cabo, vengar la muerte de un compañero era un objetivo que ambas compartían—, pero no estaba dispuesta a dejarse matar sin oponer resistencia.

—No, Rachel —gruñó él con tono quedo—. Es mía.

—Me lo debes. Él murió para protegerte.

—No me delató, lo reconozco. —Elijah avanzó un paso hasta situarse frente a Vash a modo de escudo—. Pero fue Micah quien me tendió la trampa. Dejó allí mi sangre para que Vash viniera a por mí.

En la boca de Rachel se pintó una media sonrisa, que no se reflejaba en sus ojos.

—¿Cómo iba a hacer eso? Sólo los Centinelas tienen acceso a las instalaciones de conservación criogénica.

—¿El mismo Centinela o Centinelas que se llevaron a Lindsay de Angel's Point?

De no haber estado tan cerca, probablemente Vash no hubiera reparado en el escalofrío de temor que hizo que a Rachel se le erizara el vello en los brazos. De hecho, mal que le pesara, Vash sentía una profunda admiración por el Alfa, que había empezado a juntar rápidamente las piezas de un escenario de traiciones y lealtades rotas.

Rachel se abrió de un manotazo la parte delantera del vestido y se transformó, al mismo tiempo que Vash desenvainaba sus espadas. Elijah se abalanzó hacia delante en su forma humana, atrapando a la enfurecida loba en el aire y reduciéndola.

Si Vash tenía alguna duda de que él fuera el Alfa, se disiparon en el acto. Jamás había oído hablar de un licano capaz de resistirse al cambio mientras era atacado. Jamás había imaginado que llegaría a verlo.

—Basta —bramó Elijah; sus palabras restallaron como un látigo.

Pero Rachel lo ignoró. Se agachó y se abalanzó de nuevo hacia Vash. Ésta saltó sobre el tejado del Jeep para controlar la situación, dispuesta a rajar a su agresora con las espadas, pero Elijah rugió y, pivotando sobre sí mismo, agarró a Rachel, aferrándola por la espalda. Alzándose sobre sus patas traseras, la loba era más grande que él. Agitó las patas delanteras en el aire y volvió la cabeza para morderlo.

—Basta. —Los pies descalzos de Elijah patinaron sobre el suelo mientras luchaba con la loba, que no cesaba de retorcerse—. No me obligues a hacerte daño, Rachel. No… ¡Maldita sea!

La pata trasera de Rachel le desgarró la pantorrilla, arrancándole un gemido de dolor mientras la sangre brotaba de la herida del día anterior. El potente olor de su sangre llegó hasta Vash. Sus colmillos descendieron; su cuerpo se tensó por el hambre voraz que se había despertado en ella. Se puso de cuclillas, y dirigió la mirada hacia la entrada de la cueva. Un testigo habría sido útil, pero no vio a ninguno.

Elijah apartó de nuevo a la loba de un empujón y se arrancó el botón de la bragueta. En una fracción de segundo asumió la forma de un lobo del tamaño de un poni, con un hermoso pelaje de color chocolate y un rostro lobuno tan majestuoso como bello era su rostro humano. Soltó un aullido cuyo sonido reverberó entre las rocas y se extendió como un trueno a través del cañón.

Rachel avanzó por el polvoriento suelo, enseñando sus afilados dientes. Elijah la persiguió, emitiendo un rugido grave y profundo que contenía una inconfundible amenaza. Vash sintió que su respiración se aceleraba. Percibió el olor del tercer licano antes de verlo.

Stephan, en su forma humana, saltó sobre el tejado del Jeep junto a ella y aterrizó de pie con agilidad.

—Joder —dijo el Beta entre dientes—. Lo que nos faltaba.

—Tú eres mi testigo —dijo ella, antes de saltar del tejado del todoterreno blandiendo sus espadas, cada uno de sus músculos en tensión.

La loba se lanzó hacia ella con un ladrido. Las katanas de Vash estaban a escasos centímetros de la carne y los músculos cubiertos de pelo cuando Elijah atacó a Rachel por el costado, apartándola de un empujón. Las katanas de Vash se hundieron en el lugar en el que la loba había estado unos segundos antes. Vash se apoyó en las empuñaduras y, utilizándolas como punto de apoyo, ejecutó un salto mortal, aterrizando al otro lado. Cayó en cuclillas, sus botas golpeando el suelo de tierra. A su espalda oyó el inconfundible sonido de huesos al partirse.

—Mierda—maldijo, pues reconocía perfectamente el sonido de la muerte cuando lo oía.

Elijah cambió de forma. El poder de su visión de lícano se redujo a la de un humano, mermada además por las lágrimas. Contempló a la loba que yacía a sus pies, observando cómo el pelaje se fundía con la carne mientras la vida de Rachel se escapaba por los orificios que tenía en su cuello partido. Elijah cayó de rodillas, echó la cabeza hacia atrás y se puso a aullar de dolor.

—Maldita sea —le espetó Vash, a su espalda—. Debiste dejar que lo hiciera yo. Habría sido en defensa propia. Los otros lo habrían aceptado con más facilidad que el hecho de que hayas matado a una licana para proteger a una vampira.

Un gruñido a su espalda alertó a Elijah de la presencia de Stephan. Preparado para recibir el doloroso mordisco contra el que no iba a defenderse, le sorprendió comprobar que el ataque no llegaba y oír decir a Vashti secamente:

—No voy a atacarlo cuando ha caído, Beta. No tienes que protegerlo contra mí, aunque se merece una colleja por intervenir cuando yo soy muy capaz de protegerme.

—No lo he hecho por ti. —Elijah se incorporó, recogió sus vaqueros del suelo y se los puso—. No puedo consentir que nadie me desobedezca ahora. Si hubiera dejado que las dos os matarais cuando había ordenado a Rachel que se alejara de ti, habría demostrado que mi palabra no es ley, y debe serlo.

Respirando trabajosamente, Elijah se enjugó las lágrimas y se esforzó en reprimir la bilis que tenía en la garganta. Sentía un nudo en la tripa, el sentimiento de culpa le corroía como ácido. Había matado a la mujer que había prometido proteger, la viuda de su mejor amigo. Aunque su muerte había estado cantada desde el momento en que Micah murió —los licanos no podían vivir mucho tiempo después de perder a sus compañeros—, jamás habría imaginado que sería él quien le asestara el golpe mortal.

Stephan cambió de forma, pero mantuvo una posición defensiva entre Elijah y Vash.

—Alfa. —Su voz era serena y controlada—. ¿Cómo quieres resolver esto?

Elijah se volvió hacia él.

—Yo informaré a los otros. Toma a los hombres que necesites y encárgate de que Rachel sea enterrada lo antes posible. Luego toma estas cámaras y colócalas alrededor del perímetro en unos círculos concéntricos. Si necesitas ayuda para instalarlas, Vashti te echará una mano.

—De acuerdo.

De haber sido remotamente posible, la docilidad de Stephan le habría reconfortado. Antes de que su Beta se marchara, lo detuvo.

—Stephan…, gracias. Por todo.

Stephan asintió con la cabeza, recogió sus ropas del suelo y se fue.

Elijah echó a andar hacia las cuevas. Los remordimientos pesaban sobre sus hombros y le quemaban los ojos. Jamás había querido esto, jamás había querido la responsabilidad de tomar unas decisiones tan brutales ni el poder de ejecutarlas.

—Espera, Alfa. —Vash se acercó a él, empuñando todavía sus katanas—. Iré contigo.

El hecho de que caminara junto a él, armada, equivalía a ofrecerle su apoyo de forma tácita. Formaban un frente unido. Eran aliados. Estuvo a punto de reírse por lo absurdo de la situación.

—Tienes que dejarlo a un lado, Alfa.

Él se paró en seco, apretando los puños.

—¿Quieres descargar tu furia sobre alguien? —preguntó ella en voz baja, encarándose con él y envainando una de las espadas—. Aquí me tienes. Siempre estoy preparada para un acalorado combate. Pero te arrepentirás de cargar con ese peso ante los demás. Créeme. Lo sé.

—¿De veras? —le espetó él—. ¿Has matado a alguien a quien habías prometido proteger con tu vida?

Sorprendentemente, los hermosos ojos ambarinos de Vash se suavizaron con algo parecido a la comprensión.

—He hecho cosas horribles de las que no me siento orgullosa, y me ha costado vivir con ellas. Forma parte del trabajo de un líder. No digo que lo olvides y trates de superarlo, porque no podrás. Eso también forma parte del oficio; si esas cosas dejan de afectarte, no vales nada. Sólo digo que no puedes presentarte ante tus tropas reconcomido por los remordimientos, porque eso significa que te sientes culpable y esto ha sido un suicidio asistido. Rachel sabía que no podía derrotarnos ni a ti ni a mí. Estaba dispuesta a morir, y decidió hacerlo de esta manera.

—¿Y se supone que eso debe hacer que me sienta mejor? —Sus amistades eran muy valiosas para Elijah. Por más que Rachel le hubiera sacado de sus casillas, no dejaba de ser una amiga y miembro de la manada, y su pérdida le dolía profundamente.

Vash se encogió de hombros.

—Nada hará que te sientas mejor. Pero no has hecho nada malo. Ha sido una putada, es cierto, pero tenías que hacerlo. Por el bien de ella, por el mío, por el tuyo y por el de esta alianza que los dos necesitamos mal que nos pese. Como he dicho, si quieres desahogarte, aquí me tienes. Pero procura que los demás no vean tu dolor.

—Habrá más incidentes como este —masculló él, respetando el consejo de ella y agradeciendo, aunque a regañadientes, que se lo diera—. Los otros no sabían en qué se estaban metiendo cuando organizaron esta rebelión, y a muchos no les gustarán las decisiones que tome.

—Que les den. Hasta que no ocupen una posición de mando, no sabrán lo que significa.

Él soltó un resoplido. Ella sí sabía lo que implicaba, lo que generaba entre ellos una inesperada afinidad.

—¿Estás preparado, cachorro? —preguntó ella, dándole una palmada en el hombro.

Mierda. Era una tía imponente pero estaba como una cabra. Para colmo, era irreverente e imprevisible. Sin embargo, cuando la investigó, llegaron a sus oídos las historias de sus cacerías. Era como una licana que seguía el rastro de su presa, firme y tenaz, alguien en quien confiar cuando se cazaba con ella. Por lo visto, había cierta sensatez tras su locura.

Él soltó un gruñido. Era mejor cuando lo único que admiraba en ella eran sus tetas.

—No te separes de mí.

—Tienes mi apoyo.

—De acuerdo. Pónmelo fácil para que yo te brinde el mío.

Ella lo observó mientras entraban en la cueva principal. El suelo seguía manchado de sangre debido a la lucha anterior, y su pierna herida seguía sangrando, dejando una estela roja a su paso.

Elijah echó la cabeza hacia atrás y emitió un aullido, un sonido completamente inhumano. Al cabo de unos momentos, la estancia empezó a llenarse. Vash se sorprendió ante la cantidad de licanos que empezaron a aparecer.

—¡Por Dios! ¿Quién habría imaginado que cabían tantos seres peludos en una cueva?

Elijah esperó a que la habitación se llenara hasta que apenas hubo un metro de distancia entre ellos y el grupo. Relató los acontecimientos recientes con tono desapasionado, empezando por la llegada de Vashti y terminando con sus motivos para acabar con la vida de una compañera de la manada. Los remordimientos y la frustración seguían atormentándolo, provocándole un intenso dolor en las entrañas, pero logró reprimirlo, incluso cuando expresó su sincero pesar por el hecho de que hubieran perdido a una de los suyos.

Cuando algunos licanos que había en la habitación asumieron su forma lobuna, Vash alzó su espada y apoyó la hoja sobre su hombro. Aunque su postura era desenfadada, transmitía el mensaje de que estaba preparada para la batalla. Las bestias se paseaban de un lado a otro de la habitación sin que ella los perdiera de vista.

—Os pido que confiéis en las órdenes que os dé y las iniciativas que tome —concluyó Elijah—, las comprendáis o no. Si no os sentís capaces de hacerlo, no os impediré que os marchéis y no os lo reprocharé. Si os quedáis, algunos de vosotros abandonaréis mañana estas cuevas y trabajaréis con los vampiros. En cualquier caso, procurad descansar esta noche. Nos esperan tiempos difíciles.

Tras estas palabras, Elijah se encaminó hacia la cueva que utilizaba como dormitorio. La hembra que había anunciado la llegada de Vash la víspera salió a su encuentro, cortándole el paso. Sarah era una joven Omega —él calculaba que tendría unos veintitantos años—, muy bonita, con el pelo negro y liso, y unos ojos de gata.

—Alfa. —La joven lo miró con timidez—. Permite que te cure las heridas.

Él estuvo a punto de rechazar su ofrecimiento, pues las emociones que bullían en su interior eran demasiado intensas para desear compañía. Pero la sinceridad de la joven le conmovió. Aunque eran muchos los licanos dispuestos a desafiarle, otros necesitaban que les guiara con diligencia, pero con mano férrea. Era el tipo de liderazgo que él ansiaba ofrecerles y que confiaba en poder alcanzar cuando su situación fuera menos precaria.

—Te lo agradezco, Sarah.

El pasillo estaba iluminado por unas luces que funcionaban con batería. Elijah señaló su despacho y se volvió para decir a Vashti:

—Recoge tu bolsa.

Ella murmuró algo entre dientes, pero obedeció. Al cabo de unos minutos entró en su despacho, justo en el momento en que él se llevaba las manos a la bragueta. Elijah se despojó de su pantalón, que estaba destrozado, y se sentó sobre la taquilla militar colocada a los pies de un colchón hinchable. Sarah se arrodilló entre sus piernas y abrió el botiquín.

—¿Interrumpo algo? —preguntó Vash secamente.

Elijah alzó la vista y la miró, tomando nota de la rigidez de su mandíbula y de su mirada recelosa. La desnudez no significaba nada para un licano, pero quizá significaba algo para Vashti. Preguntándose si la vampira experimentaba un sentimiento tan posesivo como el que él sentía hacia ella, alargó una mano y apartó un mechón que caía sobre el rostro de Sarah, recogiéndoselo detrás de la oreja. Vash se acercó más, agarrando con firmeza con la mano con la que no sostenía su bolsa la empuñadura del cuchillo que llevaba sujeto al muslo.

—¿Dónde está mi habitación? —preguntó—. Os daré un poco de privacidad.

—Estás en ella.

Vash alzó la vista, que tenía fija en el pene de Elijah, y lo miró a los ojos.

—¿Qué?

—Compartirás mi habitación.

— Y una mierda.

Elijah apoyó los brazos en el borde posterior de la taquilla y estiró la pierna que tenía herida.

—Es el único lugar en el que estarás segura.

—Puedo cuidar de mí misma.

Él respiró hondo y expelió el aire lentamente.

—No te lo discuto, pero las probabilidades están en tu contra.

—Si no soy capaz de derrotar a una manada de cachorros, merezco morder el polvo.

—¿Para que Syre se presente aquí para atacarme con una legión de vampiros? ¿Cuánta mierda se supone que tengo que tragar?

Eso dejó a Vash un tanto descolocada. Miró el amplio colchón hinchable, calculando los riesgos y las ventajas de compartirlo con él.

—Ambos somos mayorcitos —señaló él. Se le escapó un gemido por lo bajo cuando Sarah le untó el ungüento en sus heridas. Éstas cicatrizarían antes si se alimentara como era debido, pero al no tener un asentamiento fijo estaban empezando a notar la falta de alimento—. No ocurrirá nada que tú no quieras que ocurra.

—Sólo quiero que cumplas tu parte del trato.

—Entonces no tienes nada de qué preocuparte. ¿Por qué no me enseñas el listado de esas propiedades de las que me has hablado?

Vash le observó durante unos momentos, luego masculló algo entre dientes y depositó su bolsa en el suelo. Al cabo de unos instantes sacó de ella una carpeta. Miró a Sarah, que estaba colocándole el vendaje.

—¿Has terminado?

Sarah miró a Elijah, sin saber qué debía hacer.

Él le indicó que se retirara diciendo con tono afable:

—Gracias, Sarah.

La licana cerró el botiquín y respondió:

—Te traeré la comida, Alfa. Esther ha preparado un estofado de carne de venado espectacular.

—Te lo agradezco.

En una situación ideal, cada uno se comería el ciervo que había abatido, pero en estas circunstancias no podía permitirse ese lujo. En lugar de eso, se repartían entre todos lo que cazaban o pescaban, lo cual les permitía sobrevivir, aunque a duras penas.

—Además… —Sarah sonrió con timidez—. Me gustaría quedarme a tu lado cuando organices los preparativos para enviar a algunos de los nuestros a trabajar con los vampiros.

—¡Vaya! —dijo Vash con exagerada dulzura—. Amor de cachorrita. Qué conmovedor.

Sarah se levantó con elegante dignidad, pero la mirada que dirigió a Vash era venenosa, una rara muestra de odio por parte de un Omega.

—Lo pensaré —respondió Elijah, tomando nota del don innato de la Omega para confortar y consolar a sus compañeros. Sería más útil en una posición de apoyo que en una cacería.

—Gracias, Alfa. —Sarah abandonó la habitación con paso sereno y elegante.

Elijah se levantó y movió los hombros. Se sentía mejor. Notó la mirada de Vash recorriendo su cuerpo y la observó arqueando las cejas.

—¿Quieres hacer el favor de vestirte? —le espetó ella.

—¿Por qué no te desnudas tú?

Ella le enseñó los colmillos.

—Ni en tus sueños más húmedos.

Él se encogió de hombros.

—Tenía que intentarlo.

5

Partieron antes del alba y cruzaron la frontera de Utah/Nevada antes del mediodía.

Vash sujetaba el volante con firmeza mientras trataba de no pensar en la agitada noche que había pasado. Elijah, maldito sea, había dormido como un tronco, señal de que no la consideraba una amenaza.

Había intentado mantenerse ocupada. Había mucho que hacer. Pero era imposible concentrarse teniéndolo a su lado. La forma en que su cabeza descansaba sobre el brazo resaltaba sus imponentes bíceps. Y la forma en que la sábana se adhería seductoramente a sus caderas… Un pequeño tirón habría descubierto sus impresionantes atributos.

A Vash le atraía el cuerpo saludable de un hombre tanto como a cualquier mujer, pero el de Elijah era una obra de arte, su poderosa figura surcada por unos fabulosos músculos que ella deseaba acariciar con su lengua y sus manos y…

—Todo esto son almacenes —murmuró Elijah, examinando el listado de propiedades que ella había impreso.

—Son almacenes con un espacio para aparcar y un helipuerto, y están dotados de una instalación eléctrica de primera clase y un sistema de aire acondicionado. —Ella le miró—. Sé lo malhumorados que estáis cuando tenéis calor.

—No es fácil ser peludo.

Ella tardó un momento en asimilar su seco comentario. Miró a través de la ventanilla, sonriendo. Estaba claro que Elijah volvía a ser el mismo de siempre, y eso era un alivio. El dolor que había mostrado ayer la había conmovido, haciendo que lo viera desde un punto de vista más personal de lo que ella deseaba. La sinceridad de su tristeza era una muestra de la fortaleza de su carácter en muchos aspectos; había tomado una decisión dolorosa a nivel personal, pero necesaria para el grupo. Ella respetaba tanto su dureza como su capacidad de llorar sin avergonzarse de ello.

—Estas propiedades son caras —observó él—. Syre está invirtiendo mucho dinero en una alianza que aún no sabemos si funcionará.

—Si me traicionas te mato. Clavaré tu cabeza en una estaca para que la vean los otros licanos.

—¿Piensas que voy a traicionarte?

—El historial de tu especie no es lo que se dice impecable. Tus ancestros nos dejaron tirados para que Adrian les salvara el pellejo y tú acabas de dejar tirado a Adrian, de nuevo para salvar tu pellejo.

La fulminó con la mirada.

—Te estás saltando milenios y múltiples generaciones. Dado que la esperanza de vida del licano medio es de doscientos treinta años, no existe un solo licano con vida que tuviera nada que ver con lo que les ocurrió a los Vigilantes. La mayoría de ellos ni siquiera saben de qué ángel descienden.

Y sin embargo, el recuerdo de su caída estaba tan fresco en la memoria de Vash como si hubiera sucedido unas semanas atrás en lugar de varias vidas.

—¿De modo que si olvidas un compromiso, el deber no cuenta?

—No me refería a eso. Es difícil mantener promesas que se hicieron siglos antes de que naciéramos.

—Tus tataralobos tomaron esa decisión por ti. Lástima que no puedas preguntarles por qué lo hicieron. —El tono de Vash denotaba amargura—. Esperaba fidelidad de los ángeles que servían junto a mí. Nosotros nos metimos en esto a sabiendas de lo que hacíamos; no era descabellado pensar que los otros serían suficientemente honrados como para cumplir su palabra.

—Tengo entendido que los Caídos que se convirtieron en licanos no infringieron las leyes que vosotros incumplisteis —comentó Elijah.

Vash lo fulminó con la mirada, irritada al comprobar que éste ofrecía un aspecto de lo más apetecible. Había supuesto que después de ver lo impresionante que estaba desnudo, el hecho de verlo vestido la dejaría indiferente. Pero Elijah conseguía que su atuendo informal, que consistía en unos vaqueros de pata de elefante y una sencilla camiseta negra, resultara espectacular. Era un tipo alto y cachas, capaz de mover a una mujer fuerte y decidida como ella de una forma que pocos hombres podían. Y eso le tocaba las narices. Y la ponía cachonda. Anhelaba sentir las ávidas caricias de las manos de un hombre apasionado. Las suyas, las que había visto acariciando su propia piel desnuda en una deliberada provocación.

Por supuesto, ni siquiera estaba segura de recordar cómo se practicaba el sexo...

Vash desvió la mirada.

—Esto es escurrir el bulto. Todos perdimos nuestro camino de una forma u otra. Nos encomendaron la misión de observar e informar. Todo tipo de contacto con mortales nos estaba vedado como Vigilantes: ver, hablar, oír, tocar, enseñar. Pero éramos sabios. Estábamos sedientos de conocimientos, de poder ofrecerlos y recibirlos. No pudimos resistir el deseo de interactuar.

Él guardó de nuevo en la carpeta el listado de propiedades.

—Pero tú no lo hiciste. No como los otros.

—Tomé un compañero.

—Charron. Otro Vigilante como tú. No era un mortal.

—Sé lo que dicen de mí: que me sacrifiqué por un sentido equivocado de lealtad hacia los demás, que no era tan culpable porque me uní a otro ángel. Pero confraternicé con mortales de forma no sexual. Les enseñé lo que sabía, ofrecí a los hombres conocimientos para los que aún no estaban preparados. De modo que cuando me acerqué a un Centinela con la cabeza alta y acepté mi castigo sin resistirme, fue porque lo merecía. Asimismo, pensé que su furia no era sino una prueba para calibrar nuestra determinación. El Creador jamás había permitido hasta entonces que se derramara la sangre de un ángel. Supuse que si mostrábamos nuestro arrepentimiento perdonaría nuestras faltas. —Vash suspiró con fuerza—. Y entonces creó a los Centinelas.

Sus ojos se desviaron de la carretera; su mente había vuelto a esa desgarradora y sombría época de su vida. Jamás olvidaría la escena que había contemplado desde su escondite: Adrian y Syre luchando en el campo de batalla, flanqueados por un lado por los Centinelas y por el otro por los Vigilantes que pronto se convertirían en Caídos. Aquella danza de la muerte fue a su vez aterradora y hermosa. Adrian con sus alas de alabastro y Syre con unas alas de un azul iridiscente. Ambos hombres altos y morenos. Unas obras de arte maravillosamente forjadas por el Creador. Lo mejor y más admirado de sus respectivas castas.

Ambos se habían golpeado ferozmente con los puños, ablandando la carne y los tensos músculos. Retorciéndose y arremetiendo el uno contra el otro, sus alas parecían un torbellino que fluía a su alrededor creando la ilusión de dos gigantescas capas.

Pero Syre no podía competir con el afilado instrumento de castigo que era Adrian. Syre era un erudito; Adrian un guerrero. Syre se había ablandado debido a la humanidad que penetraba en él a través del amor que profesaba a su compañera mortal. Adrian había llegado hacía poco a la Tierra; su control y firmeza de carácter aún no habían sido erosionados por emoción alguna. Y todo su cuerpo era un arma letal. A diferencia de los Vigilantes, los Centinelas estaban armados de los pies a la cabeza. Los extremos de sus alas eran cortantes como cuchillos, y sus manos y pies estaban dotados de unas garras capaces de arrancar la piel y triturar los huesos.

Syre era vulnerable; Adrian, intocable.

Un momento después de que el líder de los Centinelas hubiera arrancado las alas de la espalda de Syre, Adrian había alzado la cabeza y sus ojos de un azul intenso se habían clavado en los de ella. En las profundidades de sus pupilas cerúleas brillaba el fuego del ángel, la venganza abrasadora del Creador de la que había sido forjado. Con el paso del tiempo, Vashti había observado el cambio que se operaba en esos ojos, a medida que el líder de los Centinelas se adaptaba a su vida en la Tierra y caía en la trampa del apetito erótico de Shadoe.

—Eh. —La voz de Elijah la arrancó de sus pensamientos—. ¿Dónde estabas?

—Adrian está probando un poco de su propia medicina ahora mismo —respondió ella con voz quebrada, pensando en las hermosas alas con las puntas carmesí del Centinela. Esas bandas de honor de color rubí eran las manchas de sangre que le distinguían por haber sido el primero en derramar la sangre de un ángel—. Espero que le queme como el ácido.

Elijah tomó las gafas de aviador que se había colgado del cuello y se las puso.

—Hay pocas personas a las que admire más que a Adrian.

—Es un gilipollas y un hipócrita. Un impresentable que ha infringido todas las reglas por las que nos pateó el culo.

—La decisión de castigaros no la tomó él. Tampoco ha sido suya la decisión de no castigarse a sí mismo. Esa orden debe provenir del Creador, ¿no? Si infringes una ley en presencia de un policía y éste no te arresta, ¿quién tiene la culpa de que no te castiguen?

—¿Y qué? Al menos podría mostrar cierto arrepentimiento. Cierto sentimiento de culpa. Algo. Pero no se arrepiente de nada.

—Yo le admiro por ello.

—No esperaba menos de ti.

—Para mí un gilipollas es un tipo que se dedica a follar con todo lo que se le pone por delante, se lamenta de ello y sigue follando como si el hecho de lamentarse le absolviera de alguna forma. Adrian reconoce sus errores y sus sentimientos hacia Lindsay, que es lo que tú hiciste cuando renunciaste a tus alas sin oponer resistencia. Creo que él haría lo mismo, suponiendo que le cayera un castigo. Seguro que no trataría de justificarse, porque en estos momentos no trata de hacerlo.

Vash frunció el ceño y contempló la inhóspita llanura que se extendía junto a la autopista de Nevada por la que circulaban. Uno de sus principios era sentirse indignada con Adrian. No estaba dispuesta a renunciar a eso y al odio que le inspiraban todos y cada uno de los licanos al mismo tiempo. De momento bastaba con una tregua.

—Cierra la boca.

Vash no miró a Elijah, pero sospechó que sonreía. El muy cabrón.

—Ésa es nuestra salida —dijo, y abandonó la autopista.

—Éste me parece bien.

Vash lo miró.

—¿Así, sin más? ¿Te conformas con el primer sitio que vemos?

Él echó otra ojeada alrededor del vasto espacio abierto y se encogió de hombros. Había sido el centro de distribución de una pequeña compañía de importación que no había sobrevivido a la crisis económica. En la fachada había unas puertas de acceso a las áreas de carga y descarga y en el interior unos elevados techos con unas grúas suspendidas que se movían sobre carriles. Los tragaluces permitían que el espacio se llenara de luz, disipando cualquier posibilidad de sentirse encerrado.

—Tiene todo lo que dices que debe tener. Es absurdo que desperdiciemos el día visitando otros lugares. Además, éste era el que te gustaba más, y el dinero lo ponéis vosotros.

A él no le preocupaba que pagara otro, ni le hacía sentirse menos seguro de sí, cosa que ella no podía por menos de admirar.

—No dije que éste fuera el que me gustara más.

La fulminó con la mirada.

—Vale, de acuerdo. —Ella sacó su iPhone y llamó a Raven, la asistenta de Syre, para que ultimara la venta. Luego llamó a Raze—. Hola —dijo, cuando éste respondió—. Tú ganas. Y… te prometo que no he hecho trampas.

—¡Ja! Llegaré dentro de diez minutos.

Ella colgó y explicó a Elijah:

—Raze estaba seguro de que te decantarías por el lugar que me gustaba más.

Él la miró con gesto divertido. Estaba claro que no iba a hacer a Vash ningún reproche, ni asumir una actitud defensiva, aunque habría sido fácil para ella decir que estaba tan acostumbrado a obedecer órdenes que había sido fácil convencerle. Su entereza y firmeza de carácter suscitaban en ella admiración. Y deseo. No había nada más atractivo que un hombre poderoso, guapo y seguro de sí mismo.

Dios, ¿qué narices le estaba pasando?, se preguntó Vash.

Necesitaba comer. Sin duda era eso. Hacía días que no comía, y el hambre la volvía vulnerable al atractivo de Elijah, y la hacía olvidar con demasiada facilidad lo que él era.

A fin de no pensar en ello, envió un mensaje de texto a Salem para asegurarse de que había partido con el grupo de licanos que Stephan había reunido. Tras comprobar que todo estaba en orden, Vash decidió asegurarse también de que el Alfa estaba centrado.

—¿Estás bien? —le preguntó—. Me refiero a lo de ayer.

—No. —El rostro de Elijah era una máscara impenetrable—. Pero sobreviviré.

—Anoche resolviste muy bien la situación. Quería decírtelo. —Pero se había olvidado porque le había irritado la presencia de aquella aduladora licana que había curado las heridas de Elijah. Por más que no estuviera dispuesta a reconocerlo.

Él la observó un minuto.

—Gracias. Y gracias por el discurso.

—De nada. —Turbada, Vash señaló el Jeep y dijo—: Ayúdame a descargar el material antes de que llegue Raze.

Estaban terminando cuando oyeron el sonido de un helicóptero que anunciaba la llegada de Raze. Éste aterrizó sin mayores problemas en el aparcamiento desierto y apagó el motor. La ubicación del inmueble, apartada de todo, era una muestra de la ambición de los anteriores propietarios, que podrían haber expandido el negocio a medida que éste crecía. Pero la subida del precio del combustible y la caída de ventas en el comercio minorista les habían obligado a malvender. Ellos habían perdido y ella había salido ganando.

El musculoso vampiro, uno de los Caídos como ella, se bajó del helicóptero sonriendo, sus ojos ocultos tras unas enormes gafas de sol, su cabeza pelada reluciente bajo el sol del desierto. Escrutó a Elijah, como calibrándolo, y luego miró a Vash.

—Tendré que hacer por lo menos otro viaje. Quizá dos más.

Ella asintió con la cabeza.

—De acuerdo, descarguemos lo que has traído.

Les llevó todo el día trasladar el material necesario al edificio, incluso con ayuda de las cuatro docenas de licanos que habían llegado allí en autocar. Además del equipo electrónico, que tenía prioridad, colocaron varias hileras de literas, algo que no gustó mucho entre los licanos, pues eran idénticas a las que ocupaban cuando habían estado al servicio de Adrian. Instalaron unas cámaras en el tejado, pues cualquier ataque de los ángeles procedería del aire, y cubrieron las ventanas con un material que bloqueaba los rayos ultravioleta, con el fin de crear un refugio seguro para los esbirros que se reunirían con ellos dentro de unas horas amparados por la oscuridad.

No obstante, lo más importante para Vash era el mapa del tamaño de una furgoneta que mostraba el patrón del contagio en el país. Se situó ante él, los brazos en jarras, consciente de que el alcance de la enfermedad se habría ampliado durante los últimos días, mientras ella cerraba la alianza entre licanos y vampiros.

Al volverse observó a los licanos trabajando junto a sus capitanes de más confianza, Raze y Salem. Licanos y vampiros colaborando juntos. En realidad era una locura, teniendo en cuenta la intensa hostilidad que flotaba en el ambiente, como gas inflamable esperando que alguien encendiera la mecha. Estaba nerviosa. Sabía que el menor incidente, por insignificante que fuera, podría desencadenar una explosión que derivaría en un baño de sangre.

Era consciente de que Elijah era la fuerza que lo mantenía todo unido. Cuando la temperatura empezó a subir, vio cómo se decantaba por el trabajo en el exterior, cargando con el material pesado y transportándolo a las áreas de carga y descarga sin rechistar. Ella sabía que los licanos odiaban el calor; había podido constatar en multitud de ocasiones, durante una cacería, lo irritables que se volvían cuando se sentían agobiados por el calor. Pero Elijah era un ejemplo tan poderoso de autocontrol bajo presión, que los otros, tanto licanos como vampiros, no podían por menos que tratar de imitarlo.

Aunque los licanos tenían el cuerpo empapado en sudor y resollaban, trabajaban con rapidez y eficiencia. Y los vampiros sólo protestaban lo justo cuando el Alfa les indicaba lo que tenían que hacer con firmeza y sin titubeos. No se fiaban de él, pero no podían criticar su capacidad de liderazgo. Era imposible. Había algo inherentemente majestuoso en Elijah, una fuerza de voluntad inquebrantable. Y era compasivo. Se molestaba en hablar con cada uno de los licanos, dándoles unas palmadas en los hombros y ofreciéndoles unas palabras personales de gratitud y admiración.

En más de una ocasión, Vash se sorprendió a sí misma observándolo con admiración, no pudo por menos de observarlo con evidente admiración. «Somos iguales o no somos nada», había dicho él, refiriéndose a los vampiros y licanos en general. Pero también se aplicaba a ellos como individuos.

«No», se corrigió. «Él es superior a mí.» Sus iguales eran Syre y Adrian. Por primera vez se sentía atraída por un hombre que no era inferior a ella. Lo cual, sorprendentemente, alteraba en gran medida la dinámica de la situación.

—Si esta alianza funciona —comentó Elijah al término de la jornada—, tardaré años en acostumbrarme a ella.

—¿Cuántos de estos licanos confías en que te sean leales?

Él arqueó una de sus espesas cejas. Tenía el pelo húmedo porque hacía poco que se había duchado, algo que provocaba que su imaginación creara un cuadro mental de él debajo de un chorro de agua, desnudo, empapado e irresistiblemente sexi...

—No tengo ni puñetera idea —respondió con tono neutro.

Sincero a más no poder. Era una de las cosas que a ella le gustaba en él, entre otras muchas. Era un maldito licano, una raza de seres de los que no podías fiarte...

Elijah arqueó su otra ceja.

—¿Algún problema?

—Ninguno. —Ella pasó frente a él de camino a la puerta, aspirando el olor limpio y sensual de su piel que se mezclaba con las potentes feromonas que exudaba de forma natural... Unas feromonas que sus sentidos absorbían como anhelando saturarse de ellas—. Nos veremos por la mañana.

Vash no le oyó acercarse por detrás, pero lo sintió. Era exageradamente consciente de su presencia. Maldita sea.

—No me pises los talones, cachorro —le espetó.

—Eres encantadora cuando te sientes sexualmente frustrada.

Ella apretó los puños.

—Tengo hambre de comida, no de ti.

—Yo soy tu comida. Ya hemos hablado de esto.

—Tú has hablado de esto.

Vash salió a la fría noche del desierto y aspiró una profunda bocanada de aire puro, no contaminado por el olor primigenio de los sudorosos licanos. Mientras caminaba, su cabeza empezó a aclararse... De repente Elijah la interceptó, colocándose ante ella, nublándole la mente con ese exótico olor que le era propio, un olor a canela y clavos. Era delicioso, como todo lo referente a él.

—Quédate conmigo —dijo él—. Acordamos mutuamente esa parte del trato.

—Volveré dentro de un rato. Tengo que resolver un asunto. —Ella necesitaba sangre y, por primera vez en casi sesenta años, sexo. Después podría enfrentarse a él sin dejarse impresionar por lo increíblemente bello que era.

Vash se apartó y sacó de su escote la llave de su Jeep.

Él la sujetó por la muñeca antes de que pasara de largo.

—¿Cuántos cachivaches llevas ahí? Móviles, pendrives, llaves...

Soltándose de un manotazo, ella señaló el ajustado mono negro sin mangas que llevaba.

—¿Dónde diablos quieres que meta estas cosas?

Pero él no apartó la mano, pese a la agresividad de su gesto. La dejó suspendida junto a su hombro, lo bastante cerca como para que ella se tensara esperando que la tocara. Despacio, como si temiera que ella saliera corriendo, él se colocó de nuevo frente a ella, cara a cara, y alargó la mano hacia la cremallera que reposaba entre sus pechos. Unos pechos que se movían de forma agitada y que ella sentía que empezaban a dolerle, enhiestos, anticipándose a la caricia de él.

Había olvidado lo que significaba sentirse sexualmente excitada, había olvidado lo embriagadora que era esa sensación que le impedía pensar de modo racional y obrar con sentido común.

—No me toques —le espetó, retrocediendo.

—¿De qué tienes miedo?

—El hecho de que no quiera que me magrees no significa que tenga miedo, capullo.

Él alzó ambas manos; sus ojos de color esmeralda relucían a la luz de la luna con una expresión desafiante.

—Prometo no tocarte. Sólo quiero ver qué otras cosas guardas ahí. ¿Dinero? ¿Tarjetas de crédito? ¿Una rueda de repuesto?

—¡A ti qué te importa!

—Yo te he enseñado mis cosas —dijo él, juguetón, tentándola con su abierta sexualidad de licano. Los vampiros también eran unas criaturas sexuales, pero los licanos eran paganos, su sangre contaminada de demonio estimulaba su naturaleza salvaje. Elijah era el licano más sexual que había conocido. Su aplomo y su aire de serena autoridad eran el resultado de sentirse satisfecho consigo mismo, con su fabuloso cuerpo, con su virilidad y su fuerza.

Ella no lograba borrar de su mente la imagen de él, desnudo, sangrando, acariciándose su enorme verga con su musculosa mano, sus ojos oscuros y ardientes de deseo. El recuerdo la había perseguido toda la noche mientras él dormía a pierna suelta. El muy cabrón.

Cabreada por el desequilibrio en la atracción entre ellos Vash se bajó la cremallera hasta el ombligo y se abrió la parte superior del mono. Sus pechos se mostraron libres, los pezones endurecidos al contacto de la fría brisa. Con ese traje no necesitaba llevar sujetador, pues se adhería a su cuerpo de forma que cualquier prenda interior habría estropeado la elegante uniformidad de las líneas. Era un traje cómodo, que le permitía moverse con libertad, y de paso distraía a sus adversarios, lo cual no dejaba de ser una ventaja.

Él la contempló, sin pestañear, su rostro transformándose en una austera máscara de hambre feroz. Dejó caer los brazos lentamente, apretando los puños.

—Joder —dijo entre dientes.

Ella sintió una oleada de puro poder femenino, su ira y su frustración atenuadas por la abierta e impotente fascinación que había despertado en él. Cuando Vash hizo ademán de subirse la cremallera, él emitió un gruñido grave y profundo, el inconfundible sonido de la advertencia de un animal. Instintivamente, se quedó quieta, clavada en el suelo, como si la ausencia de movimiento la hiciera invisible al depredador que la acechaba.

En su afán de vengarse, había despertado a la bestia. Los latidos poderosos y regulares del corazón de Elijah espoleaban sus intensas necesidades vampíricas. El hambre intrínseca de sangre y sexo. De la sangre de él. Del sexo de él. Eso era lo que ella ansiaba con una fuerza que la desestabilizaba, como si el deseo de las caricias de un hombre hubiera estado siempre dentro de ella; un deseo latente, a la espera del hombre que lo despertara.

Ese hombre se acercó más. Luego bajó la cabeza...

—Elijah. —Vash pronunció su nombre como un suspiro, sintiendo cómo su pulso retumbaba con violencia. Su cuerpo se inclinó hacia el suyo sin que ella pudiera evitarlo, cada músculo en tensión, esperando, deseando. Tendría que haber retrocedido de nuevo. Lo habría hecho si hubiese sido capaz de moverse. Pero parecía como si tuviera los pies revestidos de hormigón, clavados en el suelo.

El aliento de él le abrasaba el pezón, sus labios casi rozaban la rígida punta.

—Sin manos—murmuró él.

Entonces recorrió su pecho con su áspera lengua en una caricia lenta y prolongada. El gemido que ella soltó fue como el restallido de un látigo en el silencio de la noche; su cuerpo se convulsionó como si hubiera recibido una descarga de una pistola eléctrica. Así era como se sentía Vash en aquel momento. La excitación la aguijoneó, atravesando su cuerpo de los pies a la cabeza. Sintió un cosquilleo en la nuca, provocado por las ansias de que llegara el momento en que él la aferrara por su pelirroja cabellera.

Él gimió, un sonido rebosante de placer y tormento.

—Ofrécete a mí —le ordenó secamente, humedeciéndose los labios.

Al tragar saliva ella notó el sabor a sangre, y comprendió que sus colmillos habían descendido traspasándole el labio. Su hambre agitaba sus sentidos, fluía por sus venas, mezclándose con su deseo carnal hasta convertirse en la misma cosa. No había sido consciente de que le había ofrecido uno de sus pechos hasta que sintió el calor abrasador de sus labios. El ardor torrencial fue sofocado por un brusco mordisco que la hizo gemir y arrimarse un poco más a él. Su lengua rodeó su pezón, jugueteando con él, haciendo que su sexo se contrajera con celosa avidez.

La brisa suave que agitaba el oscuro y espeso cabello de él, hacía que sus sedosos mechones rozaran la piel de ella. No abandonó sus pechos, que recorrió únicamente con los labios, que empezó a mover de forma rítmica. El mesurado tempo la hizo vibrar y notó cómo se humedecía entre los muslos, siendo por primera vez consciente del doloroso vacío entre ellos.

De pronto él la soltó con un sonido como el de una ventosa al dejar de succionar.

—Me encantan tus tetas —dijo con voz ronca, pronunciando cada palabra con seductora vehemencia—. Voy a estrujarlas entre mis manos, y las voy a sujetar mientras deslizo mi verga a través de esta carne exuberante y firme hasta que me corra dentro de ti.

Ningún hombre había hablado a Vash de esa forma tan explícita y grosera. Ningún hombre se habría atrevido a hacerlo.

Domar a Elijah sería una tarea imposible, se dijo a sí misma, temblando de deseo no exento de temor. Era una mujer fuerte, pero no se creía capaz de obligarlo a rendirse ante su voluntad. Porque él también era fuerte. Quizá más que ella.

Elijah alzó la vista para mirarla y volvió un poco la cabeza para oprimir la boca sobre su pezón, que había abandonado segundos antes.

—Tú también lo deseas. Huelo tu excitación al pensar en entregarte a mí cada vez que yo quiera. Renunciar a todo ese poder y fuerza con que estás acostumbrada a mandar a todo el mundo.

—Que te jodan.

—Bueno…, eso lo harás tú, Vashti. Y será largo y será intenso. Es cuestión de tiempo.

Antes de que ella pudiera protestar, él empezó a chuparle el pezón, inmovilizándolo contra su paladar y masajeándolo con la lengua. Ella estuvo a punto de correrse debido a la exquisita sensación que le producía, el delirante placer/dolor de aquellos poderosos movimientos que hacían que a él se le hundieran las mejillas. Su voracidad era insaciable. Le clavaba los dientes en la turgente punta y aplicaba la suficiente presión para provocarle a ella un escalofrío de temor.

—Vash.

La voz de Salem a su espalda la sobresaltó, arrancándola del perverso éxtasis que le producía la boca de Elijah. Soltó un grito cuando los afilados dientes de él lastimaron su delicada piel, sorprendida de nuevo ante el orgasmo que el agridulce dolor había estado a punto de provocarle.

Elijah se apresuró a subirle la cremallera y ayudarla a recobrar la compostura a la velocidad del rayo. De no ser por su trabajosa respiración, ella habría pensado que nada de lo ocurrido le había afectado lo más mínimo. Luego él tomó su mano y la llevó hacia su miembro en erección, que restregó contra su palma.

—Estamos aquí —dijo él, retrocediendo un paso.

Se hallaban a pocos metros de la puerta. Probablemente Salem habría visto que Elijah tenía la cabeza inclinada y habría olido la excitación sexual de ambos.

—Necesito tu vehículo, Vash —dijo su capitán, sin acercarse. Excitado por el olor a deseo, se pasó su gruesa manaza por su cabello naranja eléctrico. El hecho de que ostentara una pelambrera de ese color, que era como llevar pintada una diana en pleno cráneo, era prueba de lo duro que era—. Ha llegado el momento de ir a Shred.

Ella tragó saliva y miró a Elijah, pero cuando habló se dirigió a Salem.

—Iré contigo.

Shred era una de las guaridas más exclusivas y secretas de Torque. Ubicada lejos de Las Vegas Strip, constituía una estación de paso tanto para jóvenes esbirros como viejos vampiros, donde se ofrecía seguridad, sexo y sangre.

—Yo conduciré —dijo Elijah, agachándose para recoger las llaves del coche que ella había dejado caer al suelo sin darse cuenta.

Cualquiera de los licanos que había en el edificio podría haberla atacado por la espalda en aquel momento y ella ni se hubiera dado cuenta, pues tenía la mente nublada por el calor abrasador de la boca de Elijah sobre su pezón. Era inaceptable. Tenía que centrarse antes de que alguien la matara.

—No voy a decirte dónde está, licano.

—No es preciso. —Él se volvió hacia el Jeep—. He ido a cazar allí en otras ocasiones.

6

Cabreado y frustrado por su debilidad con respecto a Vash, Elijah no trató de ocultar su intensa excitación sexual ni a ella ni a Salem. Todo lo contrario. Siguió segregando feromonas, saturando el aire del interior del Jeep, hasta que Salem maldijo de mala manera y se ajustó la bragueta de su pantalón de cuero. Vash había decidido sentarse en la parte trasera. Había sido un error, pues desde su posición no podía evitar que el olor del deseo de Elijah le impregnara la cara y el pelo, transportado por el viento que penetraba a través de la ventanilla que Salem acababa de abrir.

—Ya basta, Alfa —gritó, descargando un puñetazo sobre la parte trasera del respaldo de su asiento.

Él se enfrentó a la furiosa mirada de ella en el retrovisor con el gesto frío y duro. Ella estaba tan cabreada como él. Y de eso se había encargado precisamente él, al recordarle que había cazado a los de su especie, que había observado y estudiado sus hábitos y los lugares donde se congregaban con todo detalle para matar a los que se pasaran de la raya.

Ella merecía sentirse incómoda por hacerle sentir esa hambre voraz, por hacer que la deseara más de lo que jamás había deseado nada. En el momento en que su lengua se había deslizado por la piel de ella, su sabor había prendido fuego a sus sentidos con la potencia de una granada incendiaria. No había nada razonado ni calculado en la forma en que reaccionaba ante ella. Era la respuesta pura y primaria ante una atracción física tan singular como potente. Deseo a primera vista, exacerbado por sus naturalezas lobuna y vampírica.

Maldita sea, aún sentía el sabor de ella en la boca. La olía. Las palmas de sus manos ardían con la necesidad de tocarla. En su interior, su bestia rugía con furia para liberarse, obligándolo a luchar consigo mismo de una forma que jamás había tenido que hacer. Porque ella... le gustaba. Por disparatado que fuera. Por muy loca que estuviera. Controlar sus instintos primarios siempre le había resultado tan fácil como respirar, pero ahora le costaba un esfuerzo tremendo. Era agotador. Le desgarraba las entrañas y estaba acabando con el escaso autocontrol que le quedaba después de una semana de dolorosos golpes y unos altibajos que le habían dejado hecho polvo. Ella había asistido a esas duras pruebas y, en cierto sentido, en esos momentos había sido de gran ayuda tenerla cerca.

Elijah soltó un gruñido. Ser consciente del hambre de Vashti le reconcomía como un cáncer. Por dura que fuera, él sabía ahora que podía ablandarla y obligarla a doblegarse, y la quería así. La quería sumisa y jadeando debajo de él, a su merced. No se conformaba con menos.

El viaje de casi dos horas hasta Shred les pareció que había durado dos años, no sólo a él. Salem saltó del Jeep antes de que el vehículo se detuviera por completo y atravesó rápidamente la recia puerta de metal. Vash le siguió enseguida, huyendo de Elijah como si la persiguieran los sabuesos del infierno. Cuando la puerta se cerró tras ella, él soltó una seca carcajada.

Como si una simple puerta pudiera impedir lo que iba a suceder. Ojalá fuera tan sencillo.

Con el fin de recuperar la compostura antes de entrar en la guarida de los vampiros, Elijah se demoró cerrando el todoterreno y escudriñando la fachada del anodino edificio en busca de algún cambio. Examinó la zona circundante, grabando de nuevo en su memoria los edificios industriales de la periferia que habían cerrado mucho antes de que empezara la crisis. Tomó nota de los vampiros armados en el tejado antes de que éstos dieran a conocer su presencia. Habían olido que se acercaba, y como él tenía ganas de pelea, levantó la mano y alzó el dedo del medio.

Uno decidió aceptar el reto y saltó con agilidad del tejado del edificio de tres plantas, aterrizando de cuclillas con elegancia. Era un vampiro delgado y fibroso; sus ojos de mirada cansada y sus estudiados movimientos delataban su avanzada edad. Empezaron a girar uno alrededor del otro, enseñando los colmillos y los caninos, las garras en alto. Ninguno de ellos apartó la vista de su adversario cuando la puerta se abrió y una voz masculina gritó:

—¡Dredge! Déjalo en paz. Está con Vashti.

La protección de la vampira enfureció a Elijah hasta tal punto que su columna vertebral vibró con el inicio de la Transformación. No necesitaba que ella le allanara el camino. Podía arreglárselas solo.

—¿Eres su mascota, perro? —preguntó Dredge con tono burlón, mirándole con ojos ambarinos y relucientes—. ¿O su comida?

En la boca de Elijah se pintó una media sonrisa.

—Puede que ella sea la puta de un licano.

Dredge se abalanzó sobre él. Elijah, que esperaba su reacción, propinó al vampiro un puñetazo en la cara que lo impulsó a través del aparcamiento y lo estampó contra el costado de una furgoneta, dejando una enorme abolladura similar a la forma de su cuerpo.

Sacudiendo el puño para aliviar el dolor que le producía, Elijah se volvió hacia la puerta abierta, aguzando el oído por si oía el sonido de una emboscada por parte de los otros que seguían en el tejado. Pero no oyó nada, lo que demostraba el poder de Vash: su palabra era ley entre los vampiros. Eso hizo que a Elijah se le pusiera el pene aún más duro, avivando el deseo por esa mujer, que se había intensificado durante los días en que había asistido a la forma en que Vash dirigía el cotarro. Manejaba el poder con el mismo control y habilidad con que manejaba sus katanas, cosa que a él le excitaba tanto como su voluptuoso cuerpo.

Después de entrar por la puerta principal, Elijah se topó con una segunda puerta. Ésta se abrió tan pronto como se cerró la primera, liberando un torrente de atronadora música tecno-pop y el delicioso olor metálico a sangre recién derramada. El olor a sexo lo envolvió en una densa bruma, espoleando su feroz estado de ánimo. Deseaba pelear y follar con auténtica furia, y la necesidad de hacer ambas cosas aumentaba con cada segundo que pasaba.

Tras doblar una esquina, llegó a una gigantesca habitación llena de vampiros. Algunos bailaban, restregando sus sinuosos cuerpos contra quienquiera que tuvieran cerca. Otros se alimentaban, sus bocas ensangrentadas pegadas a cuellos, muñecas y muslos. Otros follaban abiertamente, como Salem, que le estaba dando por detrás a una vampira mientras ésta bebía de la arteria femoral de una mujer despatarrada frente a ella.

El desenfrenado hedonismo bombardeó los maltrechos sentidos de Elijah; la densa humedad del espacio le asfixiaba. Espoleado por una furia rayana en la locura, trató de localizar a Vash entre la multitud, su bestia pugnando contra la jaula de su control, intentando liberarse ante la mera posibilidad de que ella pudiera yacer con las piernas abiertas para otro.

Saltando sobre un mostrador, soltó un tremendo rugido que ahogó los demás sonidos. Los presentes se quedaron helados, mientras la música resultaba aún más atronadora en ausencia de sonido. De pronto una esbelta rubia le imitó y saltó sobre la superficie del mostrador. Se abrió la camiseta y le mostró las tetas, agitándolas con salvaje desenfreno y gritando:

—¡Que te jodan!

Enardecida por el grito, la multitud se convirtió en una masa enloquecida. Embriagados por las endorfinas, los vampiros reanudaron sus excesos carnales al tiempo que el ritmo de la música les espoleaba como un tambor de guerra.

Elijah se encaramó de un salto a la galería de la segunda planta, a la caza de su vampira.

Vash entró en el salón para VIPS de la tercera planta y echó una rápida ojeada a los ocupantes de la habitación. Estaba buscando a alguien en particular y lo acababa de encontrar. Era alto y delgado. Rubio. Tenía los ojos hundidos y su indolente postura era la insolencia personificada. Tenía el torso y los pies desnudos; su piel era pálida y tersa. La antítesis de Elijah. Pero lo mejor de todo eran los piercings que lucía en todo el cuerpo: las orejas, las cejas, la nariz, los labios, los pezones, el ombligo... Ella estaba segura de que tendría más en lugares que no podía ver. Y luego estaban los tatuajes en su piel, unos intrincados dibujos esculpidos con una hábil cuchilla, que no podían cicatrizar porque se aplicaba crema aderezada con plata o virutas del mismo metal.

Ese tipo gozaba con el dolor. Lo buscaba deliberadamente y hallaba belleza en él. Y ella deseaba infringir dolor a alguien que lo deseara y fuera capaz de soportarlo. Porque experimentaba dolor y ese dolor la enfurecía. Porque había sorteado docenas de cuerpos masculinos, hermosos y deseables, hasta llegar a la sala para VIPS, y ninguno la había atraído o había estimulado el hambre que latía en sus venas. Porque estaba muerta para todos los machos como lo había estado desde el día en que Charron había muerto..., todos salvo uno.

—Tú. —Vash hizo un gesto con el índice indicando a su presa que se acercara.

El vampiro se incorporó esbozando una perezosa y sensual sonrisa y se acercó a ella con paso lento y seguro. Al llegar a su lado, la miró de los pies a la cabeza con gesto rapaz y se pasó la lengua por el labio inferior.

—Pensaba que no vendrías nunca a por mí.

Vash, que empezaba a aburrirse, arqueó las cejas.

—¿De veras?

Él ladeó la cabeza, mostrándole el cuello... y el tatuaje que tenía escrito con tinta mezclada con plata: MUERDE AQUÍ, VASHTI.

Lo disparatado de esa acción provocó en ella un escalofrío de placer. No se conocían, y sin embargo él mostraba una marca indicando que le pertenecía a ella.

De todos los hombres que reunían los requisitos necesarios para pasar la noche con ella, Vash había ido a elegir a un *groupie*, uno de los numerosos esbirros a quienes excitaba le mera idea de ser un esclavo de sangre de uno de los Caídos.

Cuando estaba a punto de indicarle que se retirara, pues su vida ya era bastante complicada, Vash oyó el rugido de Elijah, lo sintió vibrar a través de los muros haciendo que sonaran los vasos manchados de sangre sobre las mesas. La intensidad del deseo que recorrió su cuerpo hizo que se tambaleara, como si estuviera condicionada a reaccionar a la llamada del Alfa. No tenía tiempo para mostrarse selectiva. Necesitaba sangre para controlar su deseo por Elijah y la necesitaba ahora.

Consciente de que disponía a lo sumo de cinco minutos antes de que el licano se abriera paso a través del montón de cuerpos que ocupaban la escalera que llevaba al tercer piso, Vash arrojó al vampiro sobre una butaca y se colocó detrás de él, sujetándolo por la barbilla y alzándola a fin de exponer su cuello. Habría preferido su muñeca, para que fuera más impersonal, pero tenía que apresurarse y lo más rápido era el chorro de una arteria.

Sus colmillos descendieron, sin apartar los ojos de la gruesa vena en el cuello del vampiro. Su estómago rugía, hambriento, y su cuerpo sentía el vértigo de esa hambre. Estaba a punto de hincarle el diente cuando alguien arrancó la puerta de la sala de sus goznes y la arrojó por el balcón, hacia la masa de vampiros que había abajo. Elijah apareció en el umbral, llenándolo con su cuerpo fornido, duro y viril. Sus iris relucían en las sombras producidas por los mortecinos apliques de pared.

—Mía. —Sólo una palabra, pronunciada en tono quedo y terroríficamente grave, como si en lugar de brotar de una garganta humana la hubiera proferido la bestia que llevaba dentro.

Algo cálido y un tanto retorcido se agitó de forma sinuosa dentro de ella, una extraña sensación de… placer ante el hecho de que un ser tan magníficamente masculino fuera tan posesivo con ella.

Él fijó la vista en el esbirro sentado ante ella.

—Vete antes de que te mate.

—¡Tengo que comer, maldito seas! —gritó ella, cansada de luchar consigo misma por él y aferrándose desesperadamente a la idea de que si reponía los nutrientes que necesitaba se liberaría de su inexplicable fascinación.

Pero sabía que él no dejaría que bebiera la sangre de ningún otro ser, al menos ahora. El acto de alimentarse era intrínsecamente sexual, incluso cuando únicamente existía un contacto entre colmillos y vena y labios y piel. Él era demasiado territorial para permitir esa conexión, por impersonal que fuera. Pero ella no podía permitirse el lujo de beber su sangre... Se negaba a hacerlo porque sabía, en su fuero interno, que al sentir su sabor tendría la misma reacción que había tenido él al sentir el suyo; que su hambre no se aplacaría, sino que aumentaría. Desearía más. Más de su potente sangre de licano. Más de todo él.

Tendría que refrenarlo el tiempo suficiente para poder alimentarse de alguien.

Asumiendo el control de la situación, Vash cubrió la distancia entre ellos y lo agarró por la camiseta.

—Ven conmigo.

Tiró de él, pero lo único que consiguió fue desgarrarle la camiseta. Elijah no se movió, era demasiado poderoso para ella, pese a su fuerza de vampira. Ella sintió que su sexo se contraía de deseo por ese macho que la superaba.

Sonrojada y jadeando, ella le rodeó y salió al vestíbulo, tratando de recobrar la compostura antes de que él se diera cuenta de que estaba a punto de perder los estribos. Si no tenía cuidado, él conseguiría que le suplicara que se le metiera. La perspectiva de esa debilidad la aterrorizó. Tenía que ser fuerte, por ella y por Char, y por todos los vampiros que necesitaban que los mantuviera vivitos y coleando.

Elijah la siguió tan de cerca que ella sintió su profunda respiración sobre su nuca. Acosándola de nuevo. Y ella no podía negar que una recóndita parte de su ser deseaba que lo hiciera. Porque estimulaba su deseo, porque la ponía cachonda y hacía que se humedeciera.

Vash vio una lucecita verde encendida sobre una puerta y se encaminó apresuradamente hacia ella. Había otras puertas y otras luces. La mayoría eran rojas, lo que indicaba que estaban cerradas y ocupadas. Algunas eran amarillas, señal de que estaban vacías pero no las habían limpiado. Sólo unas pocas eran verdes y ella eligió la más cercana. Abrió la puerta y soltó una maldición cuando Elijah la acorraló en la pequeña sala de juegos. La agarró por la cintura y la arrojó sobre la gigantesca cama, sin apenas darle tiempo a moverse antes de abalanzarse sobre ella.

—Elijah —murmuró Vash con voz entrecortada cuando él aterrizó sobre ella de cuatro patas, inmovilizándola contra la cama con sus manos apoyadas en el colchón a la altura de los hombros de ella y sujetándole los muslos con sus rodillas. El temor la paralizó, no por él, sino por el intenso deseo que la estaba consumiendo. El deseo de arquear el cuerpo y ofrecerse a él constituía una fuerza irrefrenable que hacía que el corazón le retumbara en el pecho y la dejara sin aliento.

Sus ojos se adaptaron a la penumbra de la habitación; la única iluminación provenía de los apliques en los rodapiés. Los ojos de Elijah relucían con un fuego verde sobrenatural. Bajó la cabeza, su pecho expandiéndose mientras aspiraba profundamente el olor de ella.

—Tendrías que habernos traído aquí cuando llegamos —dijo con voz ronca—. Ahora te estarías corriendo.

La besó en la boca antes de que ella pudiera responder, oprimiendo los labios sobre los suyos y cortándole la respiración. Le metió la lengua en la boca al tiempo que emitía un gemido, desabrochándole la cremallera hasta el final, donde se encontraba el inicio de su pubis. Ella apenas había saboreado su intenso y oscuro sabor cuando él deslizó la mano debajo del borde de su traje y se apoderó de uno de sus pechos con su mano caliente y musculosa.

Los colmillos de ella se afilaron movidos por una avalancha de avidez, clavándose en la lengua de él. Su sangre, de un sabor embriagadora-

Hambre insaciable 103

mente exótico, llenó la boca de Vash. Él le masajeó el pecho, sopesándolo, luego apoyó el pulgar y el índice en la punta, frotando y tirando del endurecido pezón hasta que el sexo de ella empezó a contraerse de forma espasmódica siguiendo el ritmo de los movimientos de él.

Enloquecida de deseo por él, Vash le chupó la lengua con la misma voracidad con que él le había chupado antes los pezones, dejando que el sabor de su sangre le inundara las papilas gustativas. Puso los ojos en blanco, incapaz de razonar, perdida en aquella exquisita adicción que había hecho mella en ella. Él gruñó dentro de su boca y se colocó entre sus muslos, restregando la rígida longitud de su pene contra el hinchado sexo de Vash. Gimiendo, ella lo sujetó por las caderas y lo estrechó contra sí, alzando las caderas para frotar su clítoris contra su pene en erección.

Elijah levantó la cabeza y la miró mientras movía las caderas, observando que ella había echado la cabeza hacia atrás a punto de alcanzar el orgasmo.

—Dime que lo deseas, Vashti. Dime que necesitas sentirme dentro de ti como necesitas sangre para vivir.

El cuerpo de ella empezó a temblar con violencia mientras él expresaba verbalmente el gran temor que ella sentía.

«No dejaré que me manipules a través de mi polla», le había dicho él en las cuevas de Bryce Canyon hacía poco, aunque parecía que hubieran pasado siglos. Pero ella temía no ser tan fuerte como él. Nunca había deseado sexo con tal desesperación como en aquel momento, y él era el único hombre con el que deseaba practicarlo. La atracción que sentía por él era un arma demasiado poderosa que él podía utilizar contra ella, y Vash temía darle lo que él le exigía: una rendición total.

Apoyando la pierna sobre la cadera de él, ella consiguió empujarlo contra la cama. Moviéndose con suma rapidez, como si su vida dependiera de ello, Vash se centró en el propósito que la había llevado a la sala de juegos. En una fracción de segundo, logró inmovilizarlo, atándole las muñecas y los antebrazos con un cable de acero chapado en plata cubierto de púas. Él soltó un rugido de dolor cuando las diminutas puntas redondeadas se clavaron en su carne, apenas lo suficiente para hacerle sangrar pero lo bastante para exponer la piel al único metal que debilitaba a los Centinelas, a los vampiros y a los licanos.

La cama crujió debido a la furia con que él se retorcía; el fulgor de sus iris bastaba para iluminar la habitación.

—¡Zorra asquerosa!

Pero ella no le hizo caso. Sentía la humedad entre sus piernas, tenía los pechos pesados y sensibles, y el sabor de él le inundaba la boca, impidiendo que pudiera pensar en huir, lo que hubiera hecho si le hubiese quedado en aquel momento algún sentido de autoconservación.

—Suéltame. —Él restregó violentamente los tacones de sus botas sobre la cama—. ¡Suéltame ahora mismo, joder!

Vash se apresuró a despojarse de su mono, quitándoselo junto con sus botas en un enloquecido frenesí. Una vez desnuda, se arrojó sobre el cuerpo de él, que no cesaba de retorcerse, y le inmovilizó las caderas para desabrocharle la bragueta.

—¡Vashti! —Él arqueó el cuerpo violentamente—. Así no, maldita seas. No me ates como a un animal.

Como de costumbre, Elijah no llevaba calzoncillos debajo de sus vaqueros, preparado para cambiar de forma en un abrir y cerrar de ojos. Nada impidió que ella tomara su pene en la boca, devorándolo con deleite, rodeando el rígido miembro con sus labios y su lengua.

—Mierda —masculló él entre dientes, alzando las caderas en un intento de quitársela de encima—. ¡Aleja tu boca de vampiro de mi cuerpo!

Pero ella no podía. Aunque todos los ocupantes de la guarida hubieran entrado en la habitación y la hubieran encontrado haciéndole una paja a un licano, no habría sido capaz de detenerse. Sus ansias de paladear su sabor eran demasiado grandes, su necesidad de obligarlo a rendirse aún mayor. Mientras le masturbaba con una mano, le chupaba la punta de su grueso pene con fuerza y rapidez para conducirlo cuanto antes al orgasmo. Él no cesaba de retorcerse, sus poderosos muslos tensos por el esfuerzo, mientras emitía unos furiosos y guturales gruñidos y movía el torso de un lado a otro para librarse de ella.

Cuando alcanzó el orgasmo, lo hizo con un aullido de lobo que a ella le puso la carne de gallina. Era un sonido agudo y lastimero, puramente animal, sin el menor signo de un elemento humano. Ella bebió su semen sintiendo que las lágrimas afloraban a sus ojos, experimentando una sensación muy antigua y primaria que la impulsaba a ingerir con frenético anhelo el embriagador sabor de su salvaje virilidad.

—Maldita seas —exclamó él, resollando. Su pecho se movía agitadamente mientras ella le bajaba los vaqueros hasta las rodillas—. Maldita seas, traidora... ¡Joder!

Ella le clavó los colmillos en la arteria femoral, y en ese momento perdió la escasa humanidad a la que se aferraba. La sangre y el semen de él se mezclaron en su boca, creando una esencia combinada que era lo más delicioso que ella había saboreado jamás. Sujetó su poderoso muslo con ambos brazos, rodeándolo como si fuera su amante, mientras bebía con avidez el exquisito néctar.

—Maldita zorra —le espetó él—. Condenada hija de puta. Me estás arrebatando el derecho a darte lo que me pertenece.

Los anclajes de la pared empezaron a crujir en señal de protesta mientras Elijah trataba de librarse de sus ataduras, prueba de lo fuerte que era; tanto, que la plata que inmovilizaba a la mayoría de vampiros que deseaban vivir una experiencia de auténtica sumisión, apenas podían contenerlo.

Mareada y embriagada, Vash retiró sus colmillos y cerró los diminutos orificios lamiéndolos con delicadeza.

—No puedo parar —murmuró, sintiendo un angustioso vacío en su interior y necesitándolo pese al tremendo esfuerzo que había hecho por controlarse. Ningún licano toleraba estar enjaulado, y Elijah no era un simple licano. Era un Alfa. Tan raro como un nuevo ángel y en cierto sentido igual de frágil.

Ella se montó sobre él, de espaldas para no ver su enfurecido rostro y clavando la mirada en la puerta. Una puerta por la que saldrían de una forma muy distinta a como habían entrado. La furia que palpitaba en él brotaba en ardientes y violentas oleadas. Pero ella no podía dejar de sostener su verga, que aún estaba rígida, y succionar su gigantesca punta.

—No hagas esto —le advirtió él con voz ronca y entrecortada.

Ella se pasó la lengua por los labios, que tenía secos, deleitándose con el sabor de él.

—Te... necesito.

—Así no, Vashti. No me tomes de esta forma.

Las partes íntimas de ambos se tocaron. Los labios genitales de ella rodearon el miembro de él, aprisionándolo suavemente. La mano con que ella le sostenía el pene temblaba como la de un yonqui que necesita un chute.

—Esta es la única forma en que puedo tenerte.

Vash bajó bruscamente las caderas, encajándose sobre él. Él rugió al tiempo que ella soltaba un grito, su cuerpo sacudido por una penetración que hacía más de un siglo que no experimentaba. El muro de cemento de detrás de la cama estalló con un ruido ensordecedor, envolviéndola a ella en una nube de polvo y cascotes. El impacto la catapultó hacia delante con violencia, arrojándola hacia la puerta y hacia abajo. Su torso aterrizó sobre el colchón con una fuerza increíble.

Elijah se montó sobre ella antes de que Vashti pudiera darse cuenta de lo que había ocurrido, inmovilizándola sobre la cama con su cuerpo duro como el acero e introduciendo su rígido pene en su hinchado sexo. Los cables que no habían sido capaces de sujetarlo cayeron al suelo con un estrépito que reverberó a su alrededor.

Elijah apoyó el antebrazo en la cabellera de ella, que estaba desparramada sobre la cama. Agarrando unos mechones por la raíz, tiró de ella hacia atrás y rugió en su oído:

—No puedes domarme.

Elijah movió las caderas, sacando su pene de la tensa vagina de Vash para volver a hincárselo con furia.

—No puedes encadenarme.

Agarrándola por las caderas y el pelo, la obligó a colocarse de cuatro patas.

—Y no puedes violarme.

A continuación la penetró violentamente por detrás. Ella gritó, a merced de la necesidad primaria que él tenía de ella y ella de él. La tomó de forma ruda y violenta, restregando su miembro contra el punto sensible que ella tenía en la vulva, haciendo que temblara y gimiera. Ella no tenía margen de maniobra, no podía moverse ni participar. O eso se dijo.

Era mentira, por supuesto. Él era más fuerte que ella, pero Vash habría podido quitárselo de encima. Podría haberle lastimado, obligarle a suplicar que se entregara a él. Ambos lo sabían. Sin embargo dejó que él se saliera con la suya, por razones que ni ella misma alcanzaba a comprender.

De repente sintió como si un resorte hubiera saltado en su interior.

Sintió que se deslizaba a la deriva y se aferró a Elijah, que era su única tabla de salvación contra la tormenta que la sacudía. Las lágrimas rodaron por sus mejillas. El pecho le dolía. Su cuerpo ardía con el placer febril que la asaltaba por todos los costados, derribando los muros que la habían protegido durante tanto tiempo.

Él no le dio cuartel. La folló como el animal que era, penetrándola con una rotunda ferocidad. Ella alcanzó el orgasmo en un torrente de impotencia, gritando su nombre porque él no se detuvo ni un segundo, sino que siguió follándola con implacable furia, conduciéndola al éxtasis, obligándola a aceptarlo. A aceptarlo tal como era. Todo él. Más allá de lo que ella era capaz de afrontar, de los límites que había tratado de imponerse.

Cuando cayó agotada sobre el colchón, con la cabeza y los hombros colgando sobre el borde de la cama, él se inclinó sobre ella.

—Tienes que aceptarme como soy —dijo con aspereza—. Quererme como soy. O no me tendrás.

A continuación le separó las piernas con la rodilla y le hincó su enorme verga hasta el fondo. Sujetándola por el pelo, tiró de su cabeza hacia el suelo, obligándola a asumir la más sumisa de las posturas. Ella sintió que le clavaba los dientes en la nuca, unos caninos de una longitud sobrehumana, aplicando la suficiente presión para arañarle la piel sin desgarrarla.

Sometida, montada y dominada en todos los aspectos, Vashti se corrió una y otra vez, sollozando de placer, de vergüenza, de culpa. Implorándole que la perdonara. Que terminara. Que la llenara.

Él hizo lo que le pedía, horas más tarde, descargando su lujuria y su furia en las voraces profundidades del cuerpo de Vash, vaciándose con un gemido entrecortado que sonó como la más dulce de las agonías.

7

Desde el lugar estratégico en el que se hallaba, en lo alto de una colina rocosa, Adrian Mitchell observó a la joven vampira rubia que se proponía atacar por la espalda a tres de los ángeles más temibles que jamás habían sido creados, uno de los cuales era su lugarteniente. Los tres estaban de espaldas a ella, con las alas plegadas, examinando los papeles que estaban extendidos sobre la mesa de jardín de madera de teca frente a ellos.

Ya había amanecido y el sol de la mañana asomaba por el este. El suave resplandor dorado rosáceo que habría abrasado a cualquier otro esbirro acariciaba las pálidas extremidades y el rostro austeramente bello de la joven vampira, como habían hecho los labios de él hacía unas pocas horas. Detrás, su casa se erguía sobre la colina como desafiando las leyes de la gravedad; sus tres plantas sobresalían de la escarpada roca, y su fachada de madera y piedra, erosionada por el paso del tiempo, le otorgaban una apariencia que se integraba en el nativo paisaje de California del Sur.

Él siguió observando y esperando con sus alas bordeadas de color rojo pegadas a la espalda para evitar que el viento las agitara. Admiraba el valor de la vampira, aunque sabía que sería inútil. Ella no podía atacar siquiera a uno de sus Centinelas, y menos a tres.

La vampira se deslizó agazapada a través de la amplia terraza empuñando una pequeña navaja. Cuando se abalanzó sobre ellos, Adrian admiró su gracia y agilidad, similar a la que Damien mostró al girarse en el último instante para aferrar la hoja metálica con su mano, demostrando que había sentido su presencia.

Cabía suponer que con aquello se ponía punto final al asunto, pero ella les sorprendió utilizando la fuerza con que el Centinela la sujetaba para conservar el equilibrio mientras derribaba de una patada a los dos Centinelas que flanqueaban a Damien sobre la mesa como si fueran piezas de ajedrez, haciendo que los papeles volaran en todas direcciones.

Adrian abandonó su posición extendiendo sus alas, cuya envergadura era de diez metros, para atrapar una corriente ascendente. Tras elevarse unos metros descendió en picado, gozando con la sensación del torrente de aire a través de su cabello y sobre sus plumas. Voló a ras de la amplia terraza, las puntas de sus alas rozando las tablas, para después elevarse de nuevo, utilizando la fuerza de la gravedad para frenar su velocidad y devolverlo a la tierra.

Descendiendo con su gracia natural, aterrizó sobre las puntas de los pies, en silencio, junto a su temeraria compañera.

Ella le agarró la muñeca y se la apretó, abriendo su mente para que él pudiera leer sus pensamientos: «Verte volar me pone cachonda».

—Verte cazar me produce el mismo efecto. «El rostro y el tono de voz de Adrian no revelaban sus sentimientos hacia ella, por deferencia a sus hombres, pero la forma en que Lindsay deslizó las yemas de los dedos sobre la palma de él le dejó claro que ella lo sabía».

Malachai y Geoffrey se apresuraron a alzarse de la innoble postura en la que yacían en el suelo.

—Has hecho trampa —dijo Malachai, estirándose y flexionando sus alas del color del crepúsculo, un amarillo pálido que se oscurecía progresivamente hacia las puntas, que eran de un intenso color naranja.

Lindsay esbozó una sonrisa radiante.

—Si os ataco de uno en uno me arriesgo a que me machaquéis, pero con un grupo es más sencillo porque puedo utilizar a uno para distraer a los otros.

—Eso es un disparate —contestó Geoffrey con desdén. Hacía poco había comparado a Lindsay con una molesta gata que, agazapada debajo de sofás y sillones, arañaba a cualquier incauto que pasara frente a ella.

Pero a decir verdad, admiraba los incesantes esfuerzos que hacía Lindsay para perfeccionar sus habilidades y así dejar de ser una carga. Aunque manejaba con destreza cualquier arma de fuego y arma blanca y se afanaba en mejorar su técnica en el combate cuerpo a cuerpo, no dejaba de ser una vampira neófita. Aún no había alcanzado el poder y la resiliencia que adquiriría con el tiempo. De momento, era vulnerable y se derrumbaba con facilidad.

Damien suspiró.

—No, Lindsay es así. Nosotros tenemos la culpa de no haber estado preparados para ella.

El lugarteniente recelaba del impacto que tenía Lindsay sobre Adrian y la misión de los Centinelas, pero la admiraba como guerrera. Si Phineas, el primer lugarteniente y estimado amigo de Adrian, había sido un estratega, y Jason, el sustituto de Phineas, había contribuido a elevar la moral de la tropa, los puntos fuertes de Damien se hallaban en el campo de batalla y era lo que respetaba en los demás.

Lindsay guardó su cuchillo en la funda que llevaba sujeta al muslo.

—Esta noche me he puesto en contacto con todas las manadas internacionales. El corte en las comunicaciones está funcionando, aún tenéis un control del cien por cien sobre los enclaves de los licanos en el extranjero. No tienen ni idea de que las manadas norteamericanas se han sublevado.

—Demos gracias al Creador por estos pequeños favores —murmuró Malachai.

—Pero no podemos arriesgarnos a utilizar a esos licanos para refrenar a sus rebeldes hermanos —apuntó Geoffrey—. Aunque algunos lo harán voluntariamente.

Adrian alzó la vista y la fijó en el edificio situado a un kilómetro de distancia: los barracones de los licanos. Antaño la morada de su manada y ahora la de una mera docena de licanos que habían llegado allí durante la última semana y media desde que los enclaves habían empezado a caer como fichas de dominó. Todos los días regresaban más y, cuando él to-

caba sus mentes, como hacía con la de Lindsay, sentía su temor y confusión…, y su lealtad, lo que constituía una lección de humildad.

Sabía que el desmoronamiento del orden que él se había esforzado
en crear formaba parte de su castigo por amar a Lindsay: la pérdida de
los licanos, el sentimiento de culpa por saber que otros pagaban por sus
errores, el estrés de mantener a duras penas el precario equilibrio entre
los vampiros y los mortales. Aunque él había cometido la misma ofensa
que los Caídos, su castigo era diferente. Sospechaba que eso se debía
a que era demasiado útil para ser destruido, pero pagaba de otra manera,
cada día de su interminable existencia. Hacía siglos que pagaba por ello,
viendo cómo Shadoe moría una y otra vez, y seguiría pagando mental y
emocionalmente durante un tiempo indefinido.

—Tenemos que reforzar a los Centinelas que siguen defendiendo
sus enclaves, lo que nos deja con sólo un puñado aquí, en los Estados
Unidos, para recomponerlo todo.

Los licanos los superaban numéricamente por un margen fatalista.
Adrian seguía ejerciendo un dominio férreo sobre los enclaves de Jasper
y Juarez, pero los otros los habían perdido. Miró a la bella vampira que
tenía a su lado, antaño el receptáculo que portaba el alma de Shadoe y
ahora la mujer que sostenía su alma. Su vampirismo le proporcionaba
más oportunidades de sobrevivir que si hubiera sido una simple mortal,
pero aún estaba débil y tenía que alimentarse con frecuencia. Y lo único
que bebía era la potente sangre de Centinela de Adrian, cuyo poder le
permitía soportar la luz del sol, pero que lo ataba a ella, pues no podían
estar separados durante mucho tiempo. Dado lo frágil que aún era Lindsay, eso representaba para él una gran desventaja.

Adrian apretó los puños tratando de reprimir su necesidad de tocarla, una muestra de afecto que a ella no le gustaría, al menos en presencia
de los Centinelas. Lindsay procuraba no exhibir el amor que los consumía a ambos, consciente de los riesgos a los que él se había expuesto al
convertirla en su compañera. Los ángeles no debían desear ni necesitar a
otro ser para que los completara. Se suponía que estaban por encima de

los fallos de los mortales, pero él no era tan perfecto. Deseaba y necesitaba a Lindsay con una furia que no podía controlar, y no se arrepentía de su transgresión porque eso le habría restado importancia a lo que sentía por ella. No podía declarar su amor por Lindsay y luego pedir perdón por ello sin hacer que ambas manifestaciones fueran baldías. Y no podía alejarse de ella o volverle la espalda. Ella era el aire que respiraba, lo que le motivaba a despertarse cada día, a luchar y persistir contra la adversidad.

Adrian respiró hondo y alzó la vista al cielo en busca de respuestas, pero no encontró ninguna.

—No tenemos los recursos necesarios para cazar a los licanos y a los vampiros. Tenemos que elegir. Sabemos a lo que nos enfrentamos con estos últimos. Los licanos, sin embargo, son un misterio.

—Podrían delatarnos a los mortales —observó Damien.

—Podrían cazarnos para neutralizar la amenaza que representamos para ellos —sugirió Malachai.

—Podrían aliarse todos con los vampiros —terció Geoffrey—. Syre es muy capaz de hacerlo.

Adrian asintió con la cabeza. Sabía que Syre estaba sufriendo, pues había perdido a su hija para siempre en el momento en que Lindsay había exorcizado y expulsado de su cuerpo el alma reencarnada de Shadoe.

—De los tres, ése es el escenario más probable.

Los tres Centinelas no sabían lo que significaba perder un pedazo del corazón, no se habían visto comprometidos por las emociones humanas como Adrian y Syre. Adrian tenía claro que el líder de los vampiros querría atacar, consumido por su dolor; y también era consciente de que la sublevación de los licanos le ofrecía los medios perfectos para hacerlo.

Los ojos de Lindsay perdieron su luminosidad. Sacudió la cabeza con vehemencia.

—No creo que eso ocurra. Elijah vive para cazar vampiros, y quiere la cabeza de Vashti sobre una bandeja por lo que le hizo a Micah.

—Y Syre, Torque y Vashti quieren la de él por el secuestro de Nikki

—dijo Adrian—. Pero un incentivo adecuado puede postergar la venganza. —Adrian suavizó el tono, consciente de que ella consideraba al licano su amigo—. Jamás pensaste que él se rebelaría y lo hizo.

Ella se mordió el labio inferior; sus ojos traslucían su inquietud. Incluso ahora se preocupaba por el Alfa.

Adrian penetró suavemente en su mente, una delicada caricia para calmarla, porque no soportaba verla preocupada. No era sólo la suerte de Elijah lo que la inquietaba, sino también la de Syre. Aunque no era hija natural del líder de los vampiros, el hecho de haber portado en su interior el alma de Shadoe había dejado su impronta; había estado expuesta a los recuerdos que Shadoe guardaba de Syre: los dulces recuerdos del amor de una hija por su padre. Aunque no eran suyos, Lindsay sentía la emoción que contenían como si lo fueran, y le dolía su pérdida.

Ella le dirigió una mirada de advertencia, recordándole que le había pedido que no «jugara» con su mente. Él inclinó la cabeza en señal de asentimiento, pero no dejó de tranquilizarla porque no consideraba que eso fuera jugar con su mente. Al menos, eso creía él.

Lindsay lo sujetó por la muñeca e imaginó que le sacaba la lengua, un pensamiento que se plasmó en su mente con toda claridad. Él sintió que emitía una carcajada silenciosa en su interior. Lindsay estaba pletórica de vitalidad y sentido del humor pese a los numerosos golpes que le había asestado la vida. Él era muy distinto de ella, pues había sido creado para castigar y encarcelar, herir y matar. Pero ella le estaba enseñando que existía otra manera de actuar, haciendo que cambiara lentamente, aportando luz a su oscuridad. Y él se esforzaba en aprender y crecer, en ser el tipo de hombre capaz de dibujar una sonrisa en el rostro de Lindsay y aportar felicidad a su vida. Porque ella era su alma. ¿Quién era él sino el hombre que la amaba más allá de toda razón e instinto de autoconservación?

El teléfono empezó a sonar en su despacho. Todos lo oyeron pese a la distancia que los separaba y la puerta de cristal del patio que aislaba su lugar de trabajo del exterior.

Adrian se alejó y dobló la esquina. El panel de cristal se corrió al sentir su presencia. Hizo desaparecer sus alas, que se disiparon como la niebla bajo un viento racheado en el momento en que entró en su despacho. Eso le permitía moverse con más comodidad además de ofrecerle la posibilidad de mezclarse con los mortales. Al tercer tono el altavoz del manos libres se conectó automáticamente y Adrian sostuvo la mirada de Lindsay mientras se sentaba en su silla.

—Mitchell —saludó a su interlocutor.

—Capitán. Siobhán está aquí.

Adrian se reclinó en su silla, poniéndose cómodo. Había asignado a Siobhán la tarea de estudiar la enfermedad que hacía estragos entre las filas de los vampiros, y ésta llevaba varias semanas trabajando en ello. Había sido ella quien había descubierto que la sangre de Centinelas curaba la enfermedad. Fue por casualidad, cuando uno de los Centinelas que trabajaba con ella fue mordido por uno de los infectados, y éste recobró su estado vampírico normal. Teniendo en cuenta las decenas de miles de vampiros que había únicamente en Norteamérica y que solamente quedaban vivos unos doscientos Centinelas, esa era una información que no podían permitir que los vampiros descubrieran antes de que se hallara una cura alternativa.

—¿Cómo van tus progresos?

—Lentos pero seguros. Tengo a una docena de infectados en estasis. Podemos mantenerlos vivos con constantes transfusiones de sangre, pero tienen que permanecer anestesiados para poder controlarlos.

Adrian había visto de primera mano a esos monstruos en acción. Sabía lo violentos que eran.

—¿Con cuánta rapidez pierden su función cerebral superior?

—¿Hasta dónde quieres que llegue para averiguarlo? —preguntó ella con tono serio—. Cuando los encuentro ya están infectados. Si quieres una descripción detallada de lo que ocurre desde que se exponen a la enfermedad hasta que la contraen, necesito infectar deliberadamente a sujetos sanos.

—Hazlo. Nuestra sangre es una cura, lo que significa que podemos remediar los daños causados. —Era una orden brutal que a él no le complacía dar, pero el fin justificaba los medios. Cuando Nikki le había atacado y casi matado, aún estaba lo bastante lúcida como para hablar con coherencia. ¿Cuánto tiempo había permanecido expuesta al contagio? ¿Era un ejemplo de alguien que se había contaminado hacía poco? ¿O de alguien que llevaba largo tiempo enferma?—. ¿Has podido observar algún patrón en la rapidez con que evoluciona la enfermedad?

Algunos vampiros morían a los pocos días, otros duraban semanas, y otros parecían ser inmunes. ¿Por qué?

—Creo que estoy a punto de descubrir algo a ese respecto. —La voz de Siobhán denotaba entusiasmo. La avispada Centinela estaba ávida de conocimientos—. Aún no puedo afirmarlo con certeza, pero todo indica que la evolución depende de la distancia entre la generación del esbirro y el Caído que encabeza su jerarquía vampírica. Por ejemplo, Lindsay es una generación más joven que Syre. Su infección avanzaría con más lentitud que en un esbirro al que ella hubiera transformado, que sería dos generaciones más joven que Syre. Y así sucesivamente.

Adrian apoyó los codos sobre los reposabrazos y juntó los dedos de ambas manos.

—Tienes que analizar la sangre de los Caídos.

—Sería muy útil, desde luego —respondió ella, consciente de lo difícil que sería obtener esa sangre—. Así podría comprobar al menos si sirve para ralentizar la evolución de la enfermedad.

—Yo puedo conseguirla —terció Lindsay—. Como vampira, puedo introducirme en cualquiera de los lugares donde se congregan.

La respuesta de Adrian no se hizo esperar.

—No.

Ella arqueó las cejas. Sus ojos ambarinos, el color de iris característico de los vampiros, le desafiaban. Ella podría moverse entre los otros sin llamar la atención, pero aún era demasiado frágil en muchos aspectos. La sangre de Centinela de él la protegería contra la enfermedad; era una excelente guerrera y no vacilaría a la hora de matar, pero seguía siendo vulnerable y él no estaría cerca para protegerla. Por lo demás, aunque la mayoría de esbirros no tenían idea de quién era ella, algunos Caídos lo sabían. Lindsay no gozaba de un absoluto anonimato.

Él no podía arriesgarse a perderla.

—No —repitió, introduciendo la negativa en la mente de ella para recalcarla.

—No te metas en mi cabeza, ángel —protestó ella.

La melodiosa voz de Siobhán sonó a través del altavoz del teléfono.

—También necesito más sangre de licanos.

—Eso no es problema. —Adrian tenía almacenada una importante cantidad en estado criogénico, con el fin de identificarla y analizarla genéticamente—. ¿Algo más?

—Quizás... —Siobhán dudó unos instantes—. Quizás otras muestras de sangre angelical. De un mal'akh* o incluso un arcángel. Preferiblemente de ambos. Es posible que los Centinelas no seamos los únicos que llevamos la cura en nuestras venas.

—Casi nada —comentó Adrian secamente. Aunque los malakhim, el rango inferior de ángeles en la esfera inferior, eran los más numerosos, conseguir sangre de uno de ellos no era tarea fácil—. Veré qué puedo hacer. Mantenme informado.

—De acuerdo, capitán. Por supuesto.

Adrian colgó, sin apartar la vista del rostro de Lindsay. Ella nunca le desafiaba abiertamente en presencia de sus subordinados, una deferencia que siempre había tenido con él y que él agradecía. Pero le desafiaba en privado. Él jamás le confesaría lo mucho que le excitaba que lo hiciera. En lugar de ello, seguiría haciéndole de mentor...

—Necesitamos un plan B, Lindsay. Hay que ponerse a ello.

---

* Ángel mensajero que aparece repetidamente en la Biblia hebrea, la literatura rabínica y la liturgia judía tradicional. *(N. de la T.)*

Elijah se pasó ambas manos por el pelo, sintiendo que el corazón le latía con furia mientras contemplaba a la mujer despatarrada en la cama. La cabellera lustrosa y magnífica de Vashti parecía una nube carmesí que cubría sinuosamente su espalda y sus hombros. Tenía el rostro vuelto hacia él, los labios entreabiertos, jadeando. Sus manos estaban clavadas como garras en la sábana bajera ajustada, y sus pálidas mejillas mostraban aún la huella de las lágrimas. No por culpa de él, sino por la pesadilla que había tenido y que lo había despertado.

No…, por favor…, basta… Una letanía repetida una y otra vez con voz entrecortada. Gemidos y gritos de dolor. Quejidos de agonía que le habían herido en lo más profundo.

Él jamás olvidaría el grito desgarrador que le había hecho saltar de la cama como un hombre pero aterrizar en el suelo con forma de lobo.

Involuntariamente. Por primera vez, su bestia había burlado su control. Por ella. Porque ella había gritado de angustia, intentando despertar de una pesadilla.

Y él no había podido volver a asumir su forma humana hasta que la bestia se había asegurado de que ella estaba bien. Se había paseado por la habitación, husmeando alrededor de los resquicios de la puerta y los rincones, gruñendo porque no había nada peor para su impotente furia que buscar y no encontrar nada que matar. Después de asegurarse de que nada en esa habitación cerrada representaba una amenaza para ella, se había acercado sigilosamente a la cama. Había restregado su cabeza contra la coronilla de ella y había lamido las lágrimas de su rostro. Ella se había calmado y se había sumido de nuevo en un sueño intermitente. Sólo entonces había podido él asumir de nuevo su forma humana.

Todos se equivocaban con respecto a él; no era un Alfa o jamás habría asumido su aspecto lobuno de forma inconsciente. Lo que significaba que tenía que hallar a uno que lo fuera. Cuanto antes.

Por si fuera poco, estaba colado por Vashti. Hasta los tuétanos. La forma primaria en que habían copulado había provocado algo más que unos orgasmos explosivos. Le había cambiado a él y sus reacciones con respecto a ella, erosionando su control y su sentido común. Esta mañana apenas se reconocía. ¿Qué coño le había ocurrido?

Por desgracia, tenía alguna sospecha. Esos interminables momentos en que había estado maniatado y atrapado debajo de ella, sin poder detenerla mientras ella bebía su sangre y su semen, fascinado por la intensa furia y el deseo feroz con el que ella había introducido su rígido pene en su tensa y cálida vagina... Esos momentos le habían transformado por dentro. Y cuando él había asumido el control y ella se había desmoronado debajo de él, él había aceptado la rendición de esa mujer tan poderosa y letal con un sentimiento posesivo de infinita admiración y gratitud.

Alguien aporreó la puerta y Elijah la abrió bruscamente, enojado de que hubieran interrumpido el descanso de Vashti.

—¿Qué quieres? —le espetó a Salem, que ocupaba todo el espacio en el pasillo. A Elijah le importaba un carajo que el vampiro estuviera desnudo. A éste, menos.

—¿Has visto a Vashti? —preguntó Salem con aspereza. Luego olfateó el aire moviendo la nariz. Abrió los ojos como platos al comprender que había hecho algo más que verla.

—Sí. Lárgate.

—¿Adónde ha ido?

—Está durmiendo. Vuelve más tarde. —Elijah retrocedió y cerró la puerta.

Salem apoyó la palma de la mano contra la cerradura de metal, impidiendo que se cerrara.

—¿Durmiendo?

—Ya sabes: ojos cerrados, inconsciente. ¿Te suena? Lárgate.

Salem empujó la puerta para abrirla.

—Apártate, licano.

Aburrido de la conversación e irritado por la pesadilla que había tenido Vashti, Elijah salió al pasillo y cerró la puerta con sigilo a su espalda. Acto seguido empujó al vampiro hacia la puerta de enfrente, que Salem atravesó violentamente, aterrizando a los pies de una cama que contenía varios ocupantes. Elijah vio las suficientes extremidades desnudas y cuellos torcidos para calcular que había al menos cuatro cuerpos.

Salem se incorporó en un abrir y cerrar de ojos y se encaró con Elijah.

—Me estás cabreando, perro. Vash no duerme.

—Duerme cuando está cansada.

Con sus ojos ambarinos centelleantes, Salem bajó la voz una octava y preguntó con tono amenazante:

—¿Qué le has hecho?

—¿En serio? —preguntó Elijah secamente—. Eso no te incumbe.

—Si le has hecho daño…

Elijah soltó una carcajada mordaz. Le habían encadenado y asaltado, y este vampiro estaba preocupado por Vash.

—Ella sabe cuidarse.

Salem sostuvo su mirada. Elijah bostezó.

—Hace décadas que Vash no duerme —dijo el vampiro al fin.

—Vale, quizás eso explica que esté de mal humor siempre. —Elijah bajó la voz y asumió un tono distinto—. Aunque más vale eso a que esté rota.

El vampiro crispó la mandíbula.

—¿Qué le sucedió, Salem?

—Pregúntaselo tú mismo, licano. —En la boca de Salem se pintó un rictus cruel—. Hasta que Vash te lo cuente, lo único que tienes con ella es sexo. No eres más que una polla infatigable.

Cuando Elijah estaba a punto de partirle la cara de un puñetazo para borrarle su sonrisita burlona, Salem giró sobre sus talones, se adentró en la habitación en la que había aterrizado, levantó la maltrecha puerta del suelo y la encajó en sus bisagras, encerrándose en la estancia.

Elijah respiró hondo. Tardó unos minutos en reprimir su ira y así ser capaz de regresar a la habitación que compartía con Vash. Abrió la puerta despacio, sólo lo suficiente para pasar a través de ella. Al entrar se quedó de piedra.

Vashti estaba sentada en el borde de la cama, con la camiseta de él entre sus manos y la nariz sepultada en ella. Al verlo entrar se sobresaltó, como si la hubiera pillado haciendo algo que no debía. Dejó caer las manos sobre su regazo, mostrando sus imponentes tetas.

Se levantó apresuradamente.

—¿Qué hora es? —preguntó nerviosa—. Debemos irnos.

—Poco más de las siete. —Él no necesitaba un reloj para saberlo. Su ritmo circadiano seguía instintivamente el movimiento de la luna, en cualquier parte del mundo, gracias a la sangre de hombre lobo de su linaje. Se acercó a ella con cautela, como quien se aproxima a un animal asustadizo.

Ella lo miró con sus enormes ojos, que incluso en la habitación oscura parecían ensombrecidos. Aún se podía oler en su piel el hedor a miedo y dolor. Quizá por eso había sumergido su nariz en la camiseta de él, para aspirar su olor. O quizá simplemente lo necesitaba, al igual que él necesitaba oler el suyo. Podría luchar contra esa necesidad, incluso odiarse por ello, pero había aprendido que era muy peligroso ignorar esa avidez, porque lo dejaba descolocado e incapaz de controlarse como debía. Era una criatura de instintos y ella atraía esa parte primaria que tenía de una forma que no podía permitirse el lujo de obviar.

—Hace rato que tendríamos que haber salido —dijo ella, volviéndose para recoger sus ropas.

Él la sujetó del codo con suavidad pero firmeza. El tacto de su piel aterciopelada contra las yemas de sus dedos le produjo una violenta sacudida.

—Acércate.

—Elijah...

Él la atrajo hacia sí, la agarró por la nuca y la obligó a sepultar el rostro en su cuello, donde sabía que su olor corporal estaba más concentrado. Ella aspiró con fuerza, y luego suspiró. Acto seguido empezó a husmear su piel dejando que sus labios la rozaran, degustando el ritmo cada vez más acelerado de sus latidos. Él se preguntó si Vash era consciente del placer que ese gesto provocaba en un lícano. Probablemente no, y era mejor así. Ella no necesitaba más munición para utilizarla contra él.

Elijah cerró los ojos, deleitándose al sentir el voluptuoso cuerpo de ella oprimido contra el suyo, y agradeció la ausencia de tensión entre ellos. Vash tenía la estatura justa y sus curvas se amoldaban al fibroso cuerpo de él como si fueran dos mitades de una misma cosa. Sentía que encajaba a la perfección…, con una mujer que no le convenía.

—¿Qué has soñado, Vashti?

Ella se tensó y trató de soltarse, pero él había previsto su reacción y la sujetó con fuerza.

—Suéltame —dijo ella secamente.

—De eso nada.

—Puedo obligarte.

Él la agarró por el pelo, inclinando su cabeza hacia atrás para mirarla a los ojos.

—Pídemelo con educación y lo pensaré.

—Que te jodan.

—Bueno, no es una forma muy educada de pedirlo, pero vale.

A ella se le escapó la risa, que contuvo enseguida. Pero mientras duró le pareció un sonido maravilloso. Grave y sensual, ronco pero voluptuoso como su cuerpo.

Él la tomó en brazos y apoyó una rodilla sobre el colchón, luego la otra, hasta que alcanzó el centro de la cama, donde la depositó. A continuación se tumbó junto a ella de costado, incorporado sobre un codo y con la cabeza apoyada en la mano. Apoyó la otra sobre el vientre firme y liso de ella, con los dedos extendidos, sujetándola sin ejercer demasiada presión pero inmovilizándola para poder preguntar:

—¿Quién te he hecho daño, Vashti?

Ella meneó la cabeza.

—Eso no te incumbe.

—Por supuesto que sí. No puedo matarlos si no sé quiénes son.

—No es tu problema.

—¿Cómo que no?

—Hemos follado una vez. No tiene mayor importancia.

—De hecho... —respondió él sonriendo—..., ha sido más bien una docena de veces. Más o menos.

—Déjalo, cachorro.

—No puedo.

Ella lo miró achicando los ojos.

—Mierda. ¿Qué eres, un maldito boy scout con ganas de salvar el mundo arreglando todos sus problemas a la vez?

—¿Voy a ayudarte a encontrar a los que mataron a tu compañero, pero no puedes decirme quién te hizo daño? ¿Te sientes intimidada por mí, Vash? —insistió él—. ¿Hago que te sientas vulnerable?

—No te hagas ilusiones.

—Entonces explícamelo.

Vash respiró hondo, alzando su musculoso abdomen debajo de la mano de él.

—Syre se encargó de ello.

—¿De qué?

—No quiero hablar del tema, Elijah. Está hecho y no hay vuelta atrás. Es una vieja historia.

—Me lo dirás. —Dijo, mientras deslizaba el pulgar sobre el labio inferior de ella. Cuando empezó a protestar, se lo metió en la boca—. Puede que hoy no, pero pronto.

Él soltó un gemido de placer cuando ella le chupó el dedo, rozándoselo con los dientes. Elijah sintió que su pene se endurecía, recordando lo que había sentido cuando ella se lo había lamido. Ella le había arrebatado por la fuerza lo que él le habría dado voluntariamente, pero eso no le había impedido experimentar placer, pues su deseo era tan intenso que quería poseerla como fuera. Pero era preciso que la tratara con ternura, una ternura que ella necesitaba, aunque luchara por evitarla.

Él presionó suavemente el pulgar sobre sus labios para obligarla a entreabrirlos y agachó la cabeza para lamerle el interior de la boca, apenas lo suficiente para que ella lo sintiera. Pese al frenesí con que había deseado devorarla en el aparcamiento la noche anterior, ahora deseaba algo más suave y dulce.

Ella le agarró por la muñeca.

—No hay tiempo para esto. Tenemos mucho que hacer.

Él apoyó la mano en su mejilla y la besó, un beso profundo y sensual. Procuró mantener un ritmo pausado cuando ella trató de acelerar las cosas, resistiéndose a meterle la lengua hasta el fondo como ella le imploraba con sus quejumbrosos gemidos y su ardiente entusiasmo. En lugar de ello, se limitó a darle breves y espaciados lametones al tiempo que movía los labios suavemente sobre los suyos.

Ella sofocó una exclamación de placer, rodeándole la cadera con su larga y esbelta pierna.

—Deja de jugar conmigo.

Elijah se montó sobre ella y la inmovilizó. Enlazando sus dedos con los suyos, le sujetó las manos a ambos lados de la cabeza.

—Tenemos que jugar, Vashti. Yo lo necesito. Después de esta última semana…, de este último y jodido mes.

Ella alzó la cabeza y sostuvo su mirada. Parecía más joven y frágil que nunca. Era atemporal, un ángel caído que había existido durante milenios. Había matado a un sinfín de seres, a algunos con saña, como había hecho con Micah, y mataría a muchos más. Sin embargo parecía tan dulce y relajada en sus brazos, tan cálida y abierta, vulnerable por un instante debido a una pesadilla que había evitado afrontar durante décadas. Él se preguntó si volvería a tenerla así alguna vez, si siempre se mostraría como anoche, brutalmente decidida a cosificarlo.

También se preguntó qué coño le importaba, puesto que en cualquier caso iba a matarla.

—Yo te gusto —murmuró, deslizando la lengua sobre el labio inferior de ella, carnoso e hinchado debido a sus besos.

—Te deseo, que es muy distinto

—Tú me gustas.

Vash apartó la cabeza de la boca de él.

—No sigas por ese camino.

—Ojalá pudiera. —Él se colocó cómodamente entre sus muslos—. No deberías temer que yo te guste. No lo utilizaré en tu contra salvo cuando necesite follarte. Eso también te gustará, cuando te enseñe cómo van a ser las cosas entre nosotros, sin las gilipolleces que organizaste anoche. —Él restregó la nariz contra sus pechos, aspirando el embriagador olor que ella emanaba y que ahora se mezclaba con el suyo—. El hecho de que nos gustemos no va a alterar nuestro pacto. Eso también te gusta de mí, ¿verdad? Que cumpla mi palabra.

Ella le sujetó por la cintura y él emitió un sonido de aprobación. Era un licano; le gustaba que lo tocaran. Que lo acariciaran.

—Pretendes cabrearme —dijo ella, antes de clavarle un colmillo en el lóbulo de la oreja.

El dulce aguijonazo de dolor hizo que su pene se hinchara tanto que dolía. Ante esa provocación, empezó a mover las caderas contra las de ella, restregándose contra sus partes íntimas.

—¿Por qué iba a hacerlo?

—Ya lo sabes. —Ella lo rodeó con sus esbeltos brazos—. Y yo también.

Porque él podía manejar a una Vashti cabreada. Era la Vashti a la que acababa de descubrir, la vampira atormentada, la que le desarmaba. Era fuerte y valiente. Y ver a una mujer tan magnífica acobardada por el terror que la invadía, le ofendía profundamente, hacía que sintiera deseos de destrozar algo o a alguien.

Ella paseó los dedos sobre su columna vertebral, y él emitió un leve gemido de placer.

—Gracias por irritarme.

—Un gesto vale más que mil palabras. Tócame, Vashti.

—¿Dónde?

—Por todas partes.

De la forma en que él necesitaba que lo hiciera pero no podía confesar después de la agitada noche que habían pasado. No le importaba desearla y que ella le gustara, pero necesitarla era demasiado. No tenía ningún sentido. Aunque, a decir verdad, él no estaba en su mejor memento. Quizá la violenta crisis que había sufrido le había dejado tan vulnerable como ella.

Ella gimió cuando él tomó una de sus tetas, sopesándola en la mano, y siseó cuando se la chupó y pasó la lengua sobre su endurecido pezón.

También era aficionado a lamer.

—Mmm... —Ella arqueó la espalda, oprimiendo sus voluptuosos pechos contra los labios de él—. Veo que eres hombres de pechos.

Era hombre de Vash, pero él se abstuvo de decírselo. En lugar de ello, se deleitó aspirando el dulce olor a cerezas que lo enloquecía. Ella respondió introduciendo sus dedos entre su cabello y masajeándole el cuero cabelludo, abrazándolo con fuerza. Él cerró los ojos y gimió al tiempo que un escalofrío le recorría el cuerpo.

—¿Es posible que seas tan fácil de complacer, licano? —preguntó ella con dulzura.

—¿Por qué no lo compruebas tú misma?

8

—Padre.

Syre miró a su hijo, que estaba en el umbral, y bebió un último y profundo trago de la muñeca que tenía oprimida contra la boca. Luego lamió la herida para cerrarla y alzó la cabeza para contemplar los ojos azules y aturdidos de la morena sexi que le había alimentado.

—Bebe un zumo de naranja, Kelly, y échate un par de horas.

La mujer pestañeó, regresando a la realidad. En su boca se dibujó una sonrisa mientras fijaba la vista en él, sin darse cuenta de que acababa de aportar medio litro de sangre a su dieta.

—Acompáñame.

—Dentro de unos minutos me reuniré contigo —le prometió él, ilusionado ante esa perspectiva. Kelly siempre estaba dispuesta a dejarse follar, dado que había venido a Raceport con el expreso propósito de obtener tanto alcohol y sexo como pudiera. Él había creado Raceport para convertirlo en el primer destino para motoristas y sus chicas, pues necesitaba a transeúntes ávidos de aventuras para alimentar la proliferación de sectas y clanes en la zona. La abundancia de parejas sexuales era una ventaja complementaria que él no había considerado al principio, pero que ahora apreciaba.

El sexo era una de las pocas actividades en su vida que le hacían sentir… humano. Al menos durante un rato.

Con un mohín de disgusto, la joven se levantó y se echó su larga melena sobre el hombro. Llevaba una camiseta corta que le dejaba la tripa al aire y unos vaqueros minis recortados que mostraban sus piernas. Sus esbeltos brazos estaban cubiertos por unas mangas compuestas de tatuajes, y un diminuto aro de plata colgaba de su ombligo. Syre gozaba contemplando este espectáculo pese a que no acababa de inspirarle. Prefería otro tipo de mujer, madura y selectiva, pero hacía tiempo que había comprendido que él constituía un grave error en la vida de esas mujeres. Únicamente podía proporcionarles placer físico, que al cabo del tiempo pasaba a ser un dolor emocional. De modo que había aprendido a dejar de lado sus preferencias y a emparejarse con mujeres que se sentían atraídas por él.

—Cuanto antes te vayas, Kelly —dijo Torque secamente—, antes se reunirá contigo.

Ella se volvió al darse cuenta de que ya no estaban solos en la suite de Syre. Durante unos momentos pareció enfadarse; luego miró a Torque con visible interés.

La semejanza entre Syre y Torque era tan escasa que casi ni existía. Al igual que Shadoe, su hermana gemela, Torque había heredado los rasgos faciales de su madre. Medía unos quince centímetros menos que Syre, era delgado de cintura y caderas, pero tenía los muslos, los brazos y el torso musculosos. Llevaba el pelo muy corto y peinado en unas «púas» que se inclinaban en todas las direcciones, con las puntas teñidas de un llamativo color verde. Era un corte de pelo que encajaba con sus ojos rasgados y su agitado estilo de vida. Torque regentaba una cadena de clubes que ofrecían refugio a los jóvenes esbirros y al mismo tiempo satisfacían los apetitos de los viejos vampiros.

Después de pasarse la lengua por los labios, Kelly preguntó:

—¿Por qué no te reúnes con nosotros, Torque?

Éste la miró con gesto impávido; la reciente pérdida de su compañera, Nikki, le había afectado demasiado como para pensar siquiera en el sexo.

—Lo siento. Compartir un coño con Syre me resulta demasiado incestuoso.

—¿Incestuoso? —La joven frunció el ceño y miró a Syre, quien parecía tener unos diez años más que Torque, que aparentaba veintitantos—. No me creo que estéis emparentados.

Syre la miró y murmuró:

—Anda, vete.

Cuando por fin comprendió que era una orden, la joven asintió con la cabeza y abandonó la habitación con una sonrisa bobalicona.

—Nunca me creen —comentó Torque, dejándose caer sobre una butaca orejera de cuero negro.

—¿Cómo estás?

—Siempre me preguntas lo mismo.

—Y siempre contestas con evasivas.

Syre comprendía el dolor de su hijo. Lo había experimentado en su propia piel cuando perdió a su compañera hacía ya mucho tiempo. Y Torque era un nafil, uno de los hijos nefilim que Syre y los otros Caídos habían creado con sus compañeras mortales antes de caer en desgracia. Los nefilim eran en parte ángeles y en parte mortales. A diferencia de los Caídos o los esbirros, tenían un alma. Sentían alegría y dolor de una forma mucho más profunda. La persistente aflicción de Syre era una simple sombra comparado con lo que debía sentir su amado hijo.

—Estoy hundido —dijo Torque sin rodeos—. El Alfa le ha dicho la verdad a Vashti: la sangre que hallamos en el lugar del secuestro de Nikki contenía anticoagulante, lo cual indica que le tendieron una trampa para que cargara con la culpa. De modo que vuelvo a partir de cero en la búsqueda del que me la arrebató.

—Daremos con ellos —le prometió Syre, movido por el feroz deseo de venganza que pulsaba en sus venas. De un tiempo a esta parte era la emoción que prevalecía en él, mientras el mundo que había construido con tanto afán se desmoronaba a su alrededor.

—No cuentes con ello. La secta de Anaheim ha sido arrasada. Han liquidado a todos sus miembros.

Syre espiró emitiendo un sonido sibilante.

—Hay un ángel que se dedica a borrar sus propias huellas. ¿De qué lado están? Raptan a Lindsay y me la entregan, para luego liquidar a los vampiros que se ocuparon de entregármela.

—¿Quién coño lo sabe? —La bota de Torque golpeó con rabia el suelo de madera—. Suponiendo que sea un ángel, no hay ninguna garantía de que sea un Centinela. El que se la llevó de Angel's Point podría ser una especie de demonio alado.

—¿Quién, aparte de un Centinela, tiene acceso a la sangre de licanos almacenada? —Las instalaciones criogénicas de Adrian estaban bien custodiadas por Centinelas. Ni siquiera los licanos tenían acceso a sus propias muestras de sangre.

—De modo que supones que el responsable de los secuestros de Nikki y de Lindsay es un único individuo.

—La navaja de Occam—murmuró Syre, analizando en su mente los datos de que disponían.

—Que le den a Occam. Me gustaría meterle su navaja por el culo.

Syre arqueó las cejas y se centró de nuevo en su hijo.

—Utiliza tu furia para reforzar tu concentración.

—Ninguno de nosotros estamos concentrados en el partido, papá. Todos nos hemos quedado de piedra. —Torque respiró hondo—. Pero el motivo por el que he interrumpido tu tentempié vespertino es Vash. Acabo de hablar por teléfono con Salem. Está preocupado por el Alfa.

—Yo también. —Syre no podía olvidar la imagen de Vash sujeta a un árbol por aquel licano enfurecido, una especie que ella tenía sobrados motivos para odiar.

—Anoche se la folló.

Transcurrieron unos momentos mientras el cerebro de Syre se esforzaba en asimilar lo imposible.

—Ten cuidado con lo que dices sobre ella.

—¿Cómo quieres que te lo diga? —Torque se inclinó hacia delante, apoyó los codos en las rodillas y enlazó las manos—. Sé lo que Vash siente por los licanos, y éste es sospechoso de haber secuestrado a Nikki.

—Pero todo indica que no es responsable de ello.

—No nos olvidemos del licano que ella torturó para obtener información. ¿Es posible que el Alfa ignore eso o que lo estaba persiguiendo a él cuando lo mató? ¿Conoces a algún licano que no haya vengado el asesinato de un compañero de su manada?

—¿Crees que la violó? ¿O que consiguió de alguna forma que ella cooperara? ¿Es eso lo que te ha dicho Salem? —preguntó Syre con tono grave y furioso. Esa idea empezó a darle vueltas en la cabeza, suscitando en él una ferocidad letal.

Era capaz de destruir la Tierra con tal de proteger a Vashti. Ella era su conciencia, su consejera, su martillo, su embajadora y muchas otras extensiones de sí mismo. Era la mujer más fuerte que había conocido. Y sin embargo la había visto hecha pedazos. Destrozada y ultrajada. Durante los últimos años Vash había conseguido recuperarse, pero las grietas y fisuras persistían. Aunque otros pensaban que se había vuelto más dura e implacable que nunca, él sabía que era más frágil. Por ese motivo él se esforzaba —en contra de todo lo que le dictaba el instinto— en mantenerla en primera línea de combate. Si ella llegaba a descubrir que él la veía vulnerable por los ultrajes que le habían infligido, sería un golpe que Syre temía que no pudiera soportar. El hecho de que él estuviera convencido de su fuerza era lo que potenciaba la autoestima de Vash.

—Salem no sabe lo que ocurre; por esto me ha llamado. Lo único que sabe es que practicaron sexo y que el Alfa no dejó que viera a Vash esta mañana. Le dijo que estaba durmiendo.

Syre se levantó, consciente de que hacía siglos que Vash no dormía.

—No ha tocado a un hombre desde Charron —le recordó Torque innecesariamente—. ¿Crees que el primero con el que se acostaría sería un licano?

—Ordena que preparen mi avión. —Syre se dirigió hacia su dormitorio para hacer la maleta. Había oído suficiente—. Quiero despegar dentro de una hora.

Cuando salió de Shred, Vash pestañeó contra el intenso resplandor del sol. Detrás de ella, Elijah gruñó al sentir el calor de Las Vegas, que aún no había alcanzado su cota máxima. Los licanos eran unas criaturas muy sensibles, lo cual —si Vash hubiera pensado con claridad— le habría dado una pista sobre lo mucho que a Elijah le gustaba que le tocaran. Ahora lo sabía, y maldijo que la falta de tiempo le impidiera complacerlo en este aspecto. Vash lo tenía ronroneando de placer cuando Salem volvió para llamar con insistencia a la puerta de la habitación. Su capitán les había concedido apenas treinta minutos entre una y otra interrupción, apenas el tiempo suficiente para que Salem consiguiera que le hicieran una felación mientras telefoneaba a Torque, llevando el concepto de realizar varias tareas a la vez a límites insospechados.

Si ella hubiera podido…, si hubieran tenido tiempo…, se habría deshecho de Salem para que Elijah pudiera terminar lo que había comenzado. Ahora se avergonzaba al recordar lo que le había hecho la noche anterior, movida por el temor. Su propia vulnerabilidad le había impedido percatarse de la debilidad que él sentía por ella. El hecho de que ella, una mujer que había aprendido hacía tiempo a utilizar su atractivo físico contra los hombres, no reparara en esa susceptibilidad era signo de lo descentrada que estaba. Habría sido un bálsamo para su cuerpo y su mente hacerlo de nuevo, empezar el día con una relajante sesión de sexo matutino para borrar la persistente ira de la noche anterior y recobrar el control de sí misma y de la situación.

Respiró hondo y trató de apartar a Elijah de su mente. Cuando llegó junto al Jeep seguida por Salem, se dio cuenta de que el Alfa no estaba con ellos. Al volverse para averiguar dónde se había metido lo vio girando lentamente en círculos, con la cabeza inclinada hacia atrás y olfateando el aire. Había algo en su postura que la alarmó. Tomó una de sus katanas y su móvil del asiento posterior y regresó junto a él.

—¿Qué ocurre? —Vash aspiró profundamente, pero su olfato no era tan agudo como el del licano.

Cuando se guardó el móvil en el escote de su top, él se volvió hacia ella con gesto serio.

—Un infectado. A unas dos manzanas de aquí. Al norte de donde nos encontramos.

Tras quitarse la camiseta por la cabeza, Elijah se despojó rápidamente de sus botas y dejó caer sus vaqueros al suelo. En un instante se había convertido en un lobo, una bestia gigantesca y majestuosa. Al cabo de un momento, desapareció.

Ella echó a correr tras él, siguiendo su olor que parecía tener grabado en sus sentidos. Era vagamente consciente de que Salem estaba junto a ella. Llevaban tanto tiempo cazando juntos que aquello les salía de forma natural. Él empezó a explorar la zona en sentido contrario a ella, sorteando obstáculos como contenedores de basura y cajas desechadas. Sin necesidad de una señal entre ellos, avanzaron hacia los muros, corriendo en sentido opuesto el uno del otro. El viento agitaba la melena de Vash y sus tacones de aguja se clavaban en el estuco, haciendo que unos pedazos del muro cayeran al suelo.

Y mientras corría, no podía dejar de pensar que Elijah se había lanzado a la caza de un vampiro sin pensárselo dos veces. Un miembro de su especie. Como si fuera algo instintivo para él cuando lo cierto era que simplemente había sido adiestrado. Por Adrian.

¿Cómo era posible que ella no se hubiera percatado de algo tan importante?

Al doblar la esquina oyó el estruendo de vidrio al romperse. La cola de Elijah, que desapareció por la ventana rota, y su olor, le indicó dónde se encontraba. Era un edificio en construcción; la mayoría de las ventanas aún ostentaban la pegatina del fabricante. Salem saltó a través de la primera, ensanchando la abertura. Vash saltó tras él, agachando la cabeza para no lastimarse y aterrizando de pie. De pronto se quedó helada.

Los obreros que tendrían que haber estado trabajando en el lugar yacían en el suelo. Despedazados.

Salem soltó una maldición. Elijah estaba en cuclillas, gruñendo.

El suelo de hormigón estaba cubierto de sangre y vísceras. Las extremidades y cabezas de las víctimas estaban diseminadas por todo el espacio, o a punto de ser devoradas por al menos una docena de espectros que echaban espuma por la boca. Sus ojos inyectados en sangre relucían, mientras olisqueaban nerviosamente al percibir el olor a carne fresca.

Vash había visto una carnicería semejante en otra ocasión, cuando un esbirro renegado, enloquecido por el deterioro de su alma mortal, había transformado a todos los miembros de su familia. Instigados por su sed de sangre inicial después de la Transformación, habían emprendido una matanza salvaje, que acabó con el vecindario entero.

Dios. Nunca se acostumbraría a aquel espectáculo tan devastador.

Uno de los espectros se apartó de los demás. Corría de un lado a otro encorvado y arrastrando los pies, trazando un sendero semicircular en la sangre. Tenía los ojos fijos en Elijah, que los rondaba con inquieta energía. Con las orejas pegadas a la cabeza, el Alfa emitía unos sonidos amenazadores.

El vampiro infectado miró a Vash y a Salem.

—Largaos. Fuera.

Pronunció las palabras con una voz tan gutural que Vash tardó un momento en comprender lo que decía.

—Joder. ¿Ese espectro acaba de hablar?

Mientras Vash analizaba la posibilidad de una función cerebral superior, el espectro saltó unos seis metros a través de la habitación… en su dirección. Sobresaltada, Vash alzó su katana, consciente de que había tardado demasiado en reaccionar y preparada para recibir el impacto.

Elijah interceptó el asalto en el aire, extendiendo sus garras y atrapando al espectro en un punto entre el hombro y el cuello. Un angustioso chasquido reverberó a través del espacio, provocando una reacción inesperada: la manada de espectros sedientos de sangre abandonaron su festín y se abalanzaron en masa sobre el poderoso licano.

Vashti saltó sobre el grupo con un grito de furia, abatiendo a todo aquel que se interponía en su camino. Salem hizo lo propio, utilizando sólo sus manos, partiendo cabezas y cuellos a diestro y siniestro. Ninguno de los espectros fue a por ellos. Estaban amontonados sobre Elijah, ignorando a los vampiros recién llegados, lo que demostraba que carecían de instinto de supervivencia. Sacudiendo la cabeza con furia, Elijah arrojó a un espectro tras otro sobre los cuerpos que se retorcían a su alrededor, sus gruñidos y ladridos sofocados por los enloquecidos alaridos de sus atacantes.

Vash se abrió paso hacia el centro a golpes de katana, el corazón latiéndole con violencia al perder completamente de vista a Elijah. Los chorros de sangre le impedían ver con claridad mientras avanzaba. Se enjugó los ojos, tratando de localizar a Elijah entre la masacre, gritando su nombre.

El alarido de dolor que éste soltó la removió por dentro. Fue un grito de agonía que la hizo reaccionar.

—¡Salem! ¡Maldita sea, ayúdale!

—No consigo llegar a él. Mierda. ¡Lo estoy intentando!

Agarrando a los espectros por la cabeza con tal fuerza que arrancaba puñados de cabello entrecano, Vash les obligó a soltar a su licano y los decapitó, sintiendo un nudo en el estómago al ver mechones de pelo ensangrentado pegados a sus bocas cubiertas de espuma.

De pronto se oyó un grito desgarrador, seguido de otro.

No era Elijah. La voz era menos grave que la suya. Joder. Vash estaba tan aterrorizada que la habitación empezó a girar a su alrededor.

Apartó violentamente a otro espectro y entonces vio a Elijah en el espacio que ella había despejado. El espectro al que había agarrado se desplomó y empezó a convulsionarse. Otro espectro se apartó con espasmos. Y luego otro.

De repente los escasos miembros de la manada de espectros ávidos de sangre que quedaban se apartaron del licano caído. Uno a uno fueron cayendo al suelo boca arriba y, como peces fuera del agua, empezaron a retorcerse con los ojos en blanco y la boca llena de espuma. El que había hablado se agarró la cabeza, gimiendo. De repente, calló y se desplomó, inconsciente.

O muerto.

Al ver que no había movimiento alguno en el lago de sangre, Vash dejó caer la katana y se arrodilló junto a Elijah, quien yacía de costado, resollando, su pelaje apelmazado y su cuerpo cubierto de profundas heridas. Ella alargó la mano, para consolarlo, pero no sabía cómo hacerlo.

—¡No le toques! —Salem avanzó hacia ellos apartando los cuerpos a puntapiés.

Elijah emitió un gruñido ronco de advertencia.

—Es un animal herido, Vash. Sabes que no debes tocarlo.

Sí, ella lo sabía. Los licanos eran de una ferocidad temible cuando se sentían más vulnerables. Pero cuando miró los ojos verdes del lobo, vio al hombre. El hombre que la había dominado durante una larga noche y que, por la mañana, se habían rendido a sus caricias.

—¿Puedes transformarte? —preguntó en voz baja, consciente de que el proceso de cambiar de forma cicatrizaría algunas de sus heridas y refrenaría la pérdida de sangre.

Él cerró los ojos y emitió un suspiro entrecortado. Permaneció inmóvil durante tanto tiempo que ella temió haberlo perdido.

—¡Elijah! —grito Vash. El terror en su voz hizo que sonara áspera. Sin importarle el riesgo que corría, le acarició con cautela la cabeza. Él abrió los ojos lentamente, mostrando unos iris que no enfocaban bien—. Cambia de forma. Ahora. Eres un arrogante hijo de puta y puedes hacerlo. Eres demasiado obstinado como para dejar que un par de vampiros enfermos te derroten.

Los gruñidos de él se intensificaron, dando a Vash renovadas esperanzas.

—Vash… —Salem apoyó la mano en su hombro.

Elijah alzó la cabeza y soltó otro gruñido, enseñando los dientes.

Salem se apresuró a retirar la mano.

—Maldito perro rabioso.

—Salem tendrá que cuidar de mí si tú no puedes hacerlo —dijo Vash con tono persuasivo, tratando de reprimir otro ataque de pánico—.

Raze también. Quizás incluso ese niño bonito cuya verga estuve a punto de chupar anoche...

Los ojos de Elijah se encendieron. Empezó a vibrar, como si unas oleadas de calor se alzaran del asfalto abrasado por el sol. Durante un instante permaneció en un estado intermedio, oscilando entre la forma humana y la del lobo. Luego, expeliendo aire con todas sus fuerzas, apareció ante ella como un hombre desnudo y gravemente herido.

—Ve a por el coche —ordenó Vash a Salem mientras sostenía la cabeza de Elijah en su regazo.

Salem se alejó a tal velocidad que provocó una corriente de aire. Los cuerpos de los espectros que yacían alrededor de ella empezaron a emitir ruidos guturales y a estremecerse. Pudo contemplar, horrorizada, cómo se desintegraban en unos charcos de una sustancia viscosa como la brea.

—¡Puaj!

—Eh, que no estoy tan... mal como parece —murmuró Elijah, con los ojos todavía cerrados.

—Por supuesto que no. —Pero la sangre que no era suya aparecía ahora claramente diferenciada por su color de obsidiana, dejando demasiadas manchas rojas sobre su lacerada piel. Unos finos hilos de sangre se deslizaban sobre el regazo de ella y creaban pequeños surcos en la sustancia negra y viscosa—. Maldito idiota. Deja de hacerte el héroe y de protegerme. Puedo cuidar de mí misma.

—¿Y dejar que sólo te diviertas tú?

Vash sintió un dolor en el pecho. Se llevó la muñeca a la boca, perforó la vena con sus colmillos y oprimió la sangrante herida contra la boca de él. Elijah se atragantó, resistiéndose débilmente, pero ella no cedió, pellizcándole la nariz para obligarlo a tragar. Un sorbo. Dos. Tres. Las protestas de él se acrecentaron y ella apartó la muñeca de sus labios, lamiéndosela para cerrar la herida.

—Si me transformas en un vampiro —dijo él con voz ronca—, tú serás la primera a la que dejaré seca.

—Primero tendrás que reducirme.

Ella le enjugó el sudor y le apartó los mechones manchados de sangre de la frente. El corazón de Elijah latía con demasiada fuerza para transformarse, pero ¿y si ella hubiera esperado unos minutos más...? Vash desechó ese pensamiento.

—Este afán de cuidarme ... Es casi como aceptar verbalmente que te gusto.

—¡Ja! —Ella sintió que los ojos le escocían, pero se dijo que era debido a las gotas de sangre que le habían salpicado la cara. No podía dejar de tocarlo, deslizando las yemas de los dedos sobre su rostro y acariciándole el cuero cabelludo—. ¿Has montado este numerito sólo para que me compadezca de ti?

—¿Qué culpa tengo de imaginar lo imponente que estarías con uno de esos uniformes de enfermera tan sexis? —replicó él, con la respiración entrecortada.

Esos comentarios jocosos le partían a ella el corazón, consciente del esfuerzo que suponía para él hablar. Pero no se ablandó. Pese a que era un suplicio contemplarlo, el dolor que experimentaba Elijah mantenía su ritmo cardíaco elevado, lo que contribuía a bombear la sangre de ella a través de sus venas. No era un remedio curativo tan potente como la sangre pura de un serafín, pero agilizaría el proceso de curación.

—¿Quién iba a decir que yo pudiera ser tan popular? —comentó él con voz entrecortada—. Debe de ser por ti, cariño. Quieres un pedazo de mí..., y ahora todos quieren uno.

Tenía que haber sido aquel espectro que aún conservaba alguna neurona intacta quien había tendido la trampa a Elijah. Vash estaba segura de ello. Había instigado la persecución que los había conducido hasta aquella emboscada y luego había provocado a Elijah atacando a la mujer impregnada de su olor.

«El instinto puro altera la función cerebral superior», había dicho Grace.

—No han sido imaginaciones mías, ¿no? —preguntó ella, comprobando que el charco del espectro con cerebro, a diferencia de los otros, tenía cierta forma. Parecía como si se deteriorara más lentamente—. Ha hablado, ¿verdad?

—Sí. El muy cabrón.

—Yo tenía entendido que esas criaturas tenían el cerebro hecho polvo. Las luces están encendidas pero no hay nadie en casa.

—Tu amiga..., Nikki..., habló.

Vash se tensó.

—¿Qué dijo?

—Nada que merezca la pena recordar, pero habló en inglés.

—Ya. —Vash se sobresaltó cuando su teléfono móvil empezó a sonar.

—Tu teta está sonando.

Al sacar el móvil de su escote, Vash vio el nombre de Syre en el identificador de llamadas y se apresuró a activar el vídeo.

—Syre.

Su hermoso rostro apareció en la pantalla con el ceño fruncido. Luego palideció.

—Dios mío... ¿Qué te ha ocurrido? ¿Dónde estás? Ese licano está muerto, Vashti. Le haré pedazos.

—Ponte a la cola —masculló Elijah.

Al darse cuenta del aspecto que debía presentar, cubierta de sangre, ella se apresuró a decir:

—Tuvimos un encontronazo con unos espectros en Las Vegas y la situación se complicó, pero estoy bien.

—Dime dónde estás y llegaré en menos de treinta minutos. Tengo un helicóptero esperándome.

—¿Dónde estás tú?

—En McCarran. Acabo de aterrizar.

—Gracias a Dios. —Vash soltó un suspiro de alivio—. Espera allí. Enviaré a Salem con Elijah para que los lleves al almacén. Elijah necesita tratamiento médico, y allí podemos administrárselo.

Syre achicó los ojos.

—¿El Alfa?

—Sí.

—¿Dónde estarás tú?

Vash no reveló sus intenciones en voz alta, pues no quería que nada diera al traste con sus planes.

—Tengo que ocuparme de algo.

—De mí —dijo Elijah, abriendo los ojos y fijándolos en los de ella.

Sí, pensó ella. De ti.

9

Lindsay se despertó cuando el sonido constante del motor del coche y el zumbido del aire acondicionado cesaron. Levantó la cabeza del respaldo del asiento y miró a Adrian, que iba sentado al volante.

—Me he quedado dormida.

—En efecto —respondió él; sus ojos azules la observaban con dulzura y afecto. Le tomó la mano y enlazó sus dedos con los suyos.

—Lo siento. —Ella se incorporó y miró a su alrededor, comprobando que estaban avanzando por el camino de acceso a una casa de estuco color melocotón de dos plantas, situada en una tranquila zona residencial. En vez de hierba, el jardín estaba cubierto de grava blanca, lo cual no era raro en Las Vegas—. ¡Ostras, Adrian, y tú querías conducir para que pudiéramos hablar!

Debido a la necesidad de aprovechar cada minuto del escaso tiempo de que disponía, por lo general a Adrian lo llevaba su chófer de un lado a otro, lo que le permitía trabajar incluso cuando viajaba en coche. Aparte de sus deberes como líder de los Centinelas, era dueño de Mitchell Aeronautics, y eso le obligaba a gestionar dos empresas a tiempo completo. Por suerte no necesitaba dormir, de lo contrario nunca habría dado abasto.

Ella se pasó la mano que tenía libre por su pelo rubio, corto y rizado, y miró a su amante con cierto pesar. Los Centinelas tenían un oído extraordinariamente fino. En Angel's Point era imposible gozar de privacidad. Cualquier Centinela podía oír cualquier palabra y sonido en un radio de dos kilómetros. Cuando Adrian deseaba hablar con ella en privado, se la llevaba lejos, transportándola en avión a las remotas colinas que rodeaban

Angel's Point a fin de que nadie oyera lo que decían. Había propuesto que hicieran el viaje de cinco horas en coche a Las Vegas solos, prescindiendo de un conductor y del uso de uno de sus numerosos aviones privados para poder charlar largo y tendido, cosa que rara vez tenían ocasión de hacer.

Adrian se puso a canturrear por lo bajo y alargó la mano para acariciarle la mejilla con las yemas de los dedos.

—He disfrutado observando cómo dormías, neshama.

Mi alma. Este afectuoso apelativo seguía sorprendiendo e impresionando a Lindsay. ¿Cómo podía ser el alma de este hombre…, de este ángel? Escrutó sus facciones, sintiendo que su belleza morena y seductora le producía un nudo en el pecho. Su cabello negro como la tinta enmarcaba un rostro tan ferozmente varonil, que el mero hecho de contemplarlo la excitaba. Unas bien dibujadas cejas y espesas pestañas enmarcaban unos ojos de un cerúleo sobrenatural, el límpido azul que se encuentra en el corazón de una llama.

A menudo Lindsay olvidaba que él era un poderoso ser alado que no pertenecía a este mundo. Cuando acariciaba con sus manos y su boca ese cuerpo increíblemente perfecto, reverenciando la cálida piel aceitunada que recubría sus tensos músculos, la febril reacción que él mostraba le hacía parecer demasiado humano. Su voz cuando hablaba con ella en privado, en persona o mentalmente… La forma en que la acariciaba…, la besuqueaba…, la abrazaba cuando se acostaban en el lecho que compartían… Para ella era tan sólo un hombre. Terrenal, sensual e intensamente ardiente.

«Adrian, amor mío», pensó ella, sintiendo que la culpa y los remordimientos empañaban su felicidad. Él era el mayor regalo que había recibido en su vida, su solaz y mayor placer. Y ella le recompensaba por esa felicidad constituyendo una tragedia en su vida, una debilidad y un pecado por los que temía que algún día él tendría que pagar un precio demasiado alto.

—Basta. —La voz de Adrian tenía una tonalidad seductora y a la vez áspera y furiosa, fruto de su insólita naturaleza.

Avergonzada de que él hubiera oído sus patéticas reflexiones, Lindsay trató de retirar la mano de la suya para romper la conexión. Pero él la sujetó con firmeza, su seductora boca contraída en un rictus de determinación.

—Quizá debería demostrarte cuánto solaz y placer me proporcionas a cambio. Quizás el recuerdo se ha desvanecido en las horas que han pasado desde que me dejaste exhausto. En tal caso, tendré que esforzarme en producirte una impresión más indeleble.

Ella se estremeció y fijó los ojos, sin poder evitarlo, en la gruesa vena que pulsaba con fuerza en el cuello de él. Se humedeció los labios, su sangre caliente por el deseo que sentía por él. Poco antes de dormirse había bebido su sangre de la vena de su muñeca, pero tenía un hambre insaciable, tanto de su sangre como de su fabuloso cuerpo.

—Sexo —murmuró, abrumada por las repentinas ansias de poseerlo, de tenerlo. La elevada temperatura en el interior del coche no hizo sino intensificar su deseo. La constante evolución de la Transformación que ella había experimentado la convertía en una criatura táctil, que respondía con rapidez, y a menudo de forma imprevista, a los estímulos externos. Cuando hubiera superado la etapa de neófita y hubiera alcanzado la madurez, cosas como la temperatura externa no la afectarían, pero ahora todo excitaba su deseo carnal.

—Amor —le corrigió él, acariciándole la mejilla con la mano que tenía libre e inclinándose hacia ella—. Expresado físicamente.

—Repetidamente.

—Desde luego —murmuró él, deslizando la boca suavemente sobre la de ella—. Cada día me enseñas cómo amar de formas muy distintas. Yo creí que lo sabía, pero estaba equivocado.

Ella se esforzó en reprimir una punzada de celos de Shadoe, la hija nafil de Syre a la que Adrian había amado durante siglos. A lo largo de numerosas reencarnaciones. La última había sido ella misma. Y sin embargo, frente a la culminación de su incesante búsqueda para poseer a

Shadoe, él la había elegido a ella, a Lindsay. Ésta se preguntó si alguna vez lograría comprender el motivo.

Él movió los labios sobre los suyos.

—Porque tú me enseñaste lo que significa el amor auténtico ofreciéndome el tuyo generosamente. Yo no estaba hecho para el amor. No formaba parte de mi naturaleza. No sabía lo que era, lo que buscaba, lo que necesitaba. No tenía ningún punto de referencia, ningún ejemplo, nada. Hasta que llegaste tú.

Adrian oprimió su boca contra la de ella en un beso profundo y apasionado, acariciándole la lengua con la suya; el ritmo pausado de sus movimientos y su absoluto control eran una promesa claramente erótica de lo que se proponía hacer con ella.

Ella gimió, emitiendo un sonido que era un ruego y una rendición al mismo tiempo.

Adrian alzó la cabeza y la observó con ojos entreabiertos mientras acariciaba suavemente con el pulgar sus hinchados labios y los colmillos que asomaban a través de ellos.

—Shadoe me poseía. Yo estaba consumido por su hambre voraz y su convencimiento de que tenía que ser suyo. Yo estaba vacío, neshama. Era un ser carente de toda emoción. Cuando consigues algo de la nada, es imposible saber si es bueno o malo para ti. Sólo sabes que si perdieras lo que tienes volverías a quedarte sin nada. Ella me procuró dolor emocional y placer físico, y yo me aferré a esas cosas aunque lo que deseaba por encima de todo era poder retroceder y hacer una elección distinta.

—No sigas. —El tormento que denotaba la voz de Adrian la hería profundamente.

—Pero tú, Lindsay, amor mío, me haces feliz. Llenas el vacío que hay en mí y que no sabía que existía. El placer de tus caricias es la agonía más dulce, porque nunca es suficiente. Nunca será suficiente para mí. Por muchas veces que te posea, siempre desearé más. Lo que siento por ti me consume. No podría vivir sin ello. No podría vivir sin ti.

Lindsay apoyó la frente sobre la suya.

—Yo también aprendo. Más despacio que tú, pero no tardaré en alcanzarte.

—Ella me convirtió en un hombre —murmuró Adrian, deslizando la lengua sobre el labio inferior de ella—. Tú me has hecho humano.

Ella rompió a llorar, dejando que las lágrimas rodaran libremente por sus mejillas. Eso era lo que más temía, haber dañado algo insustituible.

«Tú me has hecho más fuerte de lo que jamás he sido. Ella me destruyó; tú me has reconstruido. ¿Es posible que no lo sepas, neshama? Dime cómo quieres que te lo demuestre.»

—Ya lo haces. Maravillosamente. Es la Transformación, Adrian. Es como el síndrome premenstrual pero mil veces más agudo. Tengo frecuentes cambios de humor. Antojos. No puedo controlar mi deseo sexual. ¡Dios, no sé cómo me soportas!

—Lo hago encantado. —Él trazó con sus hábiles dedos un dibujo circular sobre el sensible punto situado detrás de la oreja de ella—. No cambiaría nada en ti.

Ella se volvió hacia él y sostuvo su intensa mirada.

—Te amo.

—Lo sé. —La sonrisa de Adrian era tan potentemente sexual y tierna que ella sintió que se humedecía.

—Vuelvo a desearte. Ahora.

—Siempre. Soy tuyo. —Él miró el reloj del salpicadero—. Tenemos el tiempo justo antes de que los otros se reúnan con nosotros.

Habían partido una hora y media antes que los dos licanos que les acompañarían, para poder gozar de cierta intimidad. Pero ella lo había estropeado todo quedándose dormida dos horas después de haber partido.

Lindsay arrugó la nariz.

—¿Cómo vas a cumplir con tus obligaciones cuando yo alcance un estadio en que no necesite dormir? No puedo dejar de tocarte...

Él se bajó del coche y rodeó el capó hacia la puerta del copiloto antes de que ella pudiera reaccionar. La risa de Adrian penetró en su mente mientras éste le ofrecía la mano para ayudarla a salir.

—Lo que vayamos a hacer el uno con el otro durante las noches en vela no es algo que me preocupe.

Al contemplar la bonita casa pero de aspecto corriente frente a ella, Lindsay preguntó:

—¿Dónde estamos?

—En la casa de Helena.

Lindsay le apretó la mano. Sabía cuánto le atormentaba haber perdido a una de sus Centinelas más queridas y cercanas a él.

—¿Vamos a alojarnos aquí? ¿No sería mejor el Mondego? —sugirió ella, pensando en el glamouroso hotel y casino de Raguel Gadara, un hombre conocido en todo el mundo como un magnate de la industria inmobiliaria y el mundo del espectáculo. En los círculos celestiales, era conocido como uno de los siete arcángeles que estaban en la Tierra, cuyo territorio abarcaba toda Norteamérica. Gadara, que estaba dos esferas y varios escalones en la jerarquía angélica por debajo de Adrian, era ambicioso en sus dos vidas.

—¿Después de la que organizó la última vez? No. —Aunque no alzó la voz, la firmeza en el tono de Adrian era inconfundible—. Raguel es un tipo problemático. Sólo quiero su sangre.

Lindsay sintió que un escalofrío le recorría la espalda. Adrian se había expresado de un modo que sonaba a una amenaza tanto figurativa como literal, lo cual era un mal augurio para Gadara. Se preguntó si la inquina que Adrian sentía por él tenía algo que ver con el hecho de que Gadara la hubiera ayudado a huir hacía unas semanas de Adrian y de los sentimientos prohibidos que éste le inspiraba.

—Raguel se basta y sobra para meterse en problemas —respondió Adrian. Tomando la mano de Lindsay y enlazando sus dedos con los suyos, la condujo hacia la puerta de entrada.

La fuerza con la que él sujetaba su mano no era una señal de inquietud, aunque ella era consciente de lo duro que debía de ser para él visitar ese lugar. Helena había sido muy especial para él. Adrian consideraba que era pura de intenciones y de una fe inquebrantable. Ella había sido la prueba de que los Centinelas no estaban destinados a fracasar sistemáticamente en su misión, que las transgresiones que él había cometido con Shadoe y con Lindsay eran sus fracasos, no los de todos.

Pero Helena se había enamorado del licano que la custodiaba y había sacrificado su vida para estar con él, destruyendo esa tierna esperanza.

Adrian abrió la puerta y entraron. Cuando tecleó el código de acceso en el panel del sistema de seguridad, ella frunció el ceño.

—¿Vive alguien aquí?

Él echó un vistazo a la habitación.

—Buena pregunta. Aquí hace una temperatura fresca y agradable, ¿no?

—Sí, eso mismo pienso yo. ¿Por qué está conectado el aire acondicionado?

Lindsay pasó junto a él y se adentró en la sala de estar. Una pasarela de cristal dividía el techo abovedado, comunicando las habitaciones sobre el garaje con una habitación sobre la cocina. Unos ventanales cuadrados junto al techo permitían que la luz entrara a raudales, creando un ambiente abierto y aireado en la pequeña y acogedora vivienda.

Lindsay olfateó el aire y agarró a Adrian por la muñeca, transmitiéndole sus pensamientos. «No huele a humedad, como debería oler una casa que ha permanecido cerrada. Y las plantas tienen un aspecto saludable.»

De la espalda de Adrian brotaron unas relucientes espirales de humo que fueron tomando la forma y consistencia de unas alas. Unas alas preciosas, del color de la sangre. Pese a su suave tacto eran mortíferas, capaces de cortar lo que fuera con la precisión de la mejor espada. Si ella olvidaba alguna vez lo peligroso que era él, esas alas se lo recordarían, pues le había visto desviar con ellas la trayectoria de una bala. Él era un ser creado para la guerra, un ejecutor de la ley tan poderoso que utilizaba como arma el puño de Dios.

—Subiré a registrar el piso de arriba —dijo él—. Por favor, ten cuidado.

Lindsay se preguntó, por enésima vez, si él sabía lo mucho que significaba para ella que confiara en su capacidad de defenderse. Era un hombre posesivo y se preocupaba con ferocidad por el bienestar de ella. Sin embargo, sabía que si trataba de restringir sus movimientos o la agobiaba sólo conseguiría resentimiento y amargura. Ella no era como él y nunca lo sería, pero no podía ocultarse detrás de sus alas y mirarse en el espejo sin avergonzarse. Pese a la enorme diferencia entre las habilidades y las armas naturales que ambos poseían, tenían que afrontar sus batallas codo con codo o no habría esperanza para ellos como pareja. Adrian lo comprendía y hacía concesiones a fin de conservar ese precario equilibrio entre ellos, aunque ella era consciente del esfuerzo que suponía para él.

Lindsay se concentró e hizo que sus colmillos descendieran y sus garras se extendieran. Aún no se había acostumbrado a lo que era: un monstruo; una de esas criaturas por las que había aprendido a luchar para así poder matarlas y vengar el asesinato de su madre. Adaptarse a su nueva identidad le resultaba difícil, pero en algunas ocasiones —como en esta— apreciaba las ventajas que ofrecía.

Adrian se movió con rapidez y sigilo. Llegó en un abrir y cerrar de ojos a la pasarela de cristal. Si unos vagabundos se habían instalado en la casa, iban a llevarse el susto de sus vidas. Quizá les sirviera de escarmiento para no volver a ocupar la vivienda de otra persona.

Lindsay atravesó el arco de la entrada que daba acceso a la sala de estar/cocina. Era un espacio reducido pero acogedor. Un pequeño comedor ocupaba un rincón frente a una ventana que daba al jardín trasero, y había un sofá situado frente al televisor de plasma colgado en la pared, sobre una pequeña chimenea de gas. Todo exhalaba un apacible aire doméstico que la calmó lo suficiente como para que sus garras se ocultaran de forma espontánea. De pronto, mientras trataba de asimilar su falta de control sobre su cuerpo, se fijó en una fotografía de Adrian y

Helena que había sobre la repisa de la chimenea. Se distrajo por un segundo, pero fue una distracción fatal.

—Hola, Lindsay.

Un atroz dolor en el hombro la hizo caer de rodillas soltando un grito de agonía. Mareada, contempló el pequeño cuchillo que tenía clavado en el hombro, donde su piel ardía. A continuación alzó la cabeza y vio el rostro que la atormentaba en sus pesadillas.

—Vashti.

Los recuerdos que tenía Lindsay del asesinato de su madre eran muy vagos —eran más bien unas impresiones y sensaciones que imágenes auténticas—, pero Vash era una mujer difícil de olvidar. El llamativo color rojo de su cabello y su afición por vestirse con unas prendas negras tan ajustadas que parecían que se las hubieran pintado encima, la convertían casi en la caricatura de una superheroína de un libro de cómics. Pero cuando Lindsay había mordido a Vashti en el cuello y había ingerido su sangre de vampira, había contemplado los recuerdos que contenía esa sangre y el brutal asesinato de Rachel Gibson no figuraba entre ellos. Vash era la viva imagen de la asesina de su madre, pero nada más. No obstante, Lindsay no podía reprimir el terror y la repugnancia que experimentaba cada vez que veía a la vampira.

Un temor residual le dio fuerzas para arrancarse el cuchillo del brazo, pero reaccionó con demasiada lentitud. En una fracción de segundo se encontró de pie, sujeta por la espalda por Vashti, que había colocado otro cuchillo de plata —una daga— contra su cuello.

—Suéltala, Vashti. —La voz de Adrian era tan fría como modulada, su rostro impasible en el momento en que apareció en el umbral entre la cocina y la sala de estar.

Lindsay no se dejó engañar por su talante sereno. Con sus exacerbados sentidos, percibió la confusión y la furia de Adrian que saturaba el ambiente; una tempestad que acababa de desencadenarse.

—Qué sorpresa tan inesperada —dijo Vash, hablando por encima

del hombro de Lindsay, sus rostros casi mejilla contra mejilla—. Esperaba a Helena, pero me alegro de toparme con vosotros.

—Suéltala —repitió Adrian, avanzando un paso—. Te lo advierto,
Vash. No volveré a hacerlo.

—Es débil como una criatura. —Vash se movió, colocándose de forma que tanto Lindsay como la isla de la cocina se interpusieran entre ella
y Adrian—. Los novatos son como bebés, ya sabes. Se sienten perdidos
en sus cuerpos, abrumados por sus sentidos, fáciles de lastimar. Ella debería estar con el resto de nosotros. Podemos enseñarle a sobrevivir.

—¿Qué parte de «es mía» no comprendes?

—Por más que te fastidie, también es mía y en estos momentos es
una esbirra que va por libre. Tengo derecho a matarla. Como sabes, los
vampiros nos protegemos a nosotros mismos.

—Y no hacéis más que cagarla.

—Tenemos que dejaros alguna tarea a vosotros.

Adrian emitió un profundo suspiro.

—¿Qué quieres, Vashti?

—El feroz y poderoso Adrian se rinde… por una vampira. Ojalá tuviera tiempo para gozar de este espectáculo. —Vash tomó un objeto de
la encimera y se lo arrojó a Adrian, que lo atrapó al vuelo—. Pero tengo
prisa. Llénala.

Al ver lo que era, Lindsay empezó a luchar para soltarse.

Una bolsa de sangre.

—No lo hagas —dijo, comprendiendo lo peligrosa que era esa confrontación. Si Vash había averiguado los efectos de la sangre de los Centinelas sobre los vampiros infectados y quería poner a prueba la cura, el
descubrimiento podría poner en peligro las vidas de todos los seres en la
Tierra. Pese a su reducido número, los Centinelas conseguían controlar
la población de vampiros, salvando un sinfín de vidas mortales. Si sus
enemigos lograban exterminarlos para obtener su sangre, el mundo entero sufriría las consecuencias.

—Qué noble y abnegado —murmuró Vash con desdén—. Y completamente estúpido. La desvalida novata se sacrifica por el poderoso Centinela. Sois tan imbéciles que me provocáis náuseas.

Adrian avanzó otro paso hacia ellas.

—Hubo una época en la que tú sabías lo que significaba amar.

—No des un paso más o la mato. —La parte ancha de la daga rozó el cuello de Lindsay, haciendo que se estremeciera—. No creas que no lo haré. Mi vida no significa nada para mí, ya lo sabes.

Lindsay miró a Adrian sin pestañear.

—No lo hagas.

Vash oprimió los labios contra la oreja de Lindsay como si fuera su amante.

—¿Elijah no vale nada para ti? ¿O es que vuestra amistad era una patraña?

Lindsay se tensó al tiempo que su respiración se aceleraba. El olor familiar que había hecho que sus garras se ocultaran era el olor de Elijah. Y Vash estaba impregnada de él.

—¿Qué le has hecho?

—Lo que está hecho puede deshacerse… con un poco de sangre de Centinela.

Un escalofrío recorrió el cuerpo de Lindsay. No había hablado con Elijah desde que él se había sublevado. No tenía ni idea de por qué lo había hecho o si eso les convertía en enemigos.

«Pero no importa», pensó con tristeza. Lo que Elijah y ella fueran ahora el uno para el otro quizás era un misterio, pero no lo que había sido anteriormente. Él había sido un amigo y un compañero en quien ella podía confiar cuando necesitaba uno. No soportaba la idea de que sufriera.

—Quizá muera —prosiguió Vash—. Esto quizá sea lo único que puede salvarlo.

Lindsay tragó saliva sin apartar la vista de Adrian, que sin duda había oído cada palabra.

—Tu sangre es casi tan eficaz como la mía, Vash. —Adrian flexionó las alas, un signo que Lindsay reconoció como nerviosismo—. Si quieres salvarlo, hazlo tú.

—Le he dado lo que he podido.

—Si eso no ha bastado, dalo por muerto.

Lindsay sintió un nudo en el estómago.

—Llévame contigo. Yo seré tu bolsa de sangre. Soy más fácil de transportar y no se derramará una sola gota.

—No, Lindsay.

Un observador ajeno habría pensado que Adrian se mostraba imperturbable ante lo que la joven acababa de decir. Pero la resonancia de sus palabras la impactaron con la fuerza de un camión articulado, provocándole una fuerte descarga eléctrica.

Vash relajó la mano con que la sujetaba una fracción de segundo.

—¿Cuánto hace que te alimentaste de él?

Lindsay tardó unos momentos en responder debido a la fuerza con que Adrian trataba de impedírselo.

—Hace tres horas.

—Vashti. —La voz de Adrian reverberó por la habitación como un trueno.

El mundo estalló en una lluvia de cristales. Lindsay salió disparada de la casa hacia la calle…, o eso le pareció. Cuando el mundo volvió a su sitio, se dio cuenta de que Vash había saltado con ella a través de la puerta de cristal y sobre la tapia…, hacia un descapotable que esperaba junto a la casa. Partieron como una bala perseguidas por Adrian, que les pisaba los talones.

Un relámpago rasgó el cielo y cayó sobre el asfalto frente al coche.

Maldiciendo, Vash giró el volante hacia la izquierda y dobló la esquina con un chirrido de neumáticos, intentando evitar subirse a la acera y chocar con una farola.

—Más vale que sujetes el volante cuando llegue el momento —dijo la vampira—. Si no lo haces, tú serás la única que muera.

Lindsay, que se sentía enferma debido a los prolongados efectos de la plata, asió la manija de la puerta y trató de activar su trastocado cerebro.

Adrian aterrizó sobre el maletero con un violento estrépito, clavando sus pies en el metal.

—¡Ahora! —gritó Vash, desviando el brazo que Adrian tenía extendido y abalanzándose hacia él entre los dos asientos delanteros.

Lindsay se lanzó por encima del cambio de marchas y agarró el volante. Su brusco movimiento hizo que el coche derrapara hacia la derecha y luego hacia la izquierda, mientras ella intentaba enderezar la trayectoria tumbada de costado. Adrian salió disparado del vehículo.

Vash se desplomó sobre el asiento trasero maldiciendo.

—¡Conduce en línea recta, maldita sea! Dirígete al Strip. Él no tendrá más remedio que dejarnos en paz.

Una sombra gigantesca oscureció el cielo cuando Adrian bajó de nuevo en picado sobre el coche.

Lindsay era consciente de que huía de su razón de vivir, de la única persona sin la que no podría vivir. Pero lo hacía justamente por eso. La sangre de Adrian era demasiado valiosa —y las repercusiones demasiado importantes— para arriesgarse.

—¡Un semáforo en rojo! —gritó Lindsay.

—¡Estoy ocupada! —replicó Vash, enderezándose para esquivar el bombardeo en picado de Adrian—. ¡Estás haciendo el ridículo, Centinela!

Un relámpago alcanzó a la vampira en el pecho, dejándola inconsciente. Se derrumbó sobre la esquina del asiento trasero como una muñeca rota.

—Apártate, Lindsay —le ordenó Adrian, dejándose caer, sin alas, en el asiento del conductor y tomando el volante. Enfiló hacia un centro comercial y aparcó con un chirrido de neumáticos sobre la acera. Removiéndose sobre el asiento, la miró con ojos centelleantes.

—¿Qué diablos estás haciendo?

—Es lo mejor.

—Y una mierda.

—Sabes que lo es —insistió ella, mirando a Vash para asegurarse de que la vampira seguía inconsciente—. No podemos dejar que corras ningún riesgo.

—Lo haces por Elijah.

—En parte —confesó ella—. Pero también te beneficia a ti. Tanto tú como yo queremos averiguar lo que le ha ocurrido.

—Me importa una mierda lo que le haya ocurrido. Me importas tú. Quizá no te hayas dado cuenta, pero no puedo vivir sin ti. No estoy dispuesto a perderte.

—Elijah no dejará que me ocurra nada malo. Lo sabes bien, o no le habrías encargado que cuidara de mí.

Adrian sujetaba el volante con tal fuerza que tenía los nudillos blancos.

—Al parecer, Elijah ya está medio muerto.

—No si yo puedo evitarlo.

—No sabemos si puedes hacerlo. Tu sangre tiene un efecto negativo sobre algunos seres. No olvides que te vi clavar un cuchillo en la piel impenetrable de un dragón simplemente porque la hoja estaba empapada con tu sangre.

—Siobhán cree que fue porque yo llevaba dos almas dentro de mí —le recordó ella—, y las criaturas a las que afectó mi sangre eran demonios.

—Es una mera conjetura. No lo sabemos, y Elijah tiene sangre de demonio.

Ella asintió con la cabeza, consciente de que la sangre de demonio —la sangre de hombre lobo— era lo que había convertido a los Caídos en licanos en lugar de vampiros.

—Le explicaré los riesgos y dejaré que decida él.

—Piensa en los motivos por los que podría estar debilitado en manos de Vashti. Uno, ella se ha ensañado con él por el incidente de Nikki o porque busca a los asesino de Charron. Dos, trabajan juntos y él ha quedado malherido. Si lo reanimas sólo conseguirás que tenga que soportar más torturas o bien que se confabule con los vampiros contra nosotros. No conseguirás nada bueno con esto. Y mientras tanto, estarás entre la gente que quiere debilitarme para conseguir sus propósitos. Será como si me arrancaras el corazón y se lo entregaras a ellos.

—Adrian. —Ella le acarició la mejilla. Al sentir el tacto de su mano él crispó la mandíbula y apretó los dientes—. Estoy dispuesta a esto y a lo que sea con tal de salvarte la vida.

Él le tomó la mano y se la estrechó.

—Mi vida no tiene sentido sin ti.

—Entonces deja que lo haga por tus Centinelas. Con ello antepondrás su bienestar al mío y creo que ellos necesitan saber que eres capaz de hacerlo, al menos en determinadas circunstancias. ¿Y qué pensarán los licanos al comprobar que has hecho esto por Elijah? Quizás acudan más a ti porque no temerán que los mates a las primeras de cambio. En cuanto a los vampiros... Si alguna vez se les pasó por la cabeza que secuestrándome debilitarían tu misión, comprobarán que no es así. Todo el mundo sabe lo que significo para ti. Al utilizarme de esta manera transmites un mensaje muy claro y potente.

Adrian exhaló con fuerza.

—Maldita seas.

—Eres un encanto. —Lindsay metió la mano en una bolsa de farmacia que había en el suelo del coche entre sus pies y sacó una bolsa de sangre de un multipack abierto—. Esta es tu oportunidad de conseguir la sangre de Caídos que necesita Siobhán.

—¿Quieres dejar de mostrarte tan racional sobre el tema?

—Te quiero —respondió ella—. Más que a mi vida. Más que a todo.

—¿Llevas tu teléfono móvil?

Ella negó con la cabeza.

Él sacó el suyo del bolsillo y empezó a cambiar la configuración.

—Llámame cada hora sin falta. Quiero oír tu voz. Si algo va mal y no puedes explicármelo en voz alta, llámame Centinela en lugar de decir mi nombre para que me dé cuenta. Si tardas más de diez minutos en llamarme arrasaré el desierto hasta dar contigo. He ajustado el despertador para recordártelo.

—No lo olvidaré.

Adrian saltó por encima de los asientos y sujetó el bíceps de Vashti con suficiente fuerza como para hacer de torniquete y le clavó en la vena la aguja que llevaba incorporada la bolsa de sangre.

La vampira se despertó sobresaltada y comprobó que la punta bermellón de una de las alas de Adrian estaba enroscada hacia dentro y presionada contra su cuello. A la menor resistencia, le cortaría la cabeza.

—Gilipollas —gruñó, fulminándolo con la mirada.

—Tienes doce horas —dijo él con gélida impavidez, observando cómo se llenaba la bolsa de sangre—. Me la devolverás sin un rasguño o te clavaré en un muro y te obligaré a ver cómo despedazo a cada uno de los Caídos y les hago tragarse sus extremidades amputadas. Sin Lindsay no tengo nada que perder. ¿Lo has entendido? Nada me detendrá.

—De acuerdo.

Él sacó la aguja y luego retiró su ala del cuello de Vash.

—Lindsay me llamará cada hora y tú dejarás que lo haga.

—Joder, Adrian —murmuró Vash, incorporándose—, cualquiera diría que no te fías de mí.

10

—¿Cómo está tu hombro? —preguntó Vash a Lindsay cuando el helicóptero se elevó hacia el cielo abrasador del desierto con Raze a los mandos. El coche que ella había robado quedó cubierto por el remolino de arena que produjo la velocidad de las aspas al girar, pero seguramente al dueño eso no le cabrearía tanto como las abolladuras que le había hecho Adrian.

—Como nuevo. —La voz de Lindsay denotaba irritación—. ¿Era necesario que me vendaras los ojos y me maniataras?

—Podría dejarte inconsciente de un puñetazo —sugirió Vash con una sonrisa, aprovechando que la otra no podía verlo.

—Gracias por ser tan maja —murmuró Lindsay.

—Eso intento.

—Al parecer a Elijah no le ha servido de nada, teniendo en cuenta que está a las puertas de la muerte.

Vash encajó la pulla apretando los puños. Se sentía culpable y preocupada; su mente era incapaz de pensar con claridad. Había arriesgado algo más que su pellejo al tratar de obtener sangre de Centinela. Hacerlo por un licano que se proponía matarla no tenía ningún sentido.

Se inclinó hacia delante y dio una palmada a Raze en el hombro.

—¿Cómo está el Alfa?

—¿Cómo crees? Está como un lobo que ha caído en una trampa de osos, furioso y gruñendo contra todo y todos. Aunque a los licanos no parece molestarles. Lo cierto es que se desviven por atenderlo. Cuando lo bajamos del helicóptero creí que iban a sublevarse, pero él los tranquilizó explicándoles que había caído en una emboscada y tú le habías salvado la vida. —El capitán de los Caídos se volvió para mirarla—. No paraba de preguntar por ti. Intenté distraerlo con una chica imponente y encantadora llamada Sarah, pero no ha dado resultado.

Vash sonrió con ironía al recordar a la tímida licana que se había mostrado tan solícita con él, afanándose en curar sus heridas y tratando de quedarse a su lado.

Vash se reclinó en su asiento y soltó un profundo suspiro, para conseguir centrarse. Sus emociones, en aquel momento, eran un caos.

Quince minutos después, el helicóptero aterrizó. En cuanto Raze apagó el motor, Vash abrió la portezuela y saltó del aparato.

—Ocúpate de ella. No le quites la venda de los ojos hasta que la tengamos dentro de una habitación.

Sus tacones resonaron a través del aparcamiento. Cuando entró en el almacén encontró a un enjambre de trabajadores ajetreados. Varios grupos se afanaban en deshacer el equipaje e instalarse a ritmo de Van Halen. Salem se hallaba frente a un mapa del contagio, explicando su significado a un grupo de esbirros y licanos. Syre estaba en el centro de la inmensa sala, dirigiendo las operaciones.

Vestido con un elegante pantalón negro y una camisa de seda gris, el líder de los Caídos atraía la atención de todos los presentes en la habitación. Elegante, poderoso, carismático. En una ocasión, un esbirro enloquecido le había llamado el anticristo, el príncipe negro que fascinaría al mundo y provocaría su destrucción. Una afirmación absurda para cualquiera que conociera bien a Syre, pero había que reconocer que su carisma era lo bastante potente y seductor como para doblegar la voluntad incluso de la persona más segura de sí misma. Incluso Vash, pese a lo acostumbrada que estaba a Syre, se sentía inexorablemente atraída por él.

—Comandante —lo saludó al acercarse—. Tu visita a Las Vegas es una inesperada sorpresa.

—¿Grata? —se apresuró a preguntar él, escudriñando su rostro con sus cálidos ojos color whisky.

—Depende de si has venido para divertirte o porque crees que necesito que me echen una mano.

—Y si fuera lo segundo, ¿sería tan terrible?

Ella suspiró.

—No soy frágil.

—No quieres creer que lo eres. —Él alzó una mano para silenciarla cuando ella abrió la boca para protestar—. La fragilidad no siempre es una debilidad, Vashti. De hecho, es uno de tus puntos fuertes.

—Eso es una gilipollez —replicó ella con gesto displicente—. Señor.

Él sacudió la cabeza, pero de pronto se quedó helado, la mirada fija en algo que había visto tras ella.

—Lindsay —dijo Vash, adivinando de qué se trataba sin necesidad de volverse. Maldita sea, estaba tan obsesionada con Elijah, que había olvidado que Syre estaría presente para contemplar el cuerpo mortal que antaño había alojado el alma reencarnada de su hija.

—¿Qué has hecho?

—Nada que Adrian no me permitiera. Lindsay se ofreció para venir conmigo cuando averiguó que Elijah estaba herido.

—¿Por qué? —preguntó él secamente—. ¿Qué propósito tiene su presencia aquí?

—Es una fuente de sangre de Centinela, en lugar de Adrian... —Vash soltó un grito ahogado cuando Syre la aferró por el cuello con una mano, cortándole el aliento. Sus botas estaban suspendidas a cinco centímetros sobre el suelo.

Los ojos centellantes de Syre se clavaron en los suyos, reflejando una furia insólita y estremecedora.

—¿Fuiste a por Adrian?

—En realidad fui a por He... Helena... —respondió ella por fin, resistiendo el deseo de clavar las uñas en la mano que le impedía hablar con normalidad.

Él la arrojó unos diez metros a través de la habitación, hacia Salem, que la atrapó con destreza. En el almacén se hizo el silencio mientras alguien se apresuraba a apagar el equipo de música; luego los gruñidos de los inquietos licanos reverberaron a través del aire como tambores.

Por fin Vash logró que Salem la soltara, abochornada por haber sido reprendida delante de los demás y preocupada por la falta de control de Syre. Éste no solía emplear la fuerza física; no era preciso que lo hiciera. Era capaz de hipnotizar a una serpiente para conseguir sus fines.

Ella era su puño. Al menos, lo había sido hasta ahora.

Arqueando las cejas, Raze se detuvo a medio camino entre la puerta principal y Syre, sosteniendo a Lindsay por el codo. La joven estaba aún maniatada y tenía los ojos vendados... por decisión propia. Su fuerza vampírica le habría permitido romper con facilidad sus ligaduras. Podría haber alzado una mano y quitarse la venda de los ojos en cualquier momento. Su continua cooperación hizo que Vash empezara a sospechar.

—¿Dónde está Elijah? —preguntó la rubia de sopetón—. Quiero verlo. Ése era el trato.

Los licanos respondieron con murmullos de contrariedad. Los que estaban sentados se levantaron, mientras que los que estaban de pie se agruparon.

Sin saber si apoyaban a Lindsay o a Elijah, Vash cruzó la mirada con Raze.

—Condúcela ante él.

Raze miró a Syre, que permaneció quieto durante unos momentos antes de asentir brevemente con la cabeza. Todos se volvieron para observar a Lindsay atravesar la habitación. El olor a miedo era denso y opresivo.

Ninguno de los presentes en la habitación dudaba de que su bienestar dependía del de Lindsay. La ira de Adrian era algo que nadie deseaba provocar.

Cuando la joven desapareció por una de las puertas situada en la pared del fondo, todos suspiraron al unísono.

Syre dio media vuelta y desapareció por otra puerta, que cerró con un sigiloso clic, aunque el sonido les pareció a todos un balazo.

—¿En qué coño estabas pensando? —preguntó Salem a Vash, detrás de ella.

Ella se pasó una mano por el pelo.

—No estaba pensando.

La tensión en la habitación era tan áspera que Vash sintió como si le arañara la piel. Giró sobre sus talones y se dirigió apresuradamente hacia el vestuario para darse una ducha y huir de las consecuencias de sus inexplicables actos.

Elijah se despertó de un estado semiinconsciente cuando la puerta de la improvisada enfermería se abrió.

—¿Vash? —preguntó con voz ronca debido a su reseca garganta.

—No.

Él calló, respirando a través de sus dilatadas fosas nasales. Abrió sus legañosos ojos y trató de ver a través de la bruma de dolor.

—¿Lindsay?

—Hola, El —respondió ella bajito, tomándole la mano que reposaba sobre la cama—. Estás hecho unos zorros.

Joder. ¿Era posible que los Centinelas hubieran acabado con ellos tan rápidamente? Apartó ese pensamiento de su mente, pues le preocupaba menos que el bienestar de Lindsay. Alzó la otra mano para frotarse los ojos. Esforzándose de nuevo en ver con claridad, miró hacia el lugar donde sonaba la voz de la joven y comprobó que sus relucientes iris vampíricos lo observaban con preocupación.

—¡Dios mío! Eres una vampira —dijo, experimentando cierto alivio al notar que estaba impregnada del olor de Adrian. El Centinela no le había dado la espalda cuando había regresado junto a él convertida en un ser distinto a lo que era cuando la habían secuestrado.

—Ya, imagínate. —Lindsay le soltó la mano y tomó el vaso de cartón lleno de agua que había junto a la cama, acercándole la pajita para que bebiera.

Elijah bebió con avidez y gratitud, aliviando la sequedad de su garganta. Cuando hubo apurado el vaso, dejó caer la cabeza sobre la almohada.

—¿Qué haces aquí?

—Quería donar sangre y me enteré de que iban a hacerte una transfusión.

Él sintió un nudo en el pecho al asimilar el significado de sus palabras.

—Lindsay...

Ella se volvió para mirar a Raze y dirigió una leve sonrisa a Sarah.

—¿Podéis dejarnos solos un minuto, por favor?

Raze y Sarah vacilaron unos instantes.

—Tranquilos —dijo Elijah, cabreado por estar tan débil como para que los otros temieran dejarlo solo—. Es una amiga.

Cuando la puerta se cerró, escrutó el rostro de Lindsay. Seguía llevando el pelo corto y rizado, como un casquete rubio que enmarcaba un rostro increíblemente bello. Sus delicadas cejas y pestañas oscuras enmarcaban unos ojos que antes eran de color chocolate pero ahora tenían una tonalidad de miel, como todos los vampiros. En su generosa boca se dibujaba una afectuosa sonrisa que en ese momento no revelaba unos colmillos, pero que estaban ahí.

—Qué raro, ¿verdad? —comentó ella con ironía—. Aún no me he acostumbrado.

—Me dijeron que tú deseabas la Transformación. ¿Me mintieron? —Si era así, Syre estaba condenado. Elijah lo mataría en cuanto hubiera recobrado las fuerzas.

—Era la única solución. —Ella se sentó en la silla junto a la cama—. Había dos personas dentro de mí, dos almas, y una de ellas tenía que desaparecer. Por eso podía alcanzar una velocidad sobrehumana tan increíble cuando era una mortal. Y por eso también necesito explicarte algo.

Elijah escuchó la explicación de Lindsay sobre los posibles riesgos a los que él se exponía si aceptaba su sangre antes de preguntarle:

—¿Cómo diablos has conseguido llegar aquí? ¿Dónde está Adrian? ¿Cómo has dado conmigo?

—Vashti me ha traído —respondió ella. El calor que antes mostraba su rostro se desvaneció—. ¿Qué te ha hecho, El? Si lo que pretende es hacerte daño de nuevo, curarte no será suficiente. Tienes que explicarme lo que está pasando.

—¿Vash consiguió localizarte? —Él cerró los ojos al tiempo que emitía un suspiro entrecortado. Joder—. ¿Por qué?

—Necesitaba sangre de Centinela. Dijo que la necesitaba para salvarte, pero no quiso aclararme el motivo por el que estabas herido. —Lindsay señaló la puerta—. Huelo a otros licanos ahí fuera. ¿Te utilizan para controlar a los demás?

Joder... Elijah habría hecho lo que fuera con tal de no decepcionar a Lindsay. Todo menos mentirle.

—Ella no me hizo esto, Linds. Trabajábamos juntos y me atacó una manada de vampiros. Ella intentó ayudarme, pero no pudo.

—¿Trabajabais juntos? —repitió ella. Se reclinó en la silla, mirándole con tristeza e incredulidad—. ¿Y la muerte de Micah? ¿Acaso formaba parte de un plan urdido entre los dos?

—¡No! Pues claro que no. Me conoces lo suficiente para saber que no es así. Trabajamos juntos a pesar del asesinato de Micah, no debido a él.

Ella lo miró a los ojos y asintió, como si pudiera leer la verdad en su rostro.

—Sé sincero. ¿Nos hemos convertido en enemigos? ¿Vas a ir a por los Centinelas?

—Jamás. Sólo trato de salvar a tantos licanos y tantas vidas mortales como pueda. —Al recordar la emboscada que le habían tendido los espectros, Elijah sintió que un escalofrío le recorría el cuerpo. ¿En qué clase de mundo vivirían si esos ataques proliferaban?—. La infección de los vampiros que vimos en Hurricane se está propagando. Vash intenta frenarla.

—¿Y no podías frenarla con nosotros? —Lindsay apoyó los codos en las rodillas y se inclinó hacia él—. ¿Por qué te sublevaste?

—Yo no quería esto. —Elijah la miró como si implorara su compasión—. Pero cuando ocurrió, no podía negarme a colaborar con ellos. Los que quieran trabajar con los Centinelas podrán regresar junto a Adrian. El resto necesita a un Alfa o morirán. Yo no podía darles la espalda y dejar que sucediera.

En ese momento se abrió la puerta y apareció Vash.

—Qué escena tan conmovedora. Espero no interrumpir un momento íntimo entre los dos.

Al verla, Elijah sintió que el nudo en su tripa se relajaba. Vash estaba recién duchada, iba vestida con su típico atuendo negro y llevaba el pelo recogido en una coleta. Su ajustado pantalón de talle bajo le llegaba a media cadera, mientras que su camiseta sin mangas era tan breve que podía pasar por un sujetador. El hecho de que su miembro viril apenas diera muestras de admiración era prueba de lo jodido que estaba él.

—Estás loca —le espetó secamente. Luego miró a Lindsay—. Tú también. No creo que a Adrian le guste esto. Mierda. A mí tampoco me gusta. Aquí corres peligro.

—¿Qué querías que hiciera? —replicó Lindsay—. ¿Dejar que murieras? No podía hacerlo, El.

Vash emitió un exagerado suspiro y puso los ojos en blanco.

—Caray, todas las mujeres caen rendidas a tus pies.

Lindsay soltó un bufido de desdén.

—Dice la vampira que se encaró con Adrian para conseguir sangre para él.

El sonido de un teléfono móvil hizo que Lindsay se levantara apresuradamente. Lo sacó de su bolsillo y respondió a la llamada.

—Adrian… Sí, estoy bien.

Cuando Lindsay se retiró a un rincón para hablar, Vash se acercó a la cama. Se puso en jarras y lo miró con gesto irritado.

—¿Cómo te sientes?

—Como un pedazo de mierda triturada.

—Es justamente lo que pareces.

—Eso me han dicho.

Murmurando para sus adentros, Vash extendió la mano y le acarició el pelo, apartando unos mechones de su frente. Él restregó la cara contra su mano, conmovido por lo que ella había hecho por él. Era un hombre que había jurado matarla, pero ella había arriesgado su vida para salvarlo.

—Te arriesgaste por mí. Te jugaste el pellejo.

—No te confundas —le espetó ella—. Necesitamos a los licanos, y tú formas parte del acuerdo.

—Hmm…

—Esto es todo —insistió ella, enojada.

—No sabemos qué es esto —contestó él, bajito. En algún momento, y de manera repentina, el sentido común había cedido el terreno a los impulsos.

Lindsay regresó junto a ellos. Miró a Elijah con gesto interrogante.

—¿Lo hacemos o no?

Él sabía que se refería a si estaba dispuesto a exponerse a los riesgos que comportaba aceptar su sangre. Después de los obstáculos que ella y Vash habían tenido que superar para conseguirla, la decisión no admitía duda.

—Sí, adelante.

Syre abandonó el edificio. Necesitaba aire. Había anochecido, el cielo del desierto estaba teñido de color naranja, rosa y púrpura. Un rayo rasgó el cielo, seguido de otro. Fuera de lugar, pensó él, pero muy bello.

El sofocante calor del día había remitido, al igual que la furia que antes había sentido. Su lugarteniente había puesto en peligro a todos los vampiros con su comportamiento, pero en parte se sentía aliviado de verla pelear por algo que no fuera la venganza. Vash había permanecido sumida en la amargura durante mucho tiempo. Tanto, que la venganza se había convertido en su única razón de vivir.

Syre sacó su móvil del bolsillo y marcó el número de Adrian. Cuando la llamada fue al buzón de voz, dejó un mensaje.

—Adrian —dijo con tono sombrío—, los actos que Vashti ha llevado a cabo hoy no estaban autorizados. Sin embargo, estoy dispuesto a responsabilizarme de lo que ha hecho. Si lo que quieres es venganza, ya sabes dónde encontrarme. Déjala al margen de esto.

Después de colgar, dobló la esquina del edificio y se detuvo en seco. Raze estaba apoyado contra el refuerzo de metal de la fachada del edificio, con los brazos cruzados y marcando bíceps. No apartaba la vista de la esbelta silueta femenina que se hallaba a unos metros. Ésta no dejaba de pasearse de un lado a otro, como si estuviera nerviosa, mientras hablaba por teléfono. Con Adrian.

Syre indicó al capitán de los Caídos que se alejara y metió las manos en los bolsillos, para asumir la posición de vigilancia que Raze acababa de abandonar. Las emociones de Syre eran un torbellino de dolor, culpa, pesar, tristeza e ira. Mientras observaba a la mujer que había suplantado a su adorada hija en todos los sentidos —la mujer que constituía el punto más vulnerable de su viejo adversario—, comprendió que no sabía qué decir... o qué hacer con ella. Suponiendo que tuviera que hacer algo.

—No me ocurrirá nada —decía la mujer—. Regresaré pronto, neshama. Por favor, no te preocupes... Sí, ya sé que eso es imposible. Por esto estoy aquí, ¿no? Porque estoy preocupada por ti... Lo haré... Yo también te quiero.

Después de colgar, miró el móvil que sostenía en la mano y suspiró. Había algo en ese sonido, un deje de pesar y cansancio que conmovió a Syre.

La joven se volvió y lo vio, observándola. Se quedó de piedra, sus ojos parpadeando bajo la luz crepuscular. Era una novata que aún no se había acostumbrado a sus nuevos sentidos.

—¿Cómo te sientes, Lindsay?

Ella se pasó una mano por su rizado cabello, un gesto que él recordaba que solía hacer cuando se sentía incómoda. Abrió la boca pero luego la cerró.

—Bien —respondió, encogiéndose de hombros.

Él avanzó unos pasos, aproximándose a ella lentamente para demostrarle que no era una amenaza. Al acercarse, percibió el brillo febril de sus ojos y su respiración acelerada.

—¿Cuánta sangre has dado al Alfa?

—Medio litro. Quizás algo más.

—Es demasiado pronto después de la Transformación —murmuró él, alzando la mano con cautela hacia el rostro de ella—. ¿Puedo?

Ella asintió.

Syre comprobó que tenía la piel ardiendo.

—¿Con qué frecuencia te alimenta Adrian?

—Cada pocas horas.

—¿Cuánto tiempo hace desde la última vez? —Cuando apartó la mirada, él la tomó de la barbilla—. ¿Cuánto tiempo, Lindsay?

—Seis horas. Quizá siete.

—Necesitas comer.

Ella negó con la cabeza.

Syre recordó que el acto de beber sangre siempre la había horrorizado. Había estado a punto de morir por negarse a hacerlo. Le sorprendió comprobar que se sentía aliviado de que hubiera sobrevivido. Suspiró.

—Entra.

Ella sacó un pañuelo del bolsillo posterior y se lo ató alrededor de la cabeza, cubriéndose los ojos.

—No es necesario —dijo él.

—Así estoy más segura. Y tú también. Si me ocurriera algo, Adrian se volvería loco. Cuantos menos riesgos presente yo, mejor para todos.

—De acuerdo. —Syre la tomó del codo y la condujo al interior del edificio y al despacho que había ocupado.

Al atravesar la amplia superficie del almacén, los licanos que estaban desperdigados por la zona se levantaron lentamente, observándolo con hostilidad y desconfianza. Los viejos hábitos nunca mueren, pensó Syre. Aún no estaban dispuestos a enfrentarse a los Centinelas. No permitirían que él provocara una guerra con Adrian a causa de Lindsay.

Syre los ignoró y cerró la puerta del despacho. Una vez dentro, le quitó la venda de los ojos a Lindsay. Aunque él gozaba de una excelente visión nocturna, al observarla bajo el intenso resplandor de las luces fluorescentes del techo se quedó asombrado. No se parecía en nada a Shadoe y, sin embargo…, se sentía curiosamente aliviado en su presencia. La inquietud que había estado agitándose en su interior se calmó. Ella se sentó en una de las dos sillas colocadas delante de la mesa metálica funcional y él ocupó la otra.

Ella lo observó sin disimulo.

Él arqueó las cejas y la miró en silencio con gesto interrogante.

—La primera vez que te vi sentí miedo —dijo ella—. Después, me sentí trastornada y, al cabo de un tiempo, enfermé.

—¿Ahora ya no sientes miedo?

—Te estás esforzando para que sea así.

Él sonrió y ella contuvo el aliento.

—Eres… muy atractivo —reconoció ella—. Había olvidado lo joven que pareces.

Él se inclinó hacia delante, apoyó los codos en las rodillas y abordó el tema más urgente.

—En cierta ocasión bebiste mi sangre. ¿Estás dispuesta a volver a hacerlo?

—¿Por qué?

—Tienes que comer. La falta de sangre perjudica gravemente a los neófitos. Han transcurrido muchas horas desde la última vez que te alimentaste y has dado parte de tu sangre a Elijah.

—No me refería a eso. Ya sé que la necesito, pero no comprendo por qué quieres dármela.

Syre bajó la vista, tratando de poner en orden sus pensamientos.

—Lo ignoro. Supongo que por varios motivos. Eres la persona a través de la cual estoy más estrechamente unido a Shadoe. Y así será hasta que me muera.

—No soy Shadoe —respondió ella. Su tono era dulce y compasivo, un gesto que le valió la gratitud y el respeto de él.

—Tengo entendido que algunas familias de donantes de órganos se mantienen en contacto con los receptores de trasplantes. —Él levantó la vista y la miró—. Existe un vínculo entre ellos, ya sea real o imaginario.

—¿Y eso es sano?

Él se encogió de hombros.

—¿Qué puedo decir? En cualquier caso, hay otro motivo que me empuja a ofrecértelo. Yo te transformé, Lindsay. En ese sentido, no cabe duda de que fui tu progenitor.

Ella frunció el ceño.

—¿Cuánto dura ese sentimiento de obligación?

—No lo sé. Sólo he transformado a dos personas en mi vida: a Shadoe, que no completó la Transformación, y a ti, que no la completarás si no te alimentas.

Ella lo miró sorprendida.

—¿Solamente a dos personas? ¿Cómo es posible? Hay muchísimos vampiros.

—Con que cada vampiro infectara únicamente a otra persona, seríamos una legión. Por supuesto, algunos transforman a más de uno. —Syre sonrió con ironía—. ¿Te decepciona que no sea más perverso?

—No es que me decepcione, pero me cuesta creerlo. No sólo en tu caso, sino en el de todos los vampiros en general.

—Adrian te ha hecho un lavado de cerebro.

—Adrian no tiene nada que ver en esto. Vi cómo unos vampiros mataban a mi madre. Me sujetaron… y me obligaron a ver cómo la martirizaban —explicó Lindsay. Un violento escalofrío le recorrió el cuerpo;

luego se puso rígida y prosiguió—. Mi opinión sobre los vampiros es personal, basada en mis verdades y experiencias.

Syre le tomó la mano y le alegró que ella no la retirara.

—Algunos esbirros pierden el juicio cuando son transformados. Son ellos, no los Caídos, los responsables de que se propague el vampirismo.

—Hacía un día soleado y habíamos ido de picnic al parque. Los que nos atacaron eran Caídos o los perros falderos de uno o varios Caídos. De lo contrario no habrían tolerado la luz del sol.

Él suspiró profundamente.

—Cuéntamelo todo.

—¿Por qué? No soy Shadoe —dijo ella de nuevo—. Sin embargo, siento... una conexión contigo. Tengo recuerdos de ella y de ti juntos, y a veces parece que sean míos. Me siento confusa.

—Eso también pasa cuando pierdes sangre.

Después de clavar los colmillos en su muñeca, Syre se levantó y se acercó a ella, apoyando una mano en su cabeza y acercándole su herida sangrante a los labios.

Probablemente se hubiese negado si hubiese tenido que hincar ella misma los colmillos. Pero al percibir el olor a cobre de la sangre, su instinto la indujo a beber, un instinto contra el que no podía luchar puesto que era una novata. Rodeó la muñeca de Syre con ambas manos y bebió con avidez, poniendo los ojos en blanco antes de cerrarlos.

Él habría preferido que ingiriera más cantidad de sangre, pero ella tuvo la fuerza de voluntad de apartarse al cabo de un rato. Una fuerza de voluntad que a él le pareció admirable. La mayoría de novatos tan hambrientos como ella habrían tenido que ser apartados por la fuerza por el bien del donante.

—¿Te sientes mejor? —preguntó él.

Ella asintió, lamiéndose los labios. El anómalo fulgor de sus ojos empezó a atenuarse y sus mejillas adquirieron un saludable color rosáceo.

—Gracias.

—Celebro que aceptaras mi oferta. —Él se apoyó contra la mesa y cruzó los brazos—. Te agradecería que confiaras en mí lo suficiente como para contarme lo que recuerdas del ataque que sufrió tu madre.

Él escuchó con atención mientras ella describía a un trío de vampiros que guardaban un gran parecido con Vashti, Salem y Raze.

—No fueron ellos —dijo Syre en tono quedo cuando ella concluyó, pues no tenía la menor duda sobre su inocencia.

—Ahora lo sé. Cuando mordí a Vash...

—Sí, no lo he olvidado.

Él sonrió para sus adentros al recordar lo furiosa que se había puesto Vashti al ser atacada por una novata. Su lugarteniente no había opuesto resistencia, claro está, por deferencia a sus sentimientos paternales. Lo que hacía que resultara más preocupante que hubiera traído a Lindsay para curar al Alfa. Todo indicaba que lo que preocupaba a Vashti en esos momentos era la salud del licano, al margen de cualquier otra consideración.

—Adrian exploró mi mente y coincide con mi descripción, pero dice que mi memoria es defectuosa. Demasiado turbia. Es más bien una impresión emocional que fotográfica.

Syre se sentó de nuevo en su silla.

—Yo mismo lo habría hecho si no hubieras perdido tanta sangre. Habría podido explorar tu mente cuando te succioné toda la sangre para la Transformación, pero no quería personalizarte. Comprendo que suena muy frío.

—Agradezco que me digas la verdad. —Lindsay esbozó una media sonrisa—. Ya sea fría o caliente.

—No importa que yo no visualice personalmente ese recuerdo. Te creo. Investigaré el tema para ver si sacamos algo en limpio.

—Yo... Gracias de nuevo. Por razones obvias, me encantaría saber quiénes son. —Ella respiró hondo y suspiró. Apartó la mirada cuando sus ojos se encontraron con los de Syre. Pero, a pesar de su rapidez, Syre pudo ver que algo la torturaba.

—¿Qué más te preocupa, Lindsay? —preguntó él bajito—. ¿Quieres decírmelo?

Ella dudó unos momentos antes de responder.

—Hace poco perdí a mi padre. El día antes de conocerte. Es duro… tener estos sentimientos sobre otra persona. Aunque sé que son los sentimientos de Shadoe, eso no cambia cómo me afecta.

Syre asintió con gesto grave.

—Sí, te parece desleal, ¿verdad? Yo lucho contra el mismo sentimiento. No quiero una sustituta de mi hija; la quiero a ella. Pero no puedo evitar sentir cierta afinidad contigo. Si he aprendido algo en todos los años que llevo en la Tierra, es que ciertos acontecimientos ocurren por un motivo y nuestros caminos se cruzan con los de otros porque están destinados a hacerlo. No es preciso que seamos enemigos, Lindsay. Ni siquiera aliados. Quizá podamos ser simplemente… lo que somos. Quizá podamos aceptar que estamos unidos por un vínculo en lugar de luchar contra él o tratar de analizarlo. Quizá podamos incluso apreciarlo, si decidimos que queremos hacerlo.

Alguien llamó a la puerta justo antes de abrirla. Era Vash.

—Syre, yo… Ah, lo siento.

En la boca de Lindsay se pintó un rictus de amargura.

—Adelante, Vashti —dijo él—. ¿Qué quieres?

—Hablar contigo. Elijah quiere verte, Lindsay.

—De acuerdo. —Lindsay se levantó para marcharse, pero de improviso se detuvo ante Syre.

Él la miró sorprendido cuando ella se agachó y lo besó brevemente en la frente. Acto seguido la joven salió sin decir palabra.

Syre se alegró de que Vashti tuviera varias cosas que comentarle, pues tardó en conseguir que el nudo que se le había creado en la garganta se relajara lo suficiente como para hablar.

11

La llamada se efectuó desde un tejado a la luz de la luna.

—Alguien la ha jodido —dijo él sin más preámbulos—. Adrian llegó casi dos horas antes de la hora prevista.

Se produjo una breve pausa.

—¿Ha descubierto que sigues vivo?

—No. Me ocupé de que no hubiera nada dentro de la casa que revelara mi presencia.

—Entonces no tienes nada de qué preocuparte.

—¡No digas chorradas! —El nerviosismo hizo que sus alas se desplegaran, arrojando una gigantesca sombra sobre el césped del jardín—. Si le queda algo de cerebro, acabará dándose cuenta de que alguien se alojó allí.

—No estoy dispuesto a afirmar que eso es un problema.

—Porque quieres que todo se salga de madre —replicó el otro—. Es lo que llevas maquinando desde hace siglos. —Al oír el familiar crujido de la silla de escritorio de Syre apretó los puños. Cuando el gato no está, los ratones bailan…

—Aún no ha llegado el momento, y Syre y Adrian están más centrados en el virus de lo que esperaba. Creí que estarían ocupados el uno con el otro y con los licanos. Cualquier cosa que sirva para distraerlos ahora nos vendrá bien.

—Para ti es fácil decirlo, no estás aquí con el culo al aire. Te dije que no era buena idea instalarse en casa de Helena.

—Cualquier otra opción habría dejado un rastro de dinero, papel o sangre.

La aspereza de la voz al otro lado del teléfono le enfureció aún más. Él era un Centinela. El vampiro con el que estaba hablando haría bien en recordarlo.

—Esos detalles no parecían preocuparte cuando decidiste infectar a barrios enteros con el patógeno.

—¿Me has llamado por algún motivo? ¿O simplemente para echarme la bronca?

Él apretó los dientes y preguntó:

—¿Tienes alguna sugerencia para el nuevo escondite?

—La secta de Anaheim ha sido erradicada. Nadie espera que Torque se ocupe de eso mientras Syre y Vashti sigan llevando a cabo trabajos de campo. Tendrás todo el recinto para ti. De esa forma estarás más cerca de Adrian, pero procura ser invisible. Tu única preocupación ahora es vivir la vida mortal que anhelabas. Echa un polvo o mata a alguien. Me pondré en contacto contigo cuando llegue el momento de que resurjas de las cenizas.

La comunicación se cortó. Él estrujó el móvil en su mano hasta hacerlo añicos mientras observaba las luces encendidas de la casa de Helena al otro lado de la calle. Quizás había llegado el momento de crear su propio ejército.

Cuando remontó el vuelo y se alejó, la idea empezó a darle vueltas en la cabeza… y encontró terreno abonado en el que arraigar.

El cielo era un manto de ébano cuajado de estrellas cuando Elijah condujo a Lindsay de nuevo junto a Adrian. Hacía unas horas se sentía un despojo, pero ahora se encontraba de maravilla. El aire fresco nocturno del desierto penetraba por las ventanillas y junto a él iba sentada una de sus mejores amigas, una mujer a la que le debía la vida… una vez más. Su sangre mezclada con sangre de Centinela era muy potente, sus propiedades regeneradoras increíbles.

—¿Estás bien? —le preguntó al ver que contemplaba el desierto, pensativa —. ¿No estarás cabreada porque te haya vendado los ojos, verdad? Lo hice sólo porque era más seguro para ti. Sabes que me fío de ti. Siempre me he fiado.

Sólo la había obligado a llevar los ojos vendados hasta que se hubieron alejado del almacén. Luego él mismo se la había quitado y la había arrojado por la ventanilla.

—Yo quise ponérmela. Pensé lo mismo que tú, que cuantos menos riesgos corriera, mejor para todos. —Ella suspiró—. Pensaba en mi padre.

Al recordar los desgarradores sollozos de Lindsay al recibir la noticia de la muerte de su padre, él sintió un nudo en el pecho de compasión... y culpa. Él había sido el encargado de seleccionar al equipo de licanos encargados de custodiar a Eddie Gibson y protegerle.

—¿Quieres hablar de ello?

Ella se volvió en el asiento para mirarlo.

—Quiero hablar con los licanos que fueron seleccionados para escoltarlo. Te lo habría preguntado antes, pero quiero interrogarlos lejos de los vampiros.

—Yo también tengo preguntas, pero no se les ha visto el pelo desde entonces.

Lindsay se tensó.

—¿Han desaparecido?

—Yo no diría tanto. Supongo que han decidido regresar a la Costa Oeste a pie, tratando de pasar inadvertidos. ¿Qué quieres saber?

—Si están absolutamente seguros, sin la menor duda, de que la muerte de mi padre fue un accidente.

—¿Y les creerás?

—Si tú les crees, yo también.

Él asintió con la cabeza.

—¿Por qué lo dudas? —preguntó.

—La pasión de mi padre eran los coches, El. Al volante era pura poesía. Francamente, creería antes la versión de un tiroteo fortuito que la de un accidente de coche. Le he visto reaccionar cuando un animal se cruzaba en la carretera. Le he visto esquivar un ciervo en una carretera de dos carriles con tráfico en sentido contrario sin que su coche sufriera un rasguño. Me cuesta creer que se mató al dar un volantazo para evitar un obstáculo desconocido en una carretera rural desierta.

Al percibir el dolor y la tristeza en la voz de Lindsay, Elijah se propuso hacer lo que estuviera en su mano para ayudarla a superar el pasado. La joven había perdido a su padre y a su madre prematuramente y sabía que sus muertes la atormentaban.

—Daré con Trent y Lucas y te los traeré para que les interrogues.

—Gracias. —Ella apoyó la cabeza en el respaldo del asiento—. Tú y Vashti... Corrígeme si me equivoco, pero hay algo entre vosotros, ¿verdad?

Él soltó una seca carcajada.

—No me pidas que te lo explique.

—Se tomó muchas molestias para salvarte. Deduzco que no sabe que quieres vengar a Micah.

—Lo sabe —dijo, la mirada centrada en la oscuridad de la noche que se veía más allá de la hilera de farolas.

—¿Y sin embargo te salvó el pellejo?

—Necesita mi ayuda.

—¡Ostras, El! —Lindsay meneó la cabeza—. Lo siento.

Él la miró.

—¿Por qué?

—Por la posición en la que estás. He visto cómo la miras. Para un tipo que evita los problemas como la peste, estás metido hasta el cuello. No es tu estilo

—No sabía que tuviera un estilo.

—No frivolices sobre algo que te preocupa. Tienes toda mi atención hasta que lleguemos a Las Vegas, aprovéchate de ella. Si no sueltas lo que llevas dentro, te volverás loco.

Elijah sabía que ella tenía razón. No podía hablar de Vash con nadie más. Ningún licano o vampiro estaría dispuesto a escucharle hablar sobre sus sentimientos por la lugarteniente de Syre. Mierda, ni él mismo quería oírlo. Prefería ignorarlo por completo, pero el camino que al principio le había parecido claro se había vuelto oscuro y tenebroso. Le vendría bien hablar con alguien que le pudiera ayudar a saber qué dirección tomar.

—Si tengo un tipo de mujer —dijo al fin—, es ella. Físicamente. Me sentí atraído por ella desde el primer momento. Mientras tú le lanzabas cuchillos yo pensaba en hacer algo muy distinto con ella.

Lindsay reprimió una carcajada.

—Joder, El.

—Ya, bueno… Cuando vino en busca de ayuda para investigar la infección de los vampiros, que ellos denominan el Virus de los Espectros, sabía quién era y lo que le había hecho a Micah. Y ella sabía que yo era supuestamente responsable de la muerte de su amiga Nikki. Dejamos las cosas claras desde el primer momento, pero eso no implica que pusiera en duda su culpabilidad. Expusimos nuestras respectivas condiciones: yo la ayudo con los espectros y ella mantiene a los Centinelas alejados de nosotros; yo la ayudo a dar con los licanos responsables de la muerte de su compañero y ella monta su propia muerte de forma que Syre no venga a por mí.

Lindsay se pellizcó el tabique nasal y suspiró.

—Un jodido lío.

—Era imposible que me concentrara con la tensión sexual que había entre nosotros, así que incluí eso en el paquete. Pero cuando ocurrió… fue sexo puro y duro. Y mucho más personal de lo que habíamos previsto.

—¿Es tu compañera?

—Ya te lo he dicho, en el caso de los licanos es diferente. Sí, existe un nivel inherente de instinto y de química física entre nosotros, pero eso no dicta cómo se vayan a desarrollar las cosas. Llegado el momento yo elegiré a mi compañera como haría un mortal.

—Los mortales no eligen de quién se enamoran. Yo jamás habría elegido enamorarme de Adrian, sabiendo el riesgo que corre al estar conmigo.

—No hablamos de amor, Linds. Esto es puramente físico.

Ella lo miró con gesto burlón.

—No viste hoy a Vash en acción, El. Le cantó las cuarenta a Adrian. A Adrian. No creo que lo hiciera por un mero pacto o porque quiera echar un polvo contigo. Estaba desesperada y preocupada. Y si su gran preocupación era obtener información sobre los asesinos de su compañero, podría habérselo preguntado a Adrian mientras me tenía sujeta y con un cuchillo apoyado en el cuello.

Las manos de Elijah se tensaron sobre el volante. Vash se había comportado de forma suicida en su intento de salvarle el pellejo. Se había comprometido demasiado. Ambos lo habían hecho.

Apoyando la rodilla izquierda sobre el asiento, Lindsay cambió de postura y se volvió hacia él.

—Te has quedado muy callado después de lo que acabo de decir.

—Como has dicho, hay algo entre nosotros. Es… complicado.

—¿Sois amigos?

—Yo no lo llamaría así. —Sin embargo, ambos se habían arriesgado el uno por el otro. Se habían apoyado mutuamente—. Pero es posible. Supongo.

—¿Crees que lograrás superar tu ira por lo de Micah? Si tú le importas a Vash, el hecho de saber que te duele lo que hizo será suficiente castigo.

—Tendré que superarlo o dejar de follar con ella. Pero tampoco sé por dónde podrían ir los tiros.

—¿Has pensado en la posibilidad de continuar tu relación con ella?

—Lo acabo de pensar ahora, porque me estás presionando para que lo haga. No volveré a hacerlo cuando te bajes del coche. —Elijah no podía malgastar el tiempo pensando en imposibles—. En una situación ideal, obtendré de Adrian la información que ella desea; él la tendrá;

Vash y yo la analizaremos y nuestra relación terminará. El segundo mejor escenario es que acabemos con esto cuanto antes incluso sin ayuda de Adrian. Si pudiéramos poner cierta distancia entre los dos...

—Con Adrian no funcionó —le recordó ella—. La ausencia intensificó lo que sentíamos el uno por el otro.

—No me estás ayudando. Se supone que debes hacerme recapacitar. Tú la odias. Haz que yo la odie también.

—La próxima vez. Hoy te ha salvado la vida. Estoy en deuda con ella por eso.

—Tú también me has salvado la vida. Y no por primera vez. —Cuando la leve contaminación atmosférica de Las Vegas apareció a lo lejos, él dijo—: No quiero que perdamos el contacto, Linds. Prométeme que no ocurrirá.

—Te lo prometo.

Él asintió; tenía la boca demasiado seca para responder verbalmente.

—No perderé la fe en ti, El —dijo ella con firmeza—. Ni se te ocurra perderla en mí, o te perseguiré y te clavaré mis colmillos.

Elijah seguía sonriendo cuando llegaron al perímetro urbano de la ciudad.

Vash cruzó los brazos y escrutó el rostro de Syre. Mostraba un talante distinto, una actitud más relajada. Sus ojos eran menos sombríos que esa tarde.

—Tienes mejor aspecto —dijo ella.

—Me siento mejor. —Desde su posición frente al despacho de Syre en el almacén, observaban a los esbirros hacer los preparativos necesarios en silencio para que los licanos, que aún dormían, partieran al amanecer. Trabajarían de la misma manera sobre el terreno: los licanos asumirían el turno de día y los esbirros el turno de noche—. ¿Crees que ha sido una buena idea que Elijah llevara a Lindsay de regreso?

Ella restregó el suelo con los pies, cabreada al detectar el tono de preocupación en su voz al responder:

—No puedo autorizar o desautorizar nada a Elijah. Y si va a cambiar de opinión sobre esta alianza, es mejor que lo haga ahora que más adelante.

—Hmm… La Vash que conozco mataría a un licano de quien no pudiera fiarse en lugar de ponerlo a prueba.

—¡Ja! Si eso fuera cierto, estarían todos muertos. Además, no tenemos esa opción. Él es el único Alfa que hay en estos momentos.

—Quieres que se decante por ti.

—¿No es para eso para lo que me enviaste a hablar con él?

Syre se volvió para encararse con ella, obligándola a mirarlo.

—Te envié para reforzar nuestra posición. En vez de eso, hoy has estado a punto de provocar una guerra.

Ella sostuvo su mirada, dejando que él viera su inquietud.

—Los Centinelas no están en disposición de atacarnos. Su número es muy reducido.

—Crees que librarían una batalla en lugar de una guerra. Te equivocas. No nos atacarán en masa. Irán minando nuestras fuerzas poco a poco, atacando objetivos estratégicos e individuales, exterminando a los elementos más importantes con precisión quirúrgica. Lo que quedaría de nosotros sería caótico y entonces podrían derrotarnos con facilidad.

—Es una mera conjetura —replicó ella—. Adrian no está en su mejor momento. ¡Me atacó a plena luz del día en la calle! Se comporta de forma temeraria y emocional.

—Sin embargo arriesgó su bien más valioso, anteponiendo de nuevo su misión, algo que siempre confié en que tú harías…, hasta hoy.

—Elijah es esencial para nuestros planes. Tú mismo lo has dicho.

—Tu reacción me hace pensar que el Alfa quizá sea más un problema que un activo.

Vash hizo un esfuerzo por adoptar una expresión desprovista de emoción, pero su elevado ritmo cardíaco la delataba.

—No es el Alfa quien te preocupa, sino yo. Si crees que estoy en una situación comprometida, deberías asignar a otro la misión de tratar con él, tal como sugerí desde el principio.

Él cruzó los brazos.

—No me entiendes, quizá porque no quieres. No pretendo separarte de nada que te haga feliz, y francamente, la fascinación que el Alfa siente por ti me beneficia. Su deseo por ti es su debilidad. Si podemos controlarlo con eso, tendremos una ventaja aún mayor. Pero no puedo permitir que nada ni nadie ponga en peligro a la nación de los vampiros, incluyéndote a ti. Disfruta de tu licano, Vashti, pero no olvides cuáles son tus prioridades. Como has dicho, si va a cambiar de opinión es preferible que lo haga ahora.

Ella oprimió las palmas de las manos contra sus ojos y maldijo en voz baja. La situación era jodida. Ella estaba jodida. Sus prioridades habían cambiado en algún momento, del pasado a su presente. Ahora le disgustaba la idea de manipular a Elijah como un pelele.

Dejó caer los brazos y lo miró.

—Que trabaje con Raze. Es mejor para todos.

—Gracias —respondió él con dulzura, besándola en la frente—. Quizá cierta distancia te permita ver las cosas con claridad y recapacitar. ¿Quieres que se lo diga yo o lo harás tú?

El hecho de que hubiera sido Syre quien lo propusiera demostraba que ella pisaba un terreno muy resbaladizo. Que él se ofreciera para comunicárselo a Elijah personalmente en lugar de delegar esa tarea significaba que el asunto era muy importante para él.

—No, lo haré yo.

—No lo encajará bien. —No era una pregunta.

Al recordar cómo había reaccionado Elijah la última vez que ella había tratado de ganar un poco de espacio, Vash sonrió con pesar.

—Lo ignoro, pero probablemente no.

—Si me necesitas, utilízame. —Él se llevó la mano al bolsillo y ella oyó el tintineo de llaves—. Voy a ir a Shred con algunos de los otros. Si quieres, puedes acompañarnos.

—No, gracias. Me ocuparé de ultimar los preparativos. Quiero que el grupo salga mañana, para así poder recibir a la próxima oleada e informarles sobre la operación. Con suerte, podremos recoger alguno de los extraviados sobre el terreno; necesitamos más licanos que los que forman un enclave.

—Hablaremos de ello mañana por la mañana. Nos veremos entonces.

Recordando algo que no tendría que haber olvidado, Vash lo llamó.

—Comandante. Adrian se llevó algo de mi sangre.

Él se volvió lentamente.

—¿Por qué?

—Lo ignoro.

—Tenemos que averiguarlo. ¿Crees que tiene algo que ver con el Virus de los Espectros?

—¿Qué otra cosa podría ser?

—Entérate. —Syre se alejó con paso rápido reprimiendo su ira.

Vash empezó a trabajar en la formación de los equipos que enviaría por la mañana a realizar la misión. Había confiado en que Elijah la ayudara a hacerlo, pero éste aún no había vuelto y llevaban una jornada de retraso.

Sentada ante uno de los ordenadores, empezó a crear grupos basándose en sus características físicas, tratando de establecer equipos eficientes compuestos por individuos bajos y altos, fornidos y menudos, gruesos y delgados.

En cuanto regresó Elijah, ella se dio cuenta. El ambiente en la habitación se saturó de su energía…, y de la creciente animadversión de los vampiros al oler que se aproximaba.

Había regresado.

Un escalofrío de emoción le recorrió el cuerpo, junto con una sensación de alivio que hizo que se sintiera casi mareada. Le observó acercarse devorando con la mirada cada palmo increíblemente sexi de su cuerpo, contemplando la seguridad de sus pasos y la elegante fluidez de sus movimientos. Vash no era la única impresionada por el aire de autoridad que exhalaba. Todos le miraron mientras atravesaba el espacio entre ellos, pero él no apartaba la mirada de ella. Abrasadora y ferozmente decidida. Rebosante de admiración, pero sin un ápice de complacencia.

Dios, qué guapo era. Bellísimo, aunque ella jamás se atrevería a decírselo a la cara. Era demasiado viril para ser ni remotamente bonito. Y su cuerpo... tan duro y fuerte. Definido por unos poderosos músculos. Vash recordó lo que había sentido al tener todo ese poder contra ella. Encima de ella. Dentro de ella...

Las otras vampiras que había en la habitación lo observaron con no menos avidez, con lujuria mezclada con recelo y resentimiento. Ella no estaba mal de la cabeza por sentirse atraída sexualmente por un licano, pero el exagerado interés que las hembras prestaban a Elijah empezaba a irritarla. Él no estaba disponible en ese sentido, y ella quería que todos lo supieran. Que lo respetaran.

Él se detuvo junto a una mesa donde unos vampiros preparaban unos paquetes de dinero, tarjetas de crédito, carnés de identidad y teléfonos móviles para el viaje. Les dio las gracias por su buen trabajo, se ofreció a ayudarles y sonrió sinceramente cuando los otros rechazaron su oferta con menos hostilidad de la que habían mostrado al verlo entrar.

La sonrisa no se borró de sus labios cuando se dirigió hacia ella, pero asumió un aire pícaro y sexi que hizo que ella se estremeciera.

—Hola —dijo cuando se detuvo junto a ella. Miró la pantalla del ordenador y meneó la cabeza—. No puedes incluir a Luke y a Thomas en el mismo grupo. Se pelearán. Y a Nicodemo le gusta Bethany, al igual que a Horatio. Es mejor que no la coloques en un grupo donde esté uno de ellos.

—Joder. —Ella se apartó de la mesa. Era lógico que él conociera esos detalles personales. Se tomaba la molestia de conocer a todo el mundo—. Llevo más de una hora trabajando en esto.

—¿Tienes organizados a los vampiros? Entonces no te preocupes del resto. Yo haré los ajustes necesarios en los grupos de licanos.

—¿Para que estén listos por la mañana? —Al observarlo de cerca, se dio cuenta del cansancio que enmarcaba sus ojos y su boca—. Estás hecho polvo.

—Me convendría dormir un rato —respondió él—. Sólo un rato.

Se levantó y dio un paso atrás sobre sus tacones para resistir el deseo de arrojarse en sus brazos. Exhalaba un olor delicioso. Sabía que su sabor no sería menos delicioso. En todas partes. Dentro y fuera.

—¿Puedo hablar contigo un momento?

Lo condujo a uno de los despachos. Dentro estaba oscuro, como buena parte del almacén, para no molestar a los licanos que dormían. Ni ella ni Elijah necesitaban luz para ver, lo que en estos momentos la beneficiaba. Con las luces apagadas, evitaría que él advirtiera en su rostro algo que ella no quería que viera.

La puerta apenas se había cerrado tras ellos cuando ella se encontró en sus brazos, los labios de él frescos y firmes sobre los suyos. Elijah la sostuvo por la cintura y la nuca, inmóvil contra él. Como reivindicando que ella le pertenecía. Vash contuvo el aliento, gratamente sorprendida, y el beso se hizo más ardiente. Él le metió la lengua hasta el fondo, acariciándole el interior de la boca en un ritmo constante pero pausado que hizo que ella deseara más. Mucho más, maldita sea.

Ella le pasó una mano por el pelo y deslizó la otra por debajo de su camisa. Él arqueó la espalda y gimió al sentir el tacto de sus manos, respondiendo a sus caricias con tanto ardor como ella a las suyas.

—Gracias —murmuró él con voz ronca contra los labios entreabiertos de ella.

Vash tragó saliva, tratando de aferrarse a la presencia de ánimo que le permitiera explicarle los cambios que iban a producirse en su relación de trabajo. Pero el exquisito sabor de él la confundía, le impedía pensar con claridad.

Él restregó la nariz contra la suya.

—Te traigo una noticia que hará que te alegres de haberme mantenido con vida.

Ella se alegraba demasiado de eso. Temía lo que iba a ocurrir al día siguiente, cuando él montara en un avión distinto al suyo para tomar, cada uno, direcciones separadas. Ahora se alegraba de no haber incluido su nombre ni el de él en el listado de grupos que había confeccionado. Él se habría percatado enseguida del cambio, y en esos momentos estarían discutiendo en lugar de besándose. Elijah era un maestro a la hora de besar. Se tomaba su tiempo, como hacía con todo, deleitándose con ello como si no le importara que fuera tan sólo el preámbulo de algo más íntimo.

Pero a ella sí le importaba. Sesenta años sin experimentar ningún deseo sexual y de pronto estar desnuda con Elijah era casi en lo único en lo que podía pensar.

—Te deseo. —Las palabras brotaron de labios de Vash antes de que se diera cuenta. Abochornada, inclinó la cabeza para apoyar la frente en el hombro de él. Tenía que aguantar el tipo durante otras seis horas hasta que se separaran, algunas de las cuales él pasaría durmiendo—. Olvida lo que he dicho.

—¿Por qué? —La mano que él tenía apoyada en su cintura se deslizó hasta alcanzar la curva de su trasero y la oprimió contra su rígido pene.

El cuerpo de ella se encendió. Él tenía el miembro duro y preparado para ella, y ella le deseaba… Deseaba estar con él una última vez antes de enviarlo en el avión junto con Raze y así poder centrarse de nuevo en su trabajo—. Tienes que tomártelo con calma y descansar. Mañana tenemos que estar en plena forma.

—Pues haz tú todo el trabajo. Yo me limitaré a responder a tus caricias y a correrme.

Ella le mordió en los pectorales con sus colmillos.

—¡Ay! Maldita sea. —Él la apartó de un empujón—. Ten cuidado. Aún estoy convaleciente.

—Por eso necesitas dormir y no sexo. —Pero Dios, tenía un sabor que la enloquecía. Ella se lamió los labios, procurando no desperdiciar ni una gota.

Los ojos de él relucían en la oscuridad.

—Me has puesto cachondo. No podré conciliar el sueño si antes no follamos.

—Llora lo que quieras. Escucha, tengo que decirte una cosa.

Él le tapó la boca con la mano.

—Yo primero.

Vash soltó un gruñido. Él sonrió antes de retirar la mano de su boca.

—De acuerdo, dime lo que quieres decirme —le espetó ella.

—No puedo. —El tono de Elijah no era de disculpa. Le desabrochó los corchetes del chaleco y se apoderó de uno de sus pesados y sensibles pechos—. Toda la sangre ha fluido a mi otro cerebro. Primero tengo que hacer esto.

El descaro con que lo dijo la dejó muda unos instantes.

—¿Qué te pasa?

Fuera lo que fuere, a ella le complacía el efecto que tenía sobre él. Elijah era un tipo serio por naturaleza; esta versión, más relajada, activaba los resortes de su deseo carnal.

—Voy a acostarme con la mujer más impresionante del planeta. Eso bastaría para animar a cualquier tipo. Además, tengo un regalo para ti. Quizá no sea tan importante como el que tú me has hecho, pero espero que llegue a serlo.

Ella sintió una oleada de calor, junto con unas punzadas de placer casi doloroso mientras él le restregaba el pezón entre el pulgar y el índice.

—¿De qué se trata?

—Tengo una pista sobre los asesinos de Charron.

Ella sintió un nudo en la garganta.

—¿Qué…? ¿Cómo…?

—Adrian. —Elijah la atrajo hacia sí—. Le pedí que me contara lo que supiera. Él había oído los rumores sobre tu compañero y envió a

Jason a investigar. Los licanos que confesaron estar involucrados en el asunto fueron entrevistados. Adrian no recuerda sus nombres ni la historia que le contaron, sólo que no relataron los hechos como tú me los relataste o él mismo los habría liquidado.

—Seguro...

—Vashti, a Adrian no le dijeron que Charron había sido asesinado de la forma en que tú lo describiste. Sólo sabía que tu compañero había muerto y que había unos licanos implicados en el asunto. De haber oído otra historia, Adrian habría ordenado que investigaran el tema más a fondo. Yo le creo.

—A él le importa un carajo.

—Creo que te equivocas.

—Como quieras. Lo conozco mejor que tú. —Ella sopló para apartar un mechón que le caía sobre la cara y se apartó. Volvió a abrocharse el chaleco y empezó a pasearse por la habitación—. Necesito nombres, El. Me tiene sin cuidado lo que dijeran esos licanos. Yo sé lo que vi y conozco a Char. Jamás habría hecho nada que mereciera una muerte tan atroz. Era un hombre amable, de buen corazón.

—Las grabaciones de las entrevistas se pasaron a un disco y se hizo una copia de seguridad en la nube.

—¿Te ha dado una copia?

—No. Y no tiene la clave de acceso.

—Y una mierda. Está mintiendo.

Él cruzó los brazos y la miró a los ojos.

—No, Vashti. No miente. Cada enclave tiene una contraseña distinta para acceder a la nube. Es una medida de precaución que impide que alguien pueda hackear el sistema de un enclave. Sé que Adrian tiene razón porque Stephan entró en el sistema de Lago Navajo. No obtuvo acceso a la información sobre los otros enclaves.

—¿Entonces quién tiene la contraseña?

—Jason y Armand. Por desgracia, Jason estaba en Lago Navajo y Armand en el enclave de Huntington, donde se llevaron a cabo las entrevistas, cuando se produjo la revuelta. Ambos Centinelas están desaparecidos en combate.

Ella se acercó a él y lo agarró por las trabillas del pantalón.

—Tú puedes conseguir esa información.

—Si queda algo de ese lugar, sí. Pero en cualquier caso, los nombres de esos licanos están en la nube. De modo que aunque hayan arrasado Huntington, no es el fin del camino.

Vash respiró hondo, tratando de controlar unas emociones que no lograba identificar. Euforia, quizá. Temor desde luego. También cierta confusión. ¿Qué hacer cuando uno estaba llegando al final de su camino? Pese al caos que reinaba en su mente era consciente del hombre al que se aferraba. Estaba haciendo algo por Char y al mismo tiempo se hallaba en una situación comprometida con otro hombre y no se sentía culpable. Trató de experimentar la sensación de que estaba haciendo algo malo…, que estaba siendo desleal…, pero no pudo.

—No te imaginas lo que esto significa para mí, Elijah —dijo con tono bajo.

Las cálidas manos de él le rodearon las muñecas.

—Entonces demuéstramelo.

12

Divertida ante aquel comentario tan típicamente masculino, Vash echó un vistazo a los muebles de la pequeña estancia.

—Las opciones aquí son limitadas, fiera: la superficie de la mesa o el suelo. Yo no tengo un pene, de modo que no puedo clavarte contra la pared. Y todas las sillas en esta habitación tienen brazos, de modo que es imposible que me monte sobre ti a horcajadas.

—¿Dónde está tu imaginación?

Elijah la soltó y se quitó la camisa. Ella estaba tan pendiente de buscar alguna otra herida sobre su piel, que no se percató de que se estaba quitando las botas. Deslizó las manos por su torso, por si había algo que su visión nocturna no hubiese visto, cuando él dejó caer sus vaqueros al suelo.

El impacto de su desnudez hizo que Vash emitiera un silbido, cautivada por su impresionante virilidad.

—Dilo otra vez —le ordenó él.

—¿Qué? —preguntó ella, liberando la lengua que tenía pegada al paladar.

—Lo que querías que olvidara que habías dicho.

Ella alzó la vista y se encontró ante sus ojos, que relucían de forma febril. Deseaba sentir aquella mirada sobre ella, deslizándose por su cuerpo con hambre y pasión. Nadie la había mirada de aquella manera, con un deseo tan salvaje e incontrolable.

Se quitó el chaleco y lo arrojó a un lado. Apoyándose sobre un pie, se bajó la cremallera de una bota y luego la de la otra. Cuando se bajó los pantalones, él se sentó en una butaca, reclinándose hacia atrás y observándola con avidez.

—Dilo, Vashti. —La voz de Elijah sonó como un ronroneo que la envolvió como cálidas ondas de humo.

Ella se enderezó y apartó los pantalones de una patada.

—Quiero —dijo ella haciendo una pausa intencionada— que me dejes hacer todo el trabajo. Tú estás hecho polvo.

—Prometo no cansarme demasiado y nos repartiremos el esfuerzo.

—No me convence.

—¿No confías en mí?

—Podría atarte otra vez. Pero me follarías hasta dejarme sin sentido por haberlo hecho.

—No puedes dominarme, Vashti —contestó él con aspereza—. No es lo que necesitas. Ni lo que quieres. No vuelvas a intentarlo.

Ella se acercó a él. Apoyándose en el respaldo de la silla, se inclinó para besar su frente, aspirando con fuerza, dejando que el olor de su piel la invadiera. La calmara.

Él la conocía, la tenía calada. Ella no sabía cómo lo había conseguido, pero era así…

En cualquier caso, no importaba. Esta era la última vez que practicarían sexo; aquella extraña asociación iba a acabar. Dentro de poco volvería a ser la Vashti que ella conocía, la que todos necesitaban que fuera. Cuando por fin tuviera a los asesinos de Charron bajo los tacones de sus botas, cumpliría su parte del pacto. Ambos conseguirían lo que realmente deseaban que, a pesar de lo que pudiera parecer en aquel momento, no era estar con el otro.

—Esta noche lo haremos despacio y con calma.

Él acarició suavemente el exterior de su muslo. Apenas fue una caricia, pero resonó por todo su cuerpo en intensas oleadas de calor y deseo. El hecho de que él no hiciera nada más, que no asumiera el control de la situación, le daba a Vash la oportunidad de hacer borrón y cuenta nueva con él.

«Yo también necesito esto», pensó. Quería dejarlo con un recuerdo distinto del encuentro que habían tenido en Shred.

—Enséñame cómo maniobrar alrededor de esta maldita butaca —murmuró. Podía sentir cómo se humedecía sólo de pensar en acoplarse y rozar aquel poderoso cuerpo.

—Primero apártate un poco. Deja que te mire.

Ella se incorporó lentamente. Dio un paso atrás y se recogió el pelo sobre la cabeza, para después arquear levemente la espalda, posando como una pinup de los años cincuenta.

Se aferró a los reposabrazos, suspirando con deseo.

—Dios santo, Vashti…

El placer y la admiración que expresaban su voz se coló por su cuerpo, derribando sus defensas y resonando en lo más profundo de su ser. Un escalofrío le recorrió el cuerpo.

—Eres preciosa —dijo él con voz ronca—. Sensual y con un cuerpo maravilloso. Perfecta. Y fuerte. Fuerte y resistente.

El tono de Elijah era posesivo. Y aunque no entendía por qué, eso la complacía. Era una mujer capaz de valerse por sí misma. Siempre lo había sido. Char lo sabía y nunca se había mostrado territorial. Ella tenía un trabajo, más importante que el suyo, y él se había mantenido en un discreto segundo plano y había dejado que ella cumpliera con su tarea, acatando sus órdenes cuando era necesario. Eso era lo que ella necesitaba de su compañero, lo que deseaba… Apoyo. Que la aceptara como era.

Pero el afán de dominio de Elijah la ponía cachonda.

Vash se volvió despacio, dándole la espalda para ocultar su nerviosismo.

—Acércate. Retrocede hacia mí —le ordenó él, recordándole que jamás se mantendría en un discreto segundo plano. Siempre le exigiría que se rindiese a él, por más que elogiara y admirara su fuerza y resistencia.

Él le acarició la espalda con la palma de la mano, como si la amansara.

—Inclínate hacia delante.

Consciente de lo expuesta que estaría en esa posición, ella se inclinó hacia delante lentamente, separando las piernas para conservar el equilibrio. Él le acarició la parte posterior de los muslos, justo debajo de las nalgas. Le frotó suavemente con los pulgares los labios genitales, separándolos, abriéndola para contemplarla.

—Mmm... Estás húmeda.

Ella tragó saliva y se mordió el labio para reprimir un gemido. Sintió el cálido aliento de él sobre sus partes íntimas. Apoyó las manos en las rodillas para sostenerse mejor y no darse de bruces contra el suelo.

—Yo haré que te humedezcas más —le prometió él con voz ronca, un momento antes de lamer su hinchada vulva.

Ella emitió una breve exclamación que resonó en el silencio de la habitación. Era excitante estar dispuesta y preparada para él. Privada de todo control.

Él volvió a pasarle la lengua. El tacto era más áspero que antes, como terciopelo húmedo, y la caricia más prolongada. Ella gimió de placer, preguntándose si él había realizado ese pequeño cambio para complacerla a ella o a sí mismo. La razón no importaba. Era excitante. La última vez que habían estado juntos, él la había colocado como quería y la había tomado sin contemplaciones. Había tomado lo que necesitaba, de la forma en que lo necesitaba, esperando que ella disfrutara dándoselo. Y no se había equivocado. Ella nunca había alcanzado el orgasmo con tal violencia y tantas veces seguidas, nunca había experimentado un éxtasis tan feroz y salvaje. Sin inhibiciones. Sin límites.

El gemido de él vibró contra ella.

—Tu sabor me enloquece. Podría devorarte durante horas. Días. Lamer cada dulce y cremosa gota que derramas.

A continuación le pasó la lengua alrededor de su húmeda vulva, trazando unos pausados círculos que hicieron que casi perdiera el equilibrio. Él la sostuvo con suavidad, restregándole el clítoris con la punta de la lengua mientras murmuraba unas suaves palabras de reproche.

—Elijah —protestó ella.

—Elijah… ¿qué?

—Elijah, por favor —dijo ella entre dientes.

—Por favor… ¿qué?

Ella no pudo evitar emitir un sonido de frustración.

—Por favor, no seas idiota.

—No puedo apresurarme —respondió él sin inmutarse—, no sea que haga un esfuerzo excesivo y rompa la promesa que te hice.

—¿Utilizando la lengua?

Cuando ella trató de incorporarse, él se lo impidió apoyando una mano en su espalda.

—¿Tanto te cuesta dejar que yo lleve la voz cantante?

—Sí. —No. Eso era lo que más le fastidiaba. Él era un Alfa, sin duda, pero no su Alfa. Y para su gente, ella era prácticamente el Alfa. ¿Qué pensarían si la vieran ahora?

—¿A pesar del placer que te proporciona? —preguntó él.

Vash volvió la cabeza para mirarlo. Él la estaba mirando a ella, no a sus partes íntimas, calientes y trémulas, que imploraban su atención. Aunque resultara extraño, que su interés hubiese sido puramente lascivo la hubiese calmado. En cambio, ver que estaba centrado en sus reacciones y sus emociones era algo mucho más íntimo.

—No soy una de las innumerables zorras que te persiguen —le espetó ella—. La sumisión no forma parte de mi naturaleza.

—Me alegro. Las mujeres sin carácter me ponen nervioso. —Él la besó en el culo—. Tienes un cuerpo increíble, pero ni siquiera tus espectaculares tetas bastarían para mantener mi interés después del primer polvo. Supongo que eso significa que estoy contigo por tu encantadora tendencia a mangonear a todo el mundo… excepto a mí, claro está. Ahora, termina la maldita frase: Elijah, ¿por favor qué? ¿Quieres que haga lo que me plazca contigo? Dilo. Si quieres guiarme, adelante. Estoy abierto a cualquier sugerencia.

Ella fijó la vista en el suelo. Maldita sea, quería indicarle lo que debía hacer y al mismo tiempo dejar que hiciera lo que quisiera. En realidad no sabía qué prefería.

Así que decidió quedarse con ambas.

—Elijah. —Vash suspiró—. Por favor, lámeme hasta que me corra. Luego puedes hacer lo que quieras conmigo.

—Creí que no ibas a pedírmelo nunca, cariño.

Si él no se hubiera apresurado a deslizar la mano que tenía apoyada en su espalda para sujetarla por el muslo, Vash se habría caído al notar el primer lametón que le dio en sus partes íntimas. Elijah utilizaba su boca como sólo podía hacerlo una criatura que confiaba en ella tanto como en sus manos. Las caricias de su lengua de terciopelo arrugado eran rítmicas y precisas. La forma en que la introducía en su ávido sexo hacía que ella se inclinara hacia atrás sobre sus tacones a fin de alcanzar la presión perfecta que la llevara al orgasmo. Ella podía verlo entre sus piernas, podía ver lo rígido que tenía el pene. Rígido y largo, surcado de venas y maravilloso. Como él mismo. Ella lo deseaba…, le deseaba a él.

Dios. Le deseaba con tal furia, que dolía. Suspiró. Tenía los pezones duros y tensos. Su lengua, áspera y mullida, masajeaba su clítoris provocando que su cuerpo se contorsionara de placer mientras su boca dejaba escapar pequeños gemidos apremiantes.

—Por favor —le imploró ella, cuando ya no podía resistirlo ni un minuto más.

—Sí. —Su lengua la recorrió rápida y ferozmente una última vez, y ella alcanzó el orgasmo con un grito de alivio, temblando violentamente mientras el placer explotaba en su interior en oleadas de intensos espasmos.

Cuando sus piernas empezaron a temblar amenazando con doblarse, Elijah la sentó en sus rodillas e hizo que se reclinara hacia atrás. Ella apoyó la cabeza en su hombro, aspirando su olor, un olor embriagador que confundía sus sentidos. Sentirlo contra su espalda, tan sólido, cálido y fuerte, hizo que Vash deseara no tener que moverse nunca. Él la rodeó con sus brazos, apoyando una mano sobre su pecho mientras con la otra le separaba las rodillas.

—Guíame —murmuró contra su mejilla—. Llévame dentro de ti.

Tragando saliva para aliviar la sequedad de su garganta, ella tomó su verga, acariciándosela de la raíz a la punta. Una vez. Dos. Luego más veces. La tenía dura, y a Vash le encantaba el tacto de su cuerpo y el efecto que ella tenía sobre él. Él gruñó de placer en su oído, su torso vibrando contra la espalda de ella. Ella sintió que unas gotas de semen se deslizaban sobre su mano a medida que la excitación de él aumentaba, al igual que la suya, pues era imposible que su cuerpo no respondiera a las caricias que él propiciaba a sus pechos, masajeándoselos, sus hábiles dedos frotando y pellizcando sus sensibles pezones.

—Vas a hacer que me corra —le advirtió él, mordiendo suavemente su hombro.

—De eso se trata, ¿no?

—Si lo único que deseara fuera un orgasmo, me habría ahorrado el paseo por el almacén y habría aceptado la propuesta que me hicieron en el aparcamiento.

Ella le apretó el miembro con más fuerza y él emitió un sonido que era mitad gemido y mitad carcajada. Maldito sea, sabía que ella odiaba la forma en que las mujeres se ponían a salivar nada más verlo. La estaba provocando deliberadamente y ella reaccionaba a la provocación. Porque tenía el derecho a tomar lo que otras mujeres sólo podían soñar con conseguir.

Ella se alzó un poco para colocar la ancha punta de su pene contra su vulva. Al cabo de un instante, respiró hondo y se sentó sobre él, cerrando los ojos al sentir cómo la llenaba y dilataba. En esta posición, encajada sobre él, ejercía una presión que le obligaba a moverse con ímpetu para reivindicar lo que era suyo.

El ronco gemido de placer que él emitió estaba tan cargado de erotismo que ella estuvo a punto de correrse al oírlo. Denotaba un leve tono de rendición, lo que le recordaba que ambos estaban atrapados por el deseo que les consumía. Ambos eran incapaces de luchar contra la atracción que existía entre ellos.

Con las manos apoyadas sobre las costillas de ella, justo debajo de sus pechos, él controlaba la velocidad y el ángulo de sus movimientos, para amplificar la percepción que pudiera experimentar ella de cada centímetro de él, intensamente excitado mientras la poseía. Como ella le poseía a él. Su melena cayó sobre el hombro de él, y ella empezó mover las caderas en movimientos circulares casi sin darse cuenta. Alargó los brazos hacia atrás para introducir sus dedos en el cabello espeso y negro de él.

—Mmm... —gimió ella—. Es maravilloso.

—Aún hay más.

—Sí... más. —Vash se relajó en sus brazos y dejó que él lo hiciera a su manera.

Él hizo que se bajara un poco más, sosteniendo su peso. Vash no era una mujer menuda. Era alta, con un cuerpo curvilíneo. Nunca se había considerado una mujer delicada, pero Elijah hacía que se sintiera más femenina que ningún otro hombre aparte de Char. Era una sensación que le encantaba, sentir que era algo más que una vampira, algo más aparte de la segunda de Syre.

Cuando él la hubo penetrado hasta el fondo, la abrazó por detrás. La rodeó con sus brazos, cruzándolos sobre su pecho. El sudor empapaba la piel entre ellos, haciendo que se pegaran. Ella tenía los muslos completamente separados, apoyados sobre los de él; él le mordisqueó el hombro. Vash sintió su miembro viril palpitar en su interior. Él la poseía por completo. Lo sentía, aunque él no lo dijera.

Elijah metió la mano entre sus piernas, localizó su clítoris y lo masajeó suavemente con las yemas de dos dedos. Ella se corrió con un grito de placer. El gruñido de satisfacción que él emitió por lo bajo estimuló el deseo de ella, intensificando su excitación y haciendo que deseara más. Más de él y de la forma que hacía que se sintiera.

—Me encanta sentir cómo te tensas cuando estás a punto de correrte

—murmuró él—. Siento cómo te cierras alrededor de mi polla... sacando lo mejor de mí. Hazlo otra vez.

Ella apoyó las manos en los brazos de la silla y se apartó un poco de él. Cuando su cuerpo se inclinó hacia delante, él la penetró aún más profundamente, provocándole una sensación tan sublime que Vash estuvo a punto de alcanzar de nuevo el orgasmo. No podía explicar cómo o por qué él constituía un afrodisíaco tan potente para ella, pero era innegable. Todo en él excitaba sus sentidos, haciendo que estuviera siempre preparada para recibirlo.

Él deslizó los labios suavemente por su espalda, un gesto de ternura que la sorprendió.

—Móntame, Vashti. Fóllame hasta que no pueda más.

Ella obedeció, moviéndose durante la primera media hora lenta y suavemente, tal como le había prometido, deleitándose con las intensas reacciones que le provocaba a él. Ella se dejó llevar por el rítmico fluir de sus movimientos, en el subir y bajar de sus caderas... en la forma en que su pene entraba y salía de ella... en el flujo y reflujo de deseo que hacía que acomodara sus movimientos al sonido de su respiración, ralentizándolos cuando él gemía de placer, acelerándolos cuando callaba.

Ella habría podido seguir así toda la vida, pero al sentir los dedos de él entre sus muslos, rodeando la base de su pene, se concentró. Él se tensó durante unos instantes, y luego se corrió en un orgasmo feroz. Tembló de forma tan violenta, que la silla crujió como sacudida por un terremoto. Rechinó los dientes de forma audible, clavando las uñas de la mano que tenía libre en los sólidos apoyabrazos de metal como si fueran de hojalata. Se corrió durante largo rato... pero no eyaculó. La esperada oleada de calor no se produjo.

«No dejaré que te salgas con la tuya», pensó ella, decidida a quebrar su increíble autocontrol.

Vash interpretó su técnica y su pericia, su habilidad para no eyacular mientras se corría, como un reto. Se estaba controlando demasiado, mientras ella había estado a punto de volverse loca de placer.

Apoyando las manos sobre las de él, las inmovilizó con su peso. Entonces fue ella quien lo poseyó a él. No como la primera vez. Jamás volvería a hacerlo de esa forma. Esta vez, lo encadenó con el deseo, con el deseo de ambos, con el placer que le procuraba su cuerpo. Empezó a moverse sobre él con furia, sin darle tregua, conduciéndolo hacia el precipicio a una velocidad que le impedía reprimirse.

—Vashti —murmuró él, tras lo cual profirió una blasfemia. La maldijo, pidiéndole que redujera el ritmo, que se detuviera, que le concediera un minuto.

Esta vez él se corrió de forma más intensa y violenta que antes, resollando, tensando las piernas debajo de las de Vash mientras derramaba su tibio semen dentro de ella. Ella le sintió correrse, gozando al oírle gritar su nombre. La profunda satisfacción que experimentó provocó en ella otro orgasmo, que coincidió con los últimos coletazos del de él.

Elijah la rodeó con sus brazos, estrechándola con fuerza contra sí. Ambos sucumbieron juntos al deseo.

Cuando amaneció sobre las arenas del desierto, Elijah se despertó en plena forma, mejor de lo que se había sentido nunca, lo que no era una proeza desdeñable, teniendo en cuenta que la víspera había estado a las puertas de la muerte. Sus heridas habían cicatrizado sin dejar marca alguna, y había recobrado sus fuerzas. Ignoraba si se debía a la sangre de Centinela que corría por sus venas o a la carga de vitalidad que le había procurado una noche con una cálida y apasionada Vashti.

Fóllame hasta que no pueda más.

Y Vashti le había tomado la palabra. Él había intentado refrenarse, prolongar el momento. Por ella y por él. Ella había gozado copulando con él, deleitándose con el placer que él le proporcionaba, sin inhibiciones, dejándose llevar a un estado primario de necesidad y deseo animal en el que su cuerpo había silenciado las dudas y la furia que bullían en su mente...

—Alfa.

Él volvió la cabeza y vio a Raze, que llevaba un pantalón negro y una camisa de seda gris; la discreta elegancia de su atuendo hacía que fuera casi irreconocible. Pivotó para atrapar al vuelo la pequeña bolsa de viaje que el vampiro le arrojó y preguntó:

—¿Qué ocurre?

—Vamos. Puedes cambiarte en el aeropuerto después de que hayamos facturado el equipaje.

Elijah arqueó las cejas y dirigió la vista hacia la puerta del despacho de Syre. Vashti había desaparecido tras ella hacía unos veinte minutos, dejando que él se ocupara de que los últimos equipos se pusieran en marcha mientras ella informaba al líder de los vampiros sobre sus planes personales de visitar el enclave de Huntington.

—Órdenes de Vash. —Raze tuvo el detalle de no regocijarse en sus narices—. Anoche te colocó de pareja conmigo.

Ah. Ahora sabía de qué le había querido hablar Vash antes de que el deseo los distrajera, de la misma manera que sabía que ella había cambiado de opinión y había decidido ir a Huntington con él.

Meneando la cabeza, cogió la bolsa con una mano y tomó sus gafas de sol de la mesa. Aunque ella hubiese cambiado de opinión, aún tenían que resolver algunas cosas. Ella tenía que aprender que las decisiones que tomara y las órdenes que diera con respecto a él —con respecto a ambos— requería el consenso de los dos.

—Andando, pues.

Se dirigieron juntos hacia la puerta.

Lo peor de todo era que Elijah sabía por qué ella había optado por poner cierta distancia entre los dos, y sabía que era la información que él había averiguado sobre los asesinos de Charron lo que la había inducido a alterar sus planes. Si se hubiera molestado en comentárselo, él le hubiera dicho que le tenía sin cuidado que se sintiera atraída por él debido a la información que podía proporcionarle, el sexo o el acceso a los licanos; cualquier cosa podía servir como base para una relación entre ellos, una relación que él había decidido cultivar porque no podía dejar de pensar en ella ni de tocarla.

Lo que le molestaba era la hora que habían pasado juntos tras haber saciado su deseo carnal. Una hora durante la que habían repasado la composición de los equipos. Una hora durante la que ella no había dicho ni una puñetera palabra que indicara que lo había emparejado con otra persona. Incluso le había preguntado qué era lo que quería decirle y ella había respondido con una hábil evasiva.

Tal como había dicho Salem, si ella no estaba dispuesta a hablar con él no tenían nada.

—¿A dónde vamos? —preguntó Elijah cuando salieron.

—A Seattle.

Con un silbido ensordecedor, Elijah detuvo a dos Jeeps que salían del aparcamiento. Se acercó a la conductora del primero y, después de haberle preguntado qué ordenes habían recibido, las cambió por las que tenían los del equipo del segundo coche. Para rematar el tema, incluyó las órdenes de Raze, asignando unas tareas distintas a los tres equipos. Luego recordó a los licanos que el número de su móvil estaba programado en sus listas de contactos.

—No dudéis en llamarme —dijo a los dos equipos—, para lo que sea. Aunque sólo queráis hablar, estoy a vuestra disposición.

Cuando los dos Jeeps arrancaron de nuevo y abandonaron el aparcamiento, Elijah miró a su nuevo compañero.

—Nos vamos a Shreveport.

Era lógico, pues había sido el secuestro de Nikki en esa ciudad lo que había hecho que ambos supieran de la existencia del otro. Aquel era el lugar en el que Micah había sido herido mortalmente, torturado por Vash con el fin de sonsacarle la identidad y ubicación de Elijah.

—Supones que ella vendrá a buscarte —dedujo el vampiro.

Elijah arrojó su bolsa en el asiento trasero del Jeep que Raze había seleccionado. No era necesaria ninguna respuesta, de modo que no le ofreció ninguna.

—Te crees muy importante, Alfa —dijo Raze mientras se sentaba al volante—. Aunque después de lo que ella hizo ayer por ti, es normal que lo creas.

—No te metas en lo que no te incumbe —le advirtió Elijah sin perder la calma—. Ella está a salvo conmigo.

El vampiro salió del aparcamiento, dejando tras ellos una pequeña nube de arena.

—Quizá llegues incluso a caerme bien.

—Es algo que no me quita el sueño.

—Sí, mejor que no.

—Tenemos que llevar esa nevera a Grace. —Vash señaló con el mentón la nevera portátil roja y blanca que había sobre la mesa de Syre.

Él levantó la tapa de la misma y frunció el ceño al ver el contenido.

—¿Qué es esto?

—El material que utilizamos para hacer la transfusión de la sangre de Lindsay a Elijah.

Syre la miró a los ojos.

—No te fías. ¿Porque Adrian la envió a ella en lugar de una bolsa de sangre?

—Vi su mirada cuando puse el cuchillo en el cuello de Lindsay. Él daría su sangre por ella sin dudarlo. ¿Entonces por qué no lo hizo? —Vash empezó a pasearse de un lado a otro de la habitación—. Ojalá supiera lo que ella le dijo mientras yo estaba inconsciente en el asiento trasero del coche.

—¿Crees que ella le convenció para que la dejara venir aquí? ¿Por qué?

—Me consta que lo hizo. Y lo hizo por él, está claro. ¿Acaso no ha hecho todo lo que ha hecho por él?

—¿Pero esto no era para salvar al Alfa?

—Sí, también vino por Elijah. —Vash apretó los puños y los ocultó a su espalda para no revelar su agitación—. Pero eso no habría bastado para que Adrian la dejara venir. Hay algo más. A fin de cuentas, lo que ella nos dio fue prácticamente la sangre de Adrian, filtrada. ¿Por qué era eso aceptable y no su sangre pura? Espero que Grace nos dé la respuesta.

Syre cerró la nevera portátil, se apoyó contra su mesa y siguió con los ojos los movimientos de Vash.

—Grace está ocupada investigando el Virus de los Espectros.

—Entonces hablaremos con otra persona. De todos modos, necesitamos más ratas de laboratorio. Cada día que pasa, la infección se propaga más. Si no resolvemos este problema, daremos a Adrian la excusa que necesita para liquidarnos a todos. Tenemos que analizar también la sangre de los licanos. Los espectros atacaron a Elijah, pero ni siquiera se acercaron a Salem o a mí. Y fue la sangre de El la que los mató. Sé que queremos hallar una cura, pero quizá no podamos conseguirla. Quizá tengamos que matar a los infectados para controlar los daños, y si la sangre de licanos les envenena, es preciso averiguarlo.

—Buscaré algunos candidatos que sirvan como «ratas de laboratorio». En cuanto a la sangre de licano, puede que fuera la sangre de demonio que corre por sus venas lo que provocó ese desenlace.

—Bueno, no andamos escasos de demonios. Si tenemos que analizar también su sangre, reuniré a unos cuantos cuando regrese.

—¿Te marchas?

Ella se detuvo y le explicó lo que Elijah había consultado a Adrian.

—¿Y Adrian le proporcionó esa información voluntariamente? —Syre cruzó los brazos—. ¿Al licano que ha socavado drásticamente su posición?

—Estoy segura de que Lindsay apoyó a Elijah. De nuevo.

—¿Tan estrecha es la relación que tiene con el licano? ¿Hay algo entre ellos?

Vash espiró con fuerza.

—Son amigos. Adrian habría matado a Elijah si hubiera algo más entre ellos. En realidad, son casi como hermanos o primos hermanos.

Ella sacrificó su vida mortal para estar con Adrian; la facilidad con que lo hizo me hace pensar que no debía tener muchos vínculos estrechos. Y Elijah... es un lobo solitario. Es un magnífico líder, pero más que compartir con los demás les apoya. Los pocos amigos que tiene son muy valiosos para él.

Habría matado por ellos. Iba a matarla a ella por uno de ellos. El que Lindsay fuera una de las raras y afortunadas personas que formaban parte de ese círculo íntimo en la vida de Elijah irritaba a Vash profundamente. Saber que no existía nada romántico entre ellos no evitaba sus celos. Y pensar en lo mucho que Micah había significado para Elijah le provocaba un sentimiento de culpa que le corroía las entrañas. Hacía tiempo que había aprendido a no alimentar los remordimientos. Era demasiado peligroso si uno tiene una vida infinita. Pero haber lastimado a Elijah como lo había hecho y por un crimen del que él había demostrado ser inocente... la reconcomía.

—¿De modo que vas con él a Huntington? —preguntó Syre.

—Sí. Te dije mi precio desde el principio, lo reclutaría para ti a cambio de obtener de él lo que necesito.

La boca de él se curvó en una sonrisa.

—No lo he olvidado.

—Te llamaré para informarte de cómo va todo. No creo que tardemos en regresar. —Vash estaba impaciente por partir. No sólo para llevar a cabo la misión sino para trabajar con Elijah. En las tareas que habían realizado juntos hasta ahora, él había sido un buen colaborador. Se compensaban; él la equilibraba y ella hacía lo mismo por él. Trabajaban bien juntos.

Era el efecto más íntimo que él tenía sobre ella lo que la descolocaba.

—Ten cuidado, Vashti. No caigas en una trampa. Él aún no ha logrado imponer plenamente su autoridad, y se enfrentará a numerosos retos. No quiero que te veas involucrada en una situación comprometida. Nadie quiere ver lo que haría yo si te ocurriera algo.

Ella tomó su mano y se la apretó, agradecida por la fe que tenía en ella; una confianza que, sin duda, le debía haber costado mantener durante los años desde que había muerto Charron.

A continuación abrió la puerta del despacho para descubrir que el almacén estaba completamente desierto. No había un alma en aquel sórdido espacio y, aunque era posible que Elijah estuviera en uno de los despachos, ella comprendió de inmediato que se había marchado. Sintió un vacío que le produjo un nudo en el estómago, una reacción que desencadenó su ira. No estaba furiosa porque él se hubiera ido —no había que ser un genio para adivinar lo que había ocurrido mientras ella estaba distraída—, sino porque su marcha consiguiera alterarla de aquella manera. Le dolió que él se hubiese ido sin discutir con ella, a pesar de la angustia que le había generado la mera perspectiva de tener que hacerlo.

Tras tomar las llaves de un coche que colgaban de un gancho en la pared, Vash se encaminó hacia la puerta, pero estaba a medio camino cuando ésta se abrió y apareció el siguiente grupo de licanos que acababa de llegar, por cortesía de Salem, quien había partido antes del alba para ir a recogerlos.

—Mierda.

Estaba atrapada hasta que Salem y ella consiguieran organizar a los nuevos equipos. Elijah le había hecho algunas sugerencias al respecto por la mañana. Eso le ahorraría tiempo, pero era imposible que lo alcanzara antes de que su avión despegara.

Esforzándose en reprimir su ira, colgó de nuevo las llaves en el gancho y se puso a trabajar.

13

Elijah supo que algo iba mal en cuanto dobló la esquina con su vehículo alquilado para adentrarse por una calle de una zona residencial en las afueras de Shreveport, Louisiana. Aunque era por la tarde, le chocó que hubiera tantos coches, sobre todo teniendo en cuenta que se veían muy pocas luces encendidas en las casas. Cuando se apeó del sedán, su inquietud aumentó.

Reinaba un silencio casi sepulcral. No se oía a pájaros piando, ni a perros ladrando, ni el sonido de televisores o radios. Con su agudo oído, tendría que haber percibido el sonido de la cadena de un retrete, de la gente charlando o preparando la cena.

Tras enderezar la espalda, repitió lo que Lindsay había dicho la primera vez que estuvieron en Hurricane, Utah, momentos antes de encontrarse con un nido de espectros:

—Este lugar me da mala espina.

—Mierda. —Raze lo miró por encima del techo del coche—. Confiaba en que fuera sólo a mí.

—Es natural que nos topemos con algún problema.

—Creí que ya lo habíamos hecho —gruñó Raze.

Elijah sonrió. No habían perdido un minuto. Habían alquilado el coche en el aeropuerto y se habían dirigido de inmediato a casa del primer vampiro que había llamado a Syre para expresar su preocupación por la infección. Esa visita les había permitido conocer a un vampiro muy atractivo llamado Minolo. Éste, rubio y de piernas largas y esbeltas, les había dejado pasar a su apartamento, dotado de protección contra los rayos UVA, y les había ofrecido unas galletitas de limón y té en tazas decoradas con flores y unos platitos a juego. Minolo había mostrado de inmediato un evidente interés por Raze, y durante la hora que había durado la entrevista, el vampiro no había dejado de coquetear con el capitán de Vashti, haciéndole ojitos con sus pestañas pintadas para provocarle.

—No me interesa —había gruñido al fin Raze.

—Eso lo soluciono yo enseguida, tesoro —había replicado el vampiro rubio guiñándole un ojo con descaro.

Elijah había intervenido para evitar un derramamiento de sangre, haciendo que Minolo se centrara en el motivo por el que habían ido a verlo. Habían averiguado que lo primero que suscitó las sospechas de Minolo fue una entrevista llevada a cabo por las autoridades locales. Después de haber conseguido frenar la investigación sobre la desaparición de un examante con un poco de manipulación mental vampírica, había decidido indagar por su cuenta. Minolo era el centro de todos los chismorreos en la comunidad vampírica de la zona, y no había tardado más de un par de días en averiguar que varios vampiros a los que conocía habían dejado de ser vistos en la ciudad.

Tras explorar la ciudad durante cinco horas, Elijah y Raze habían conseguido obtener suficiente información para saber que existía un problema en Shreveport. El punto de partida de la investigación había sido la residencia de Minolo, desde la que habían ido avanzando en círculos concéntricos, entrevistando a los vecinos de los vampiros que habían desaparecido.

La mayoría de esbirros sobre los que habían indagado trabajaban de noche, por lo que sus vecinos apenas tenían oportunidad de observar sus idas y venidas. En esos casos, Elijah y Raze fingían alejarse con el coche, para regresar poco después y colarse en esas residencias. Después de registrarlas habían comprobado que estaban vacías, lo que les había llevado a una inquietante conclusión: había demasiados esbirros cuyo paradero era desconocido a plena luz del día.

Pero aquella zona a la que acababan de llegar era la más alarmante.

—Vamos a necesitar refuerzos —dijo Elijah—. Al menos, los dos esbirros que llegarán en el vuelo nocturno para asumir el turno de noche, pero convendría que contáramos con más. Yo diría que un equipo de una docena o más.

—¿Quieres que exploremos la zona? Aún disponemos de un poco de luz diurna.

—Mejor que no. Teníamos luz diurna en Las Vegas y éramos tres.

Raze se pasó la mano por la calva.

—No me gusta largarme sin más. Hace que me sienta un cobarde.

—A mí tampoco me gusta, pero es lo mejor. Confía en mí. —Elijah se montó en el coche—. Nos pondremos en contacto con el equipo técnico para acceder al trazado de esta zona y mañana diseñaremos un plan.

—Mierda. —Raze echó un último vistazo a su alrededor—. De acuerdo.

A Elijah no le pasó inadvertida la facilidad con la que el vampiro había aceptado el consejo de un licano. Si se debía a que él se estaba follando a Vash o si era por sus propios méritos, no podía adivinarlo, pero de momento no le preocupaba. Con el tiempo todos aprenderían a confiar en él. Porque se lo habría ganado.

Regresaron al motel, se pusieron unos vaqueros y unas camisetas, y se fueron a cenar al restaurante contiguo al motel, al que se dirigieron a pie. Habían decidido pernoctar en una zona rural, alejada de la ciudad. El anodino motel en el que se alojaban estaba rodeado de un pinar, cuya vista sirvió para calmar los nervios de Elijah, alterados tras haberse topado con el primer bache en el camino de su relación con Vash. Cada minuto que transcurría estaba más cerca de la inevitable confrontación que tendría con ella. Estaba preparado pero nervioso debido a la infructuosa exploración del lugar y a la obligada separación de Vashti.

Se sentaron en un reservado y Elijah pidió dos especialidades de la casa y una cerveza. Cuando la camarera se alejó, Raze y él se reclinaron en sus asientos para observarse mutuamente, algo que habían evitado hacer hasta ahora porque lo primero era el trabajo.

Elijah observó a su compañero detenidamente, consciente de que Vashti rara vez se desplazaba a algún lugar sin Raze o Salem, o ambos. Los dos capitanes vampiros eran más corpulentos que la media en su especie; los Caídos solían ser delgados y de porte elegante, pues sus cuerpos estaban hechos para volar. Salem era más fornido y alto que Raze, medía casi dos metros y debía de pesar más de cien kilos de puro músculo.

Pero Vashti era una mujer poderosa, alta, esbelta pero musculosa, conocida por su pericia con todo tipo de armas. No necesitaba guardaespaldas. Y desde el punto de vista de los recursos, no parecía prudente que Syre hiciera que sus tres mejores Caídos trabajaran juntos.

—¿Cuál es tu historia, Alfa? —preguntó Raze, arrastrando las palabras. Aunque Elijah no era un experto en lo que a atractivo masculino se refiere, había notado las numerosas miradas que las féminas habían dirigido al vampiro cuando éste había salido para atender una llamada.

—Te contaré la mía si tú me cuentas la tuya.

Raze soltó un resoplido.

—Supongo que quieres que me centre en mi historia en lo que se refiere a Vash.

Elijah no lo negó.

—Tiene un gran apoyo en ti y en Salem, pero es fuerte e inteligente. Puede cuidar de sí misma.

—Pero no deja de ser una mujer.

Elijah bebió un largo trago de su cerveza mientras analizaba ese comentario. Sabía perfectamente que Raze y Salem sentían un gran respeto por Vashti, de lo contrario no estarían aceptando sus órdenes. Lo que significaba que el hecho de que Raze mencionara su sexo no era por una cuestión de machismo.

A diferencia de los hombres, que las padecían rara vez, las mujeres eran vulnerables a cierto tipo de agresiones.

Syre, Raze y Salem la protegían de forma feroz. Y la forma en que ella había practicado sexo con él la primera vez, atándolo, tratando de mantener un control absoluto...

—¿Licanos? —preguntó Elijah secamente, sintiendo que la sangre le hervía.

—No sé a qué te refieres.

Estaba claro que Raze no iba a hablar de Vash abiertamente, sólo insinuar. Elijah respetaba su posición, por más que ansiaba obtener más información sobre ella.

Raze apoyó el brazo en la repisa de la ventana.

—Tú sabes lo que éramos antes: Vigilantes. Cuando caímos en desgracia, tuvimos que decidir lo que queríamos hacer. Teníamos conocimientos en diferentes áreas, y focalizamos nuestros esfuerzos en eso. Vashti se especializó en armamento, cómo crear y utilizar armas. Incluso cuando era sólo una estudiante, era una guerrera.

El afecto que denotaba el tono de Raze hizo que Elijah asiera con fuerza su botellín de cerveza.

—Ya lo veo.

—En esa época, pensábamos que debíamos ganarnos de nuevo la confianza del Creador. Pagar una penitencia. Para redimirnos. Vash se dedicó a cazar demonios, lo que resultó muy útil más tarde, cuando éstos empezaron a jodernos. Nos consideraban unos ángeles desechables, por lo que creyeron que tenían permiso para jugar con nosotros —Raze espiró con fuerza—. Syre quería adoptar un enfoque más diplomático, pero Vash creía en la respuesta agresiva. Dado que ella era quien realizaba el trabajo de campo, al fin se impuso su criterio. Sería quedarse corto decir que no gozaba de gran popularidad entre la comunidad de los demonios.

—Joder... —Elijah se reclinó contra el respaldo del asiento. Había visto las consecuencias de los ataques de los demonios. Que esa clase de daño pudiera haber estado relacionada con Vash hacía que se le encogiera el estómago.

—A los demonios les gusta machacarte cuando eres vulnerable. Y la muerte de un compañero es uno de esos momentos.

Elijah apretó los dientes.

—Vash me dijo que Syre se ocupó del tema, ¿es cierto? —preguntó sin andarse por las ramas.

—Sí. Cuando terminó con ellos, arrojó sus cenizas a un cubo de basura y las envió a su jefe.

Elijah lamentaba amargamente no poder vengarse él mismo. La sensación de impotencia era tan aguda que dolía.

—¿Cuál era tu especialidad?

—Priorizar.

Elijah se pasó una mano por la cara mientras juntaba todas las piezas, obteniendo un cuadro que le revolvió las tripas.

—Joder —dijo de nuevo, recordando la rudeza con que la había poseído en Las Vegas, cómo la había dominado.

Raze sonrió cuando la camarera regresó con los platos que había pedido Elijah. Ella le devolvió la sonrisa, mirándolo con interés. Preguntó a Raze si estaba seguro de que no quería nada y él respondió que esperaría a que ella terminara su turno, por si quería pasar un rato con él. A lo que ella, por supuesto, accedió.

—El sexo te pone en forma —comentó Raze a Elijah cuando la chica se alejó—. Te aconsejo que te folles a una tía antes de mañana, sobre todo teniendo en cuenta que ayer estuviste a punto de palmarla. Quizá sea tu última oportunidad de echar un polvo.

—Tu interés por mi salud me conmueve, pero mi vida sexual no es asunto tuyo.

—Te gustan las pelirrojas, ¿eh? Pues acaba de entrar una pelirroja que está buenísima. A lo mejor tienes suerte. —Raze soltó un silbido—. Maldita sea, ni siquiera la has mirado. Vash te tiene pillado.

Elijah terminó de masticar el primer bocado de un excelente bistec poco hecho.

—¿Y eso tiene que hacer que me sienta como un gilipollas? No hay nada malo en saber cuándo estás bien con alguien y dejar de buscar.

—El hecho de que sea bueno, no significa que no puedas conseguir algo mejor.

—Joder, tío. —Elijah se llevó una bola de pan de maíz frito a la boca y la trituró en dos bocados—. Tú perdiste tus alas por una mujer. Supongo que no has olvidado lo que se siente.

El rostro de Raze se ensombreció, eliminando todo rastro de frivolidad.

—En mi caso fue distinto. Yo no era tan noble como los otros. Me tiraba a todo lo que se movía.

Mientras masticaba su bistec, Elijah se preguntó si eso hacía que Raze se sintiera más o menos culpable que los demás.

El vampiro se encogió de hombros, sacudiéndose de encima su repentino malhumor.

—Bueno, más tarde hubo una... no hace mucho...

Elijah dejó a un lado el bol vacío que había contenido un surtido de verduras y arrojó en él una costilla que acababa limpiar.

—Joder, Alfa —murmuró Raze, observándole atacar su segundo plato de comida—. Tienes buen saque.

—¿Qué ocurrió con esa mujer?

—Merecía a alguien sin colmillos. —Raze sonrió a la camarera, pero sus ojos no mostraban emoción alguna. Se levantó y dijo—: Ha sonado la campana para que vaya a cenar. Suerte con la pelirroja. Parece que le gustas.

—Llévatela también —replicó Elijah, desdoblando la servilleta húmeda para limpiarse las manos—. Móntate una fiestecita.

Raze se echó a reír y salió.

La camarera había dejado la cuenta en el borde de la mesa. Elijah miró el importe y sacó su billetera del bolsillo posterior.

—¿Qué coño haces aquí?

El tono airado de Vashti casi le hizo sonreír, pero se abstuvo de hacerlo.

—Comer.

—No te hagas el listo. —Se sentó en el asiento que Raze acababa de dejar—. ¿Qué estás haciendo en Louisiana?

—Trabajar.

Los ojos ambarinos de Vash arrojaban chispas, tenía las mejillas encendidas y los labios rojos. Con su larga melena carmesí y su ajustado mono de color negro, tenía un aspecto tan apetecible que a él se le hizo la boca agua. No habría cambiado nada en ella, salvo el sufrimiento que había padecido en el pasado y sus tendencias evasivas en el presente.

—Estás tratando de cabrearme, licano.

Él se levantó.

—No hablemos de esto aquí.

Después de dejar el dinero de la cuenta sobre la mesa, Elijah condujo a su furibunda vampira hacia la puerta.

Cuando salieron, se encaró con él.

—Hicimos un pacto.

Él arqueó una ceja.

—¿Así es como quieres que juguemos?

—Sabes que quiero la información, y me la debes.

—Y la tendrás. —Elijah la esquivó y se dirigió hacia su habitación.

—¡Te estoy hablando! —gritó ella, echando a andar tras él. El rápido golpeteo de sus tacones resonaba sobre la acera de cemento.

—No es cierto. Mueves la boca, pero no dices nada.

—Eres un gilipollas.

Él sintió que empezaba a hervirle la sangre. Abrió la puerta de su habitación y entró.

Ella apoyó la palma de la mano contra la puerta abriéndola con tanta fuerza, que rebotó contra la pared.

—¡Cambiaste deliberadamente las misiones asignadas a cada equipo y me llevó todo el condenado día localizarte!

—¿De veras? Puesto que tú me enviaste con Raze, habría bastado con que le llamaras para aclarar el tema.

—Sí, se me ocurrió que fueras con Raze. Iba a hablarte de ello anoche, pero no me dejaste. Te empeñaste en ser el primero en hablar y luego nos pusimos a follar como locos.

—Vale. Ibas a decírmelo, no a consultármelo. Ya habías tomado una decisión. No soy tu perrito faldero. Soy tu compañero. Tengo derecho a opinar.

—No me diste la oportunidad de decírtelo —repitió ella empecinadamente.

Elijah hizo un esfuerzo por reprimir su ira.

—¿Y esta mañana? ¿Cuándo decidíamos la composición de los equipos? Pudiste decírmelo entonces. Te lo pregunté.

Ella le fulminó con la mirada; su rostro era una máscara de sincera indignación.

—Ya habíamos hecho otros planes.

—¿Ah, sí? No llegamos a hablar sobre los primeros planes. Supuse que lo haríamos después de que los equipos hubieran partido.

—Pues te equivocaste.

—¿Y antes? —replicó él secamente, sin saber si echarla de su habitación o arrojarla sobre la cama y follársela—. Si quieres echarme en cara el pacto que hicimos, hablemos de ello. Accediste a quedarte conmigo. Luego hiciste otros planes que echaban por tierra nuestro acuerdo.

—Accedí a quedarme contigo mientras investigábamos a unos licanos que podían estar involucrados en la muerte de Charron —contestó ella—. Anoche ésa no era nuestra prioridad, sino la caza, y tomé una decisión estratégica.

—¿Y cómo pensabas alimentarte?

Ella apretó los puños.

—Tú no puedes alimentar a nadie ahora. Aún no te has recuperado del todo.

—Cobarde.

—Que te jodan. —Ella se acercó.

—¿Por esto has venido, Vashti? ¿Quieres follar conmigo? Es lo único que quieres de mí, ¿no? Eso y la información que pueda darte.

—Como quieras. El motivo por el que estoy aquí es obvio.

—No para mí. Si lo que querías era echarme la bronca, pudiste hacerlo por teléfono. Si querías ocuparte de lo de Huntington, podría haberme reunido contigo allí mañana.

Ella alzó el mentón y cruzó los brazos.

—Me gusta afrontar los asuntos directamente.

Él soltó una carcajada seca.

—Bueno, ya lo has conseguido. Ya puedes irte.

—Aún no he terminado.

—¿Ah, no? —Provocándola deliberadamente, Elijah cogió la silla que estaba junto a la mesa y se sentó—. Adelante.

Ella lo miró durante unos momentos, crispando la mandíbula.

—¿Por qué no me preguntaste qué ocurría?

—¿Que por qué no te pedí que habláramos de algo que estaba claro que no querías comentar conmigo?

Ella alzó los brazos con gesto irritado.

—Por el amor de Dios, cambié los planes. Era un asunto sin importancia.

—No para mí. Tú querías poner distancia. Y esa era la forma de hacerlo, hasta que yo te proporcioné una información que era más valiosa para ti que recobrar tu alterada serenidad.

—Estás convirtiendo esto en un asunto personal y no lo es.

—Por supuesto que lo es. —Estaba harto. Irritado consigo mismo y con ella, le echó en cara la verdad—. Arriesgaste tu vida y una guerra con los Centinelas para salvarme. Durante los últimos días hemos follado como locos, como tú misma lo has expresado con tanta precisión. ¡No me digas que no es personal cuando decides que es mejor que trabajemos en extremos opuestos del país!

Ella respiraba profundamente, su ira iba creciendo a cada exhalación.

—Hay cosas más importantes que el hecho de que una decisión razonable haya herido tus sentimientos. No tiene sentido que tengamos que estar siempre juntos. Somos demasiado valiosos. Tenemos que repartirnos, distribuir nuestra potencia.

—De acuerdo. Entendido. —Él se levantó—. Ahora largo de mi habitación.

—¿Me echas? ¿Y nuestro pacto?

Elijah la agarró del codo y la condujo hacia la puerta.

—Te libero del pacto. Conseguiré la maldita información y te la daré tan pronto como la tenga.

—Quiero ir contigo.

—Lo siento. Somos demasiado valiosos como para ir juntos. Tenemos que separarnos.

Vashti se soltó bruscamente, se volvió y le propinó un empujón. Al ver que él no se movía, maldijo.

—¡Eres un gilipollas!

—Eso ya lo has dicho. Por suerte para ti, ya no tendrás que soportar mi presencia.

Cuando él abrió la puerta, ella lo miró asombrada, incapaz de creer que fuera a echarla de aquel modo, sin más.

—¿Qué diablos quieres de mí?

—Respeto. Sinceridad. Confianza. Un poco de consideración por los sentimientos sobre los que acabas de escupir. —Elijah hizo un exagerado gesto con el brazo, indicándole que saliera—. Fuera.

—Mierda. —Ella se negaba a dar su brazo a torcer—. ¿Cómo vamos a resolver esto si tiras la toalla? Estoy tratando de mantener una conversación contigo y tú no quieres afrontar el tema.

—No quiero hablar de chorradas. —Él se apoyó en el quicio de la puerta—. ¿Ensayaste lo que ibas a decirme hoy? ¿Estuviste todo el día dándole vueltas? ¿Ideando formas de justificarte para imponer tu criterio y demostrarme que estaba equivocado en todo?

—No seas ridículo.

—Mira quién habló. Estás loca por mí, Vashti. No sabes por qué… No tiene sentido… Pero no puedes dejar de pensar en mí ni de desearme. Quieres estar conmigo cuando no lo estás. Y ahora mismo, pese a lo cabreada y lo convencida que estás de tener razón en indignarte conmigo, estás caliente y húmeda y ardes en deseos de follarme. Lo último que quieres es marcharte, porque no has parado en todo el día hasta localizarme.

—Lo que faltaba. —Ella sacudió su melena, que le cayó sobre el hombro—. Eres un engreído.

—Pero, como es natural, no vas a reconocerlo. No vas a aclarar las cosas ni a confesar que me colocaste con Raze porque me estoy acercando demasiado y crees que necesitas espacio. Realmente lo crees. Que te sentirás más segura cuando lo tengas porque mi presencia ya no podrá afectarte. —Él se pasó una mano por el pelo—. No tengo tiempo para esto. Y no tengo tiempo para trabajar con alguien que no es capaz de ser sincera consigo misma, y menos conmigo. De modo que puedes salir de aquí por las buenas o por las malas. ¿Qué prefieres?

Ella se esforzó en tragar saliva. Sus ojos traslucían un anhelo y una tristeza que casi lo desarmó, pero Elijah se mantuvo firme. No iba a sentirse satisfecho con ella tal como estaban las cosas. Anoche había pasado del estadio de atracción sexual a algo más profundo. No estaba dispuesto a lanzarse a la piscina solo. Había demasiadas personas que dependían de él. No podía permitirse el lujo de perder la cabeza por una mujer que no sentía lo mismo que él. O que no estaba dispuesta a reconocerlo. A aceptarlo.

Vashti se acercó a la puerta lentamente. Toda la ira que había descargado contra él parecía haberse disipado, pues ya no marcaba el ritmo de sus pasos ni su postura tensa. Se detuvo en el umbral y se volvió para mirarlo.

—Elijah…, no seas así. Fue una decisión táctica que beneficiaba a la misión. Hablemos de ello con calma.

—No es necesario. Raze y yo nos llevamos muy bien, las cosas están progresando y llegaré a Huntington la semana que viene. Todo está en orden en tu mundo, Vashti. Dejémoslo así.

Ella salió.

—Para que lo sepas —dijo él antes de cerrar la puerta—, yo también estaba loco por ti.

Vash miró la puerta cerrada de la habitación de Elijah, sin saber qué hacer con la devastadora ansiedad que se había apoderado de ella. Todo en su interior se rebelaba contra el hecho de que ella estuviera fuera y él se hubiera encerrado, lejos de ella. Alejado en todos los sentidos.

Joder, había ido hasta allí pensando que esa noche estaría con él. Se había afanado todo el día en conseguirlo y ahora no tenía nada...

Jamás lo había visto tan furioso. Estaba fuera de sí. Y su ira resultaba aún más aterradora por la contención que había demostrado. Si se hubiera puesto a gritar o a golpear la pared..., lo que fuera..., la pasión de su reacción le habría dado a ella algo a que aferrarse. Pero su furia había sido gélida. Su última frase antes de cerrarle la puerta en las narices la había pronunciado sin la menor emoción. Y en pasado.

Ella maldijo y se pasó ambas manos por el pelo.

—La has cagado, ¿verdad?

Al levantar la vista vio a Raze, que se dirigía hacia ella exhibiendo el saludable aspecto de un vampiro que acaba de alimentarse.

Raze escrutó su rostro y suspiró. Su mirada mostraba compasión.

—Lo siento, Vashti. Quizá sea mejor así.

Ella asintió con firmeza.

—¿Tienes una habitación? —le preguntó él.

—Tengo que regresar.

—No. —Dijo, pasándole el brazo por el hombro—. Mañana es un día importante y nos iría bien tenerte aquí. ¿Quieres quedarte en mi habitación? Tengo dos camas.

—¿Y la camarera?

Raze encogió un hombro con gesto displicente

—¿Qué pasa con ella?

Vash recostó la cabeza en él.

—¿Sigues pensando en esa técnica de laboratorio de Chicago?

—No estoy de humor para complicarme la vida. Ya sabes a lo que me refiero.

—Desde luego —respondió ella. Pero en realidad no lo sabía. Había conectado con Char y, hasta cierto punto, con Elijah. Raze sólo había conectado con una mujer, una mortal que había pasado por su vida con la misma velocidad que todas las demás pero que había conseguido dejarle una huella imborrable. Raze había sido un adicto al sexo desde que Vash lo conocía. Pero al regresar de Chicago, no hacía mucho tiempo, había pasado de no abrocharse nunca la bragueta a no quitarse nunca el pantalón. A excepción de sus colmillos, el resto de su cuerpo era sólo para él.

Vash pretendía ir a ver a Kimberly McAdams a Chicago, para tratar de comprender qué tenía esa mujer que había cambiado tan drásticamente a uno de sus mejores capitanes. Lo haría cuando tuviera tiempo...

Él cambió de tema.

—Dentro de unas horas tengo que ir al aeropuerto a recoger a los equipos del turno de noche que están a punto de llegar. Si quieres acompañarme, aún tienes tiempo de comer. En el restaurante puedes escoger entre un amplio surtido: un par de camioneros, el barman, unos cuantos lugareños... Te sentirás mejor.

No, no se sentiría mejor. Vash se volvió automáticamente hacia la puerta de Elijah. Estaba convencida de que había oído la conversación con su oído de licano, y sin embargo no había salido para prohibirle que se alimentara de alguien que no fuera él. Estaba claro que ya no quería saber nada de ella.

Con todo, ella no podía hacerlo. No quería hacerlo, aunque habían pasado dos días desde la última vez que había bebido la sangre de Elijah.

—Estoy bien —respondió—. ¿Por qué no me informas sobre lo que habéis averiguado y lo que vais a hacer mañana?

—¿Dónde están tus cosas? —preguntó él con una media sonrisa—. Supongo que habrás traído una bolsa de viaje, ¿no?

—Sí. He aparcado el Explorer allí. —Él le entregó su llave electrónica y ella la del vehículo que había alquilado. Pese a lo avergonzada que se sentía porque la hubiese echado a patadas, al menos nadie sabía que cuando había subido al avión, unas horas antes, confiaba en que después de la inevitable disputa, Elijah y ella harían las paces follando como animales.

Una chica tenía su orgullo.

Se volvió para mirar las tupidas y raídas cortinas que le impedían ver la habitación de Elijah, y se preguntó si no tenía quizá demasiado.

14

Vash arqueó las cejas cuando vio a Syre bajar de su avión privado.

—Maldita sea. El jefe —murmuró Raze antes de avanzar para saludar a su comandante estrechando su antebrazo con un gesto de respeto—. Syre.

—¿Toda una comunidad? —preguntó Syre sin más preámbulo. Se detuvo en la pista mientras el viento agitaba su cabello, vestido de negro de pies a cabeza, confundiéndose con la oscuridad.

«Un príncipe hermoso y mortífero», pensó Vash. Majestuoso, poderoso y letal.

—Es lo que opina Elijah. —Raze miró a los tres licanos y cuatro esbirros que acababan de desembarcar—. Menos mal que hemos traído dos coches.

—¿Dónde está el Alfa?

—Durmiendo. Son casi las dos de la mañana. A diferencia de nosotros, necesita dormir.

Syre asintió con la cabeza.

—¿Tú que piensas, Raze?

—Lo mismo que él. Ese lugar me da mala espina. Es como una ciudad fantasma.

Syre miró a Vash.

—Aún no lo he investigado, pero si Elijah dice que hay algo raro, es que hay algo raro. Nunca nos habíamos enfrentado a una limpieza de esta magnitud —dijo ella con tono sombrío—. ¿Cómo es posible ocultar la desaparición de todo un barrio de la noche a la mañana?

—Ovnis.

Todos se volvieron hacia el esbirro que había hablado. Vash calculó que debía tener treinta y pocos años cuando experimentó la Transformación, y a juzgar por su sonrisa radiante y sus ojos chispeantes, no llevaba convertido en vampiro suficiente tiempo como para estar hastiado del mundo. Lucía su pelo rubio oscuro largo y desmelenado, lo que le daba un aspecto juvenil y desenfadado.

—En serio —dijo—. Nos apoderamos de algunas de las cámaras de seguridad que probablemente encontraremos en las casas y os filmamos al resto moviéndoos de un lado al otro con linternas en la oscuridad. Pareceréis unas luces centelleantes y fantasmales. Luego dejaremos que el gobierno se ocupe de ocultar lo ocurrido.

—Es increíble —dijo Vash, que le siguió el juego, alentando aquella absurda idea—. Yo manejaré una cámara. Syre, tú eres el más rápido, así que te encargarías de las linternas.La expresión del rostro de Syre era digna de ver. Sonriendo, Vash preguntó al esbirro:

—¿Cómo te llamas?

—Chad.

—No digas nada en presencia de Syre —le aconsejó ella—. Es capaz de matarte.

Chad se rió, pero Vash sólo bromeaba a medias.

Estaba claro que era un novato. Uno demasiado joven como para haber adoptado un alias. La mayoría de los esbirros cambiaban de nombre cuando llevaban uno o dos siglos en su nueva vida, cuando todo lo que habían conocido y amado había desaparecido, pues los días de los mortales eran finitos, no como los suyos. Con frecuencia, los vampiros elegían nombres que representaban su nueva identidad. Como Raze*, que liquidaba a todo rival que se interpusiera en su camino, y Torque**, especialista en doblegar, manipular y aplicar presión a la situación cuando era necesario. Por el contrario, Vash había conservado su nombre de

---

* *Raze:* Arrasar, asolar. *(N. de la T.)*
** *Torque:* Par de torsión. *(N. de la T.)*

ángel, como recordatorio de la mujer que había sido tiempo atrás, una que había sido digna del amor de Charron. Desde entonces había cambiado mucho. Se preguntó qué pensaría Char de la criatura en la que se había convertido, si la desearía tanto como antes o si la desearía tanto como la deseaba Elijah.

Syre alargó la mano.

—Yo conduciré. Tú ve con Raze, Chad.

—Vaya —murmuró Raze—. Gracias, señor.

Vash se fue con los tres licanos y Syre; Raze con los cuatro vampiros. Cuando enfilaron la carretera Vash reseteó el GPS para que Syre supiera a dónde se dirigían.

—Me sorprende verte aquí, Vashti —dijo Syre, mirándola.

—No lo creo.

—Te lo aseguro.

—No tanto como a mí verte a ti.

Syre ajustó el retrovisor.

—Aún no he visto a ninguno de esos espectros y ya va siendo hora de que vea a uno.

Ella pulsó el botón para bajar la ventanilla y apoyó el codo en el marco, disfrutando de la refrescante caricia de la brisa en su rostro.

—Tengo la impresión de que has venido para controlar lo que hago. De nuevo.

—Es posible —confesó él—. Eres muy valiosa para mí y me preocupa que te sientas... confundida.

Genial. Dentro de poco todos aquellos que le importaban sabrían que estaba hecha un lío.

—Nos enfrentamos a algo muy grave. Temo que lleguemos demasiado tarde.

—Sabremos más detalles cuando los otros equipos nos informen de la situación que han encontrado. —La voz de Syre era grave y reconfortante, una de sus habilidades para cautivar.

—¿Y si regresan con informes de que los espectros se han apoderado de barrios enteros? ¿Qué haremos entonces?

—Ah, mi eterna pesimista. Supongo que tendremos que hacernos con un montón de películas apocalípticas de zombis para que nos den alguna idea.

Ella no quería sonreír, así que se giró para observar a su equipo. Los machos eran morenos y fornidos. Unos magníficos ejemplares masculinos, pero meras sombras de Elijah. La hembra era rubia y menuda, bonita en un estilo natural con su melena recta, sus ojos verdes y sus labios rosados con arco de Cupido.

Vash les informó brevemente.

—Elijah podrá poneros al corriente sobre los aspectos relativos a los licanos mejor que yo, pero igualmente os aconsejo que tengáis cuidado. Los espectros parecen sentir una atracción fatal por vosotros, y nuestra alianza es lo bastante reciente como para convertirse en un problema. No tenemos suficiente experiencia luchando juntos como para no ser un estorbo para los otros. Un tropezón con esos tipos puede significar la muerte. Debéis estar más alerta que de costumbre.

Los tres la observaron en silencio con muda hostilidad.

—¿Nombres? —preguntó Vash, que no tenía ganas de discutir con ellos.

Le dijeron que se llamaban John, Trey e Himeko. Vash se volvió de nuevo y llamó a Raze.

—Hola. ¿Te has ocupado del tema de las habitaciones en el motel?

—He alquilado otras tres, aparte de la que ocupa Elijah. No te esperaba ni a ti, ni a Syre, ni a un equipo de refuerzo compuesto por cinco individuos. Con suerte, podremos alquilar otra habitación para el comandante; no creo que el motel esté lleno. De lo contrario, puedes alojarte con Syre y yo cederé mi segunda cama a uno de los vampiros. Las otras dos habitaciones tienen varias camas, así que se podrán apañar.

—Perfecto. Gracias.

Pero cuando llegaron al motel comprobaron que estaba lleno, pues una banda muy popular tocaba en el restaurante contiguo. Vash recogió su mochila de la habitación de Raze y salió para esperar a Syre, que había ido a coger su bolsa del coche de alquiler que estaba al otro lado del aparcamiento. Raze había ido a recepción a recoger llaves electrónicas para los recién llegados.

Ella se quedó sola, experimentando una abrumadora sensación de soledad.

Atraída como un imán hacia Elijah, se dirigió a su habitación. A medida que se acercaba podía sentir un nudo en el estómago, mientras su boca se hacía agua con ganas de saborearlo de nuevo. No sólo era deseo de sangre y sexo, sino la necesidad de oír el sonido de su voz, el latir de su corazón, sentir el calor de sus brazos al estrecharla. Temía que él abriera la puerta y ella, prescindiendo de su dignidad y orgullo, le implorara que no volviera a apartarla de su lado.

La intensidad de su deseo la inquietaba. No comprendía por qué Elijah se empeñaba en hacer que su colaboración con ella —no estaba segura de poder llamarla relación— fuera tan complicada. ¿Por qué no podían obtener lo que necesitaban uno del otro, dar al otro lo que podían darle y vivir al día?

Mientras pensaba el argumento que utilizaría para convencerlo, oyó un sonido sospechoso. Cuando volvió a oírlo, sintió un escalofrío recorriendo sus entrañas, oprimiéndole el pecho.

—No, no, no —murmuró, aproximándose a la puerta de la habitación de Elijah. La sangre le hervía y el corazón le latía con furia.

Horrorizada e incrédula, Vash miró el número de la puerta, confiando en que, cuando parpadeara, cambiaría. Los sonidos inconfundibles del sexo desenfrenado que emanaban de la habitación de Elijah le produjeron un nudo en el estómago. Un dolor abrasador le atravesó el pecho.

Los jadeos y murmullos de una mujer implorando más…, los rítmicos crujidos de los muelles de la cama…, el gruñido de un hombre follando con furia para alcanzar el orgasmo…

Sus dedos enervados dejaron caer la bolsa al suelo. Durante unos momentos se quedó helada, como si algo en su interior se hubiera hecho añicos. Y entonces la ira se apoderó de ella. Alzó el pie y asestó una patada a la puerta. El grito estridente de la mujer sólo sirvió para espolear su sed de sangre. El olor a sexo, propulsándola a través de la habitación hacia la corpulenta figura que se levantaba de la cama.

—¡Te mataré! —gritó, y lo abofeteó con tal fuerza que el hombre salió disparado y se estampó contra la cómoda. Vash se volvió hacia la mujer que yacía en la cama, desnuda y aterrorizada, y alzó la mano con las garras extendidas para atacarla.

Pero alguien la sujetó con fuerza antes de que pudiera hacerlo.

—Vashti.

La voz de Syre, grave y furiosa a su espalda, traspasó su ira. Se volvió para mirarlo.

—Suéltame.

—¿Qué coño ocurre aquí? —bramó Elijah.

Ella se tensó al oír su voz. Se volvió hacia la silueta que se recortaba en el quicio de la puerta: los anchos hombros que conocía tan bien, la cintura estrecha, las largas piernas. Iba sin camisa, descalzo, y tenía los vaqueros desabrochados y apenas sujetos a sus esbeltas caderas.

La mujer sobre la cama seguía gritando como una posesa. El hombre que se la había estado follando gemía en el suelo, donde yacía postrado.

Obligando a Syre a soltarla de un manotazo, Vash se volvió hacia Elijah.

—¡Esta es tu maldita habitación!

Los ojos de él brillaban en la penumbra. Cruzó los brazos, provocándola con sus espectaculares bíceps y abdominales que invitaban a ser lamidos. Todo su cuerpo era firme y musculoso, construido y perfilado con precisión. Y ella le deseaba. Desesperadamente.

De repente, la mujer dejó de gemir y se hizo el silencio. Los murmullos tranquilizadores de Syre penetraron en el cerebro de Vash, pero se desvanecieron de inmediato ahogados por el rugido de su sangre.

—Era mi habitación —le rectificó Elijah sin perder la calma—. Es obvio que ya no la ocupo.

Ella reprimió un grito de frustración. Él esbozó una media sonrisa al contemplar la escena que se dibujaba tras ella.

Humillada por su falta de control, Vash se encaró con él.

—Borra esa sonrisita de la cara. Si ese tipo hubiera sido tú, te habría cortado las pelotas y te habría obligado a tragártelas.

Él se llevó la mano al corazón.

—Tu amor por mí me conmueve.

Ella abrió la boca para replicar, pero en ese momento apareció Raze con los refuerzos. Observó la maltrecha puerta de metal, el marco combado, y la situación dentro de la habitación. Luego miró a Vashti con gesto interrogante.

—No digas una palabra —le advirtió ella—. Ni una puñetera palabra.

Syre salió como una sombra, sinuoso y silencioso. Su rostro permanecía impasible, pero sus ojos mostraban una expresión mortífera.

—Los mortales no recordarán este incidente, pero no permitiré que tú lo olvides, Vashti.

Él alzó el mentón. Elijah avanzó un paso, interponiéndose entre ella y su comandante. Era un gesto protector. Y claramente desafiante.

Ella no necesitaba que nadie le hiciera de escudo con Syre, pero sintió un nudo en la garganta al comprobar que contaba con el apoyo de Elijah.

Himeko se acercó al Alfa, esbozando una sonrisa demasiado íntima para el gusto de Vasthi.

—¿Tienes dos camas en tu cuarto, El?

Elijah no apartó la vista del rostro de Syre.

—Sí. Está disponible para quien quiera ocuparla.

Vash luchó consigo misma, preguntándose si él la rechazaría delante de los demás si ella le proponía compartir la habitación. Pero no tuvo ocasión de averiguarlo.

Himeko se le adelantó.

—Yo compartiré la habitación contigo. Sé que no roncas.

Vash la fulminó con la mirada. ¿Cómo diablos sabía eso esa chica?

—Anda, vamos —dijo Elijah señalando el pasillo—. Tenemos que descansar. Nos espera una mañana tremenda y quedan pocas horas para que amanezca.

Motivo por el que, pensó Vash de golpe, necesitaba estar con él. Había estado a punto de perderlo. Cada minuto que no estaba con él era un minuto desperdiciado. Que estuviera pensando en el tiempo que compartía con él de aquella manera era bastante revelador, teniendo en cuenta el tiempo que llevaba viva y el que le quedaba por vivir.

A fin de concentrarse en otra cosa, Vash se volvió para reparar los desperfectos que había causado. Maldita sea. El pobre desgraciado que ocupaba la habitación debía estar realmente malherido. Ella le había golpeado creyendo que era un licano y, por lo tanto, capaz de encajar el impacto de su fuerza.

—Ya me he ocupado de ello —dijo Syre con tono grave—. Sus heridas han cicatrizado, pero tendrá una jaqueca de campeonato.

Ella asintió con gesto compungido.

—Gracias.

—Repara esa puerta —ordenó Syre a Raze, antes de recoger la bolsa de Vash del suelo y tomarla a ella del brazo.

La puerta de la habitación que iban a compartir aún no se había cerrado tras ellos cuando Syre se encaró con ella.

—¿Qué diablos te ocurre, Vashti?

Ella se tensó al percibir su tono gélido.

—No… no lo sé.

—Estás descentrada. Eres un peligro para ti misma y para quienes te rodean.

Ella alzó el mentón, aceptando la reprimenda. Estaba hambrienta, dolida, confusa…

—Tienes razón.

Él maldijo mientras se pasaba la mano por el pelo.

—Y no puedo hacer nada salvo permanecer a tu lado y arreglar el estropicio.

Vash se sentía humillada y arrepentida. Syre ya tenía suficientes problemas. Necesitaba que ella estuviera en plena forma, que funcionara al cien por cien. Al igual que todos los demás.

—Lo siento.

Syre la miró y ella se estremeció al observar el dolor en sus ojos.

—No, soy yo quien lo siente. Después de todas las veces que me has apoyado…, la forma en que me has ayudado a lo largo de los años… El hecho de no poder hacer nada por ti me saca de quicio. Te estás desmoronando, y lo único que puedo hacer es quedarme cerca para recoger los pedazos.

—Samyaza. —Ella no se percató de que estaba llorando hasta que sintió las mejillas húmedas.

Él abrió los brazos y ella se refugió en ellos. Agarrándolo por la camisa con desesperación, dejó que su confusión saliera en forma de lágrimas y vertió su confusión en un torrente de lágrimas

Vash entró en el restaurante del motel a las ocho y media de la mañana y encontró a los licanos desayunando. John y Trey estaban sentados en una mesa, Elijah e Himeko en otra. La joven, una belleza espectacular, se reía de algo que Elijah acababa de decir; sus ojos de gata relucían y su sonrisa era cálida. Cuando apoyó la mano sobre la de Elijah, Vash comprendió que compartían una historia.

La opresión que sentía en el pecho se intensificó hasta dar paso a un dolor lacerante y sus garras se extendieron, clavándose en las palmas de sus manos.

Respirando hondo para hacer acopio de todo su valor, hizo lo que había venido a hacer.

Se acercó a la mesa de Elijah, sosteniendo la mirada de Himeko cuando ésta la levantó para observarla.

—Lárgate.

—¿Perdón?

—Que te las pires. Esfúmate. Vete.

La licana la miró indignada.

—Un momento...

—Himeko. —El tono sereno y apacible de Elijah resolvió la situación—. Por favor, discúlpanos.

Himeko lo miró, escrutando su rostro en busca de algo. Luego asintió bruscamente, cogió su plato y dirigió a Vash una mirada de puro odio.

Y se suponía que hoy tenían que luchar juntas. Genial.

Vash se sentó en el asiento vacante y mantuvo las manos debajo de la mesa para ocultar sus garras.

—Esto ha sido una grosería —dijo él, mientras cortaba un trozo de jamón que luego se llevó a la boca—. Ya tienen ganas de matarte. No empeores la situación.

—Ella te desea.

Él engulló el trozo de jamón.

—Ya me ha conseguido.

Los celos hundieron sus garras en ella, cortándole el aliento.

—No recientemente —aclaró él—, y no de una forma seria.

—Para ella no fue suficiente.

—Para mí, sí. Sentimos una atracción mutua y nos acostamos juntos. Fin de la historia. —Él untó un poco de mantequilla en su torta de patata. En vista de que ella guardaba silencio, le preguntó—: ¿Querías algo?

—Pareces agotado. —Elijah tenía los ojos enmarcados por ojeras y su boca sexi mostraba una mueca de cansancio.

—¿De veras? En cambio tú estás guapísima, como siempre. —Él le dirigió el cumplido en un tono tan áspero que ella no pudo tomárselo en serio.

—Lo siento.

Al ver que ella no añadía nada más, él la miró arqueando la ceja.

Ella suspiró.

—Debí tratar de explicarte el plan de colocarte con Raze. Supuse que no te gustaría, me acojoné, y decidí callarme para no discutir contigo. Más tarde, cuando los planes cambiaron, evité la discusión ocultándotelo. Mejor dicho, tratando de ocultártelo. Te pido disculpas. No me enorgullece haberme comportado como una cobarde.

Elijah la observó detenidamente; su mirada era tan intensa que ella se acomodó en su asiento. Estar tan cerca de él y sin embargo separada por un abismo tan grande la estaba volviendo loca. Cada vez que respiraba percibía su olor, que hacía que su corazón latiera con furia. Sabía que él podía oírlo, que sentía su deseo como lo había sentido cuando se habían encontrado por primera vez en la cueva de Bryce Canyon.

Él siguió comiendo, con la vista fija en el plato.

—Disculpas aceptadas.

Ella experimentó una sensación de alivio tan profunda que se sintió un poco mareada. Quizá fuera por eso que tardó una fracción de segundo en comprender que no iba a conseguir nada más de él.

—¿Ya está? —le preguntó al darse cuenta—. ¿Es lo único que vas a decirme?

—¿Qué más quieres? —replicó él con frialdad, colocando su huevo frito sobre un triángulo de pan tostado untado con mantequilla—. Te has disculpado. Yo he aceptado tus disculpas.

Vash notó que las lágrimas afloraban a sus ojos. Después de la sensación de alivio que acababa de sentir, la profunda decepción fue como un detonante que hizo que perdiera los estribos.

—Creo que te odio.

Los nudillos de los dedos con los que él sostenía los cubiertos se pusieron blancos.

—Ten cuidado, Vashti.

—¿Qué coño te importa? No, no te molestes en responder. Ya lo has hecho, alto y claro. —Ella se levantó de la mesa y se alejó.

Se produjo un tenso silencio.

—Maldita seas, Vashti. —Él arrojó los cubiertos sobre su plato con furia—. ¡Maldita seas una y mil veces!

Ella corrió hacia el Explorer, deseando desesperadamente alejarse antes de que la viera llorar. Dios…, estaba hecha un desastre. ¿Y por qué? ¿Por un licano sexi que se dedicaba a follarse a legiones de mujeres jadeantes por deporte? Qué estupidez. Todo era una monumental estupidez. Habría sido preferible que no se hubiera despertado en ella esa voraz hambre sexual y que el licano hubiese seguido trabajando para los Centinelas.

Él alcanzó la puerta del conductor en el preciso momento en que ella la cerraba desde dentro.

—Vashti. —Ella no le había visto nunca tan furioso. Su mirada era salvaje y su voz tenía un sonido gutural—. Abre la puerta.

Ella levantó el dedo del medio de la mano izquierda mientras giraba la llave en el contacto con la derecha.

—Que te aproveche el desayuno, gilipollas. Voy a comer algo. No voy a pasar hambre por ti.

Él golpeó la ventanilla con la palma de la mano con tal violencia, que causó pequeñas fisuras en el vidrio de seguridad.

—No huyas, Vashti. Si lo haces, no podré controlarme.

Ella dio marcha atrás, levantando una nube de grava. Al cabo de unos segundos enfiló la carretera, sin saber a dónde se dirigía y alegrándose de que no hubiera ni un alma en la serpenteante carretera rural.

Una arboleda de pinos flanqueaba la sinuosa cinta de asfalto. Las sombras que proporcionaban encajaban a la perfección con el estado de ánimo de Vash. Las lágrimas rodaban por sus mejillas. Un torrente de lágrimas. Esa noche había llorado tanto que había supuesto que ya no le quedaban más lágrimas. Le enfureció comprobar que estaba equivocada.

Sujetando el volante con ambas manos, soltó un grito para aliviar la tremenda tensión que sentía. Y volvió a gritar cuando tomó una curva y se encontró cara a cara con un gigantesco lobo de color chocolate. En la fracción de segundo que tardó en darse cuenta de que iba a chocar frontalmente con él, su mundo se detuvo en seco. Pisó el freno, sintiendo el sistema antibloqueo vibrar a través del pedal debajo de su pie. Las ruedas no se trabaron. El coche no se detuvo con la suficiente rapidez.

Preparándose para el impacto, todos los músculos de su cuerpo se tensaron…

… y estuvo a punto de perder el juicio cuando Elijah saltó sobre el capó, trepó sobre el techo del vehículo y saltó desde la parte posterior.

El Explorer derrapó hacia el arcén y se detuvo bruscamente. Vash puso el coche en punto muerto y saltó fuera.

—¿Estás loco? —gritó, apretando los puños a sus costados.

Sus iris de color verde relucían y tenía las fauces contraídas en un rictus de furia. Era todo animal, sin ningún elemento humano. Sí, se había vuelto loco.

Y ella estaba en peligro.

Tenía que elegir entre luchar o huir. Con ambas manos en alto, obligó a su agitado cuerpo a no mover un músculo. Luego analizó sus opciones: atacarlo con sus colmillos y sus garras, destrozándolo físicamente como él la había destrozado emocionalmente, o echar a correr a toda velocidad tan lejos como fuera posible. No era la primera vez que lograba huir de un licano; podía volver a hacerlo.

Con las orejas pegadas a la cabeza y enseñando los dientes, Elijah avanzó hacia ella, plantándose en el centro de la carretera. Vash tragó saliva, tan fascinada por su belleza lobuna como por su forma humana. Ofrecía un aspecto majestuoso, con su espeso pelaje, tan bello y lustroso como su cabello humano, y unos movimientos de una elegancia letal. El sonido amenazador de sus profundos gruñidos hizo que a Vash se le erizara el vello.

Algo perverso estalló en su interior, espoleado por su ira y su dolor. Lo había perseguido a través de medio país y aquella mañana en el restaurante. Era hora de que él comprobara lo que se sentía al perseguir a alguien. Ella se había rendido a él con demasiada facilidad. Como todas las otras zorras que se quedaban prendadas de él.

Sin dejar de mirarlo, Vash esbozó una sonrisa desafiante. Bajó una de las manos que tenía alzada hasta alcanzar el nivel del campo visual de ambos, curvando todos los dedos dentro de su palma salvo el del medio.

—Que te den.

Luego saltó sobre la capota de su todoterreno y se adentró en el bosque.

15

Recién salida de la ducha, Lindsay se puso su bata larga de raso y bajó a buscar a Adrian. El día acababa de nacer y sabía perfectamente dónde localizarlo. Se movió rápida y sigilosamente, para no despertar a los dos guardias licanos que ocupaban las habitaciones de invitados.

Había llegado el momento de que Adrian hablara.

Era duro para él estar allí, en la antigua casa de Helena, pero se negaba a compartir su dolor. Y trabajar sin Phineas —el lugarteniente de Adrian, cuya muerte los había unido—, era como trabajar sin su mano derecha. Sin embargo se mostraba callado y reservado de forma irreflexiva. Ella sabía que tenía que hacerlo para mantener su posición de comandante. Había sido creado así. Pero no era bueno para él. Sentía que iba a la deriva y trataba de ocultarlo, para protegerla a ella y a todos los que le rodeaban.

Lindsay no comprendía del todo cómo Adrian había llegado a ser como era. A diferencia de ella, no había nacido ni había sido criado. Había sido creado tal como era, un ángel macho adulto con un único propósito: servir como herramienta de castigo para otros ángeles.

Ella no podía ni imaginar lo que se debía sentir al ser así. Había sido criada por unos padres que la adoraban, que la besaban y abrazaban con frecuencia. Había reído un montón. No pasaba un día sin que oyera las palabras «te quiero». Adrian, por el contrario, había sido creado para no sentir emoción alguna. Con el tiempo, rodeado por mortales, había aprendido a codiciar y desear. Lo habían creado para mostrarse firme e implacable. Por eso los primeros sentimientos que había manifestado fueron los más negativos. Luego había aprendido a sentir lealtad y respeto. Había trabado amistad con otros. Ahora estaba aprendiendo a amarla a ella, a dar. Pero la culpa y los remordimientos que sentía por la muerte de Phineas y Helena lo superaban. No sabía cómo expresar su inquietud y reprimirlo le estaba produciendo un daño que ella no podía soportar.

—Mi ángel herido —murmuró, compadeciéndose de él.

Se había enamorado de una máquina de matar que se estaba convirtiendo, lenta pero inexorablemente, en un hombre afectuoso, apasionado. Era inevitable que el proceso presentara problemas y escollos, y ella estaba dispuesta a ayudarlo en lo que pudiera. Pero necesitaba que él se abriera.

Adrian había sufrido dos graves pérdidas en poco tiempo. Sentía que había traicionado la confianza que Helena había depositado en él, que no había estado ella su lado cuando lo necesitaba. No como su comandante, sino como su amigo. Como lo había sido Phineas, el mejor amigo que había tenido Adrian, a quien había querido profundamente.

Ella salió al jardín trasero por la puerta de la cocina. El espacio, rodeado por una tapia, era muy reducido, con un círculo de mosaico en el centro del rectángulo de hierba. Para algunos, habría sido el lugar perfecto para instalar una pila para pájaros o un par de tumbonas. Para ellos constituía una pequeña pista de aterrizaje, un lugar desde el cual los ángeles podían elevarse hacia el cielo y regresar a la tierra.

En el aire se palpaba la energía eléctrica que anunciaba la llegada de una tormenta del desierto; una tormenta que también se agitaba dentro de Adrian, pero que él mantenía a raya gracias a su increíble fuerza de voluntad. Y le costaba un esfuerzo indecible.

Lindsay echó la cabeza hacia atrás y murmuró a la suave brisa del amanecer:

—Adrian, amor mío, te necesito.

Éste apareció al cabo de un momento; sus alas de un blanco deslumbrante con las puntas de color bermellón se recortaban como espléndido alabastro contra el cielo teñido de un gris rosáceo. Ella sabía que estaría cerca; nunca se alejaba demasiado por si ella lo necesitaba. Aterrizó con elegancia, sus alas desplegadas casi rozando los muros de estuco que separaban el jardín de las viviendas de sus vecinos. Su pie fue lo primero que tocó el suelo. El resto de su cuerpo se posó con sutileza, pero con fuerza, sobre el mosaico del jardín.

Como tenía por costumbre, sólo llevaba un amplio pantalón de lino. Su hermoso torso y sus poderosos brazos estaban desnudos, dejando a la vista su piel de color caramelo que cubría aquellos finos pero trabajados músculos. El viento había alborotado su cabello negro, que enmarcaba su bello rostro. Y sus ojos, con esos maravillosos iris del azul de una llama, la observaron con amor y tierna pasión.

Al verlo, el corazón de Lindsay suspiró. Su sangre se encendió, tiñendo sus mejillas de rojo.

Y él lo notó, por supuesto. En sus labios se dibujó una sonrisa sensual.

—Podrías haberme llamado desde la cama, neshama. Te habría oído y me habría reunido contigo allí.

—No te necesito por ese motivo.

—¿Ah, no? ¿Estás segura?

Ella respiró hondo.

—Siempre te deseo, pero hay otra cosa.

Las alas de él se desvanecieron como la bruma cuando ella cubrió la distancia que les separaba. Se acercó a él y se fundió en un abrazo, hundiendo su rostro en su pecho.

—Lindsay. —La resonante voz de Adrian denotaba preocupación—. ¿Qué ocurre? ¿Qué te pasa?

—¿Sabes lo mucho que te necesito, Adrian? ¿Lo imprescindible que es para mí tenerte cerca? No para obtener sangre o sexo, aunque no niego que necesito ambas cosas de ti. Es como si fueras la fuerza que hace latir mi corazón y, cuando estamos separados, se olvida de funcionar.

Él la estrechó entre sus brazos con tanta fuerza, que casi no podía respirar. Lindsay se alegró de que sus pulmones de vampira no necesitaran aire, porque no quería apartarse de él. Adrian le acarició su rizado cabello con una mano. Con la otra la enlazó por la cintura, a fin de oprimir cada centímetro de su cuerpo contra el suyo.

—Neshama sheli. Me destrozas.

—Te amo. Hasta el extremo de que siento tu dolor como si fuera mío.

Ella sintió cómo el pecho de él se expandía.

—Jamás te haré daño.

—¿Por eso lo guardas todo en tu interior? —Lindsay se apartó para mirarlo—. ¿Por eso no quieres abrirte a mí? Yo no te protegí de mi dolor.

Él fijo su mirada en ella.

—Te torturas por haberme dejado ir con Vash —dijo ella con dulzura—. Te preguntas qué dice eso sobre el amor que me profesas. ¿Pero con qué lo comparas? Lo que tenemos es algo que nadie más tiene. No sólo por quiénes somos como individuos, sino por los obstáculos a los que nos enfrentamos. Tendremos que arriesgarnos, con nosotros mismos y entre nosotros.

Sus ojos parecían dos titilantes llamas azules, extrañas y ancianas. Atormentados. Ella se preguntó cómo podía soportar las turbulentas emociones que se agitaban en su interior, cómo conseguía ocultarlas detrás de las sonrisas que le dedicaba a ella y el estoicismo que mostraba ante sus Centinelas, cómo lograba reprimirlas cuando le hacía el amor y libraba batallas con una lucidez y precisión admirables. Qué podía hacer ella para que hablara.

—Te he manipulado, Adrian.

Él se tensó.

—Sé que te sientes culpable por lo que le ocurrió a Helena. —Ella lo abrazó con fuerza cuando él trató de apartarse—. Lo utilicé contra ti para que antepusieras a los Centinelas y me dejaras ir con Vashti para ayudar a Elijah.

Transcurrieron unos momentos de silencio.

—Era mi debilidad y te aprovechaste de ella. Yo hice que fuera posible.

—No existe justificación alguna para lo que hice; sólo para lo que me empujó a hacerlo.

—¿Por qué me dices esto?

—Porque debo hacerlo —respondió ella, levantando una mano para apartarle el pelo de la frente—. Porque somos más fuertes cuando somos uno. Trato de recordar que todo esto es nuevo para ti. Que te esfuerzas y has cambiado mucho desde que te conocí en el aeropuerto de Phoenix. Pero necesito que te acerques más, que compartas conmigo lo que te preocupa, lo que te duele, que me dejes formar parte de ti. Me estás dejando al margen.

—Yo no... —Adrian frunció el ceño—. No sé cómo hacer lo que me pides.

—Piensa en voz alta. Cuando los pensamientos te abrumen, exprésalos de viva voz. Deja que yo los oiga. Utilízame como tu caja de resonancia.

—¿Por qué?

—Porque me amas y me necesitas. Sé que tienes que ser fuerte ante los otros Centinelas. Ellos se apoyan en ti, y si tú caes, ellos caerán también. Pero necesitas apoyarte en alguien. Y esa persona seré yo, si me dejas.

—Estoy bien.

—Físicamente, sí, perfectamente. Pero emocionalmente, estás destrozado. —Lindsay apoyó una mano en la nuca de Adrian, obligándolo a acercar la boca a la suya y le besó suavemente—. No podías hacer nada para salvar a Helena, Adrian.

Las manos de él temblaron.

—Ella vino a mí en busca de ayuda.

—No. Vino a ti para que le dieras permiso. Y tú le dijiste la verdad, que no era a ti a quien debía pedírselo. Quebrantaste una ley enamorándote de Shadoe y luego de mí. Helena quería que le dijeras que ella también podía quebrantarla, y tú no podías hacer eso. Francamente, fue injusto que te lo pidiera.

—Estaba enamorada, Lindsay. Sé lo irracionales que nos volvemos cuando estamos enamorados. Tendría que haber sido más comprensivo con ella.

—No me digas que no lo fuiste. Te conozco. Te partió el corazón cuando te dijo que se había enamorado de un licano. Lo percibí en el tono de tu voz cuando me llamaste y cuando, más tarde, me contaste lo ocurrido.

—Yo iba a separarlos. A romper su relación.

—Ése era el plan —respondió ella—. Pero quizás habrías cambiado de opinión al verlos juntos. O quizás habrías seguido adelante con el plan. Nunca lo sabremos. Ella no lo sabrá, porque te arrebató esa opción. Fue su decisión. No puedes arrepentirte de los actos de otra persona.

—¿Aunque yo la obligara con los míos? —contestó él con voz entrecortada y fría.

—¿Qué es lo que hiciste, Adrian? Ella te pidió permiso para mantener una relación sentimental con uno de tus guardias y tú le dijiste que se lo pidiera al Jefe Supremo. Luego ella huyó y ambos se mataron. ¿Dónde está tu culpa en esa cadena de acontecimientos? ¿Qué te induce a pensar que la instigaste a hacer lo que hizo?

—Ella me conocía. Sabía cómo reaccionaría.

—Tonterías. Ni siquiera tú sabías lo que ibas a hacer. No... Espera un momento... Escúchame. Tardaste un tiempo en contactar con ella. Estabas reflexionando, analizando la situación. Razonando contigo mismo. No es culpa tuya que nunca podamos saber qué habría pasado si hubieses tenido elección. —Ella tomó su rostro entre sus manos—. No es culpa tuya. Y si Phineas estuviera aquí, estoy segura de que te diría lo mismo.

De las espesas pestañas inferiores de Adrian pendía una lágrima, que por fin rodó por su mejilla. Él se la enjugó, irritado, y luego observó su dedo húmedo casi con horror. Murmuró algo con voz entrecortada y en una lengua que ella no comprendía. Cuando su mirada se encontró con la suya, Lindsay vio estupor. Y temor.

Se preguntó si él sabía que había llorado la primera vez que habían hecho el amor.

—Neshama —murmuró ella, abrazándolo con fuerza—. No pasa nada. Es bueno que te desahogues.

—Yo... —Él tragó saliva.

—Les echas de menos. Lo sé. Les echas de menos y te duele.

—Yo fallé a Helena.

—No. Mierda. No es verdad. Lo que falló fue el sistema. Las estúpidas reglas y leyes. Y tu Creador, que ha dejado que te quedaras solo aquí durante demasiado tiempo, sin enviarte refuerzos ni consejo.

Una gota caliente de lluvia cayó sobre la mejilla de Lindsay, otro signo de que él estaba perdiendo el control.

Él recostó su rostro en el cuello de ella.

—Quédate conmigo, Lindsay.

—Siempre —le prometió ella—. Para siempre.

Las alas de Adrian se abrieron y ambos se elevaron en el aire. El poderoso cuerpo de él se flexionaba contra el de ella para dirigir el peso de ambos en un ascenso vertical. No representaba ningún esfuerzo para él, ninguna tensión para sus músculos preparados para la batalla. Del cielo despejado empezaron a caer unas gruesas y cálidas gotas de lluvia que la acribillaron como diminutas agujas, empapándola en segundos.

Su miedo a las alturas hizo que sepultara su rostro en el pecho de él, aferrándose con tal fuerza que era imposible no notar que estaba llorando en silencio. Su sufrimiento le partía el corazón, aunque sabía que él necesitaba purgarse de esa forma. Su dolor se había confinado en su interior, envenenándolo, debilitándolo. Ella enlazó sus piernas con las suyas, aferrándose a su espalda por debajo de las alas y lamiendo las gotas de lluvia en su cuello y su mandíbula. Ella murmuró palabras de consuelo que no podía oír, intentando reconfortarle lo mejor que podía.

—Lindsay.

La boca de él buscó la suya; sus labios se sellaron con firmeza sobre los de ella. Tenía un sabor salado debido al dolor, un leve matiz a lágrimas mezcladas con gotas de lluvia. El viento agitaba el cabello de ambos y la pesada y empapada túnica de ella.

Siguieron elevándose en el aire.

El beso que ella le devolvió estaba destinado a consolarlo, pero él deseaba más. Necesitaba más. Y lo tomó. La besó con pasión, metiéndole la lengua hasta el fondo. Las ropas que se interponían entre ellos desaparecieron, porque así lo deseó él. Ella tendría que haber sentido frío, pero el cuerpo de él estaba ardiendo. Y cuando él tomó uno de sus pechos, el deseo de ella se intensificó hasta equipararse al suyo, espoleado de forma irracional por su terror a las alturas y por el dolor que le inflingía saberle sufrir.

Empezaron a girar en el aire mientras seguían subiendo. El pecho de Adrian se movía agitadamente debido al torrente de emociones que le inundaba; sus labios recorrieron su cuello con desesperación y avidez. De repente, la cambió de posición y la penetró. Ella gimió ante aquel placer tan agudo e inesperado. La lluvia cesó al instante. Él echó la cabeza hacia atrás, su ascenso se ralentizó hasta que quedaron suspendidos en el aire unos instantes, girando lentamente bajo la suave luz del amanecer.

—¡Es mía! —rugió él mirando al cielo—. Es mi corazón. Mi alma.

Ella sintió que los ojos le escocían y se le nublaba la vista. Luego él osciló y se giró, para emprender el descenso.

Cayeron en picado.

Ella gritó y le rodeó la cintura con las piernas. Descendieron a una velocidad vertiginosa, girando como peonzas en el aire, las alas de él pegadas a su espalda para evitar la resistencia. Ella tenía el torso pegado al suyo, inmovilizada por su poderoso abrazo. Pero él no permanecía inmóvil. Sus caderas se balanceaban, frotándose contra ella, penetrándola… Follándola.

El orgasmo la sacudió con fuerza, haciendo que se estremeciera de los pies a la cabeza.

—¡Adrian!

Él gimió, corriéndose dentro de ella con furia. Purgando su dolor y sus remordimientos con cada sacudida.

«Es mío», pensó ella con furia mientras descendían a la tierra unidos en el más íntimo de los abrazos. «Es mi corazón. Mi alma. No dejaré que lo destruyas.»

Adrian desplegó sus alas y remontaron el vuelo.

—Grace. Me alegro de que hayas llamado.

Syre se reclinó en la incómoda silla del escritorio de la habitación del motel y sonrió ante su iPad, en el que aparecía la imagen de la doctora y su informe. Observó preocupado el aspecto cansado y ojeroso que ofrecía, algo raro en un vampiro.

—Esta vez tienes motivos para alegrarte —respondió ella sonriendo y pasándose la mano por su pelo rubio y mal cortado. Syre sospechaba que se lo había cortado ella misma sin ayuda de un espejo, tan sólo para evitar que le molestara mientras trabajaba.

A través del objetivo de la cámara, vio las hileras de camas de hospital situadas a su espalda.

—Siempre me alegra recibir buenas noticias.

—Veamos qué te parece esta. La sangre que me enviaste ha tenido unos efectos espectaculares. —Los ojos ambarinos de Grace se iluminaron. Más allá del corte de pelo, era una mujer atractiva, menuda y de rasgos delicados—. La he mezclado con las muestras de sangre de espectros y se ha producido una breve remisión.

—¿Una remisión? —La muestra de sangre de Lindsay. No, se corrigió Syre. La sangre de Adrian, filtrada a través de Lindsay.

—Temporal —aclaró ella—, pero es el primer rayo de sol que penetra en la oscuridad que nos rodea. Nos vendría bien recibir más rayos de sol, más sangre. Recibimos la suficiente para animarnos pero no la suficiente para analizarla como es debido.

—Eso puede ser complicado.

—En cualquier caso, lo dejo en tus manos. En cuanto a nosotros, estamos trabajando a toda máquina. Pero nos iría mucho mejor si pudiéramos contar con un epidemiólogo o un virólogo. ¿Podéis facilitarnos alguno?

—Estoy en ello.

Ella asintió con la cabeza.

—Vash ya te ha informado, ¿no?

—Por supuesto. —Pocas cosas se le escapaban a su segunda… cuando estaba centrada en lo que hacía.

—¿Y la sangre de los licanos?

—Doce viales con la sangre de doce sujetos. Una idea brillante. Uno o dos no habrían bastado.

—Transmitiré a Vash tu satisfacción.

—Hazlo. Esa chica es más lista que el hambre. Debes de sentirte muy orgulloso de ella.

—Sí. —Él la había instruido bien, pues desde el principio había visto el potencial que tenía. Era inteligente, eficaz y transmitía una energía nerviosa que muchos interpretaban equivocadamente como temeridad. Vash nunca lo había sido…, hasta que había conocido al Alfa.

Syre tenía que vigilar muy de cerca esa situación. No estaba dispuesto a tolerar que Vash siguiera sumida en una crisis durante mucho más tiempo. Uno o dos días más, y si el licano no arreglaba lo que le estaba haciendo, Syre lo mataría. Sería una lástima porque el Alfa era un excelente cazador, pero era menos valioso si no estaba bajo el dominio de Vasthi. Por lo demás, existía la posibilidad de que si perdían a su Alfa, ahora que los licanos se habían instalado en el almacén y la mayoría estaba realizando trabajos de campo, acudieran a los vampiros en busca de liderazgo y protección. De no ser por el efecto que tendría sobre Vashti, la muerte de Elijah Reynolds sería ideal…

—La mayoría de las muestras no tuvieron ningún efecto —prosiguió

Grace—. Sin embargo, el Sujeto E es harina de otro costal. ¿Quién tuvo la idea de que las muestras fueran anónimas? ¿Vashti?

—Por supuesto. —Syre deslizó el dedo sobre su iPhone y entró en la nube para buscar el documento que vinculaba al donante con la muestra. Pero supo quien era el Sujeto E antes de obtener confirmación: el Alfa.

—Bien, el Sujeto E aquí es conocido como FUBAR. Si quieres liquidar a la población de espectros de una vez para siempre, FUBAR es tu hombre. O mujer. Su sangre tiene el efecto de la bomba de Hiroshima sobre los espectros. ¡Pum!, y se acabó lo que se daba.

—¿Por qué? ¿Cómo?

Grace soltó una risotada.

—Soy eficiente, pero no tanto. Recibí esas muestras de sangre ayer por la tarde. He tenido poco más de catorce horas para analizarlas. Puedo darte un «qué», pero necesito más tiempo para descifrar el resto.

—Vashti se topó con un espectro con función cerebral suficiente para hablar con coherencia. Al parecer dirigía a un grupo de otros espectros.

—¿Qué? —Grace se puso seria—. Todos los espectros que he visto tienen el cerebro deshecho.

—Necesito más que eso, Grace.

Ella se rascó la nuca.

—Puede que el sujeto se hubiera infectado hacía poco, tal vez sólo unas horas antes, y aún no tuviera las sinapsis fritas. O puede que llevara infectado el tiempo suficiente para que sus neuronas se activaran de nuevo. Francamente, no lo sé. No me he encontrado con un caso semejante en el laboratorio.

—Demasiadas preguntas, Grace.

—Y no tenemos bastantes respuestas. Lo sé. Hago lo que puedo.

—Mantenme informado.

—Desde luego. Y si pudieras enviarme más cantidad de esa sangre, me sería muy útil. Son las dos caras de la moneda: uno aniquila; el otro puede ser una cura. Conociéndote como te conozco, deduzco que querrás disponer de ambos elementos en tu arsenal mientras resuelves este problema, y yo tengo un amigo aquí que me gustaría recuperar.

Syre pensó en su nuera. Era demasiado tarde para Nikki, pero con suerte quizá pudieran salvar a otros.

—Me pondré a ello.

—Y el virólogo, por favor. Tengo una amplia formación, pero esto no entra en mi campo profesional.

Syre asintió y colgó, emitiendo un sonoro suspiro.

—¿Qué es lo que sabes, Adrian? —murmuró para sí—. ¿Y qué tengo que hacer para conseguir que me lo digas?

Vash echó a correr a toda velocidad entre los árboles, sorteando los escollos, el corazón latiéndole con furia. Su cuerpo era una máquina construida para ser un ángel y forjada como guerrera. Aunque oía los jadeos y el resonar de los pasos del licano que la perseguía, no se volvió. No tenía sentido. Sólo serviría para ralentizar su marcha, y el hecho de saber dónde se hallaba él o lo cerca que estaba no la haría avanzar más deprisa.

Ningún licano había logrado alcanzarla. Jamás. Vash era demasiado veloz, demasiado ágil para ellos.

Pero sabía que Elijah era distinto. Lo había demostrado hacía un rato en la carretera, y mientras ella pensaba en eso, él volvió a demostrárselo.

Ella saltó con agilidad sobre un tronco caído, pero él se le adelantó. Sus patas delanteras se clavaron en la tierra y se volvió rápidamente, haciendo que sus cuartos traseros giraran ciento ochenta grados.

—Maldita sea —exclamó ella.

Estaba ante un animal salvaje al que no tenía el valor de herir, así que saltó sobre él, aterrizando al otro lado. Pero el suelo del bosque cubierto de hojas hizo que resbalara y cayó de bruces. Luchó con pies y manos por agarrarse a algo.

Él se abalanzó sobre ella en un abrir y cerrar de ojos, colocándose a horcajadas sobre ella y sujetándola por el hombro con los dientes. Su aliento era caliente y respiraba de forma acelerada, emitiendo unos sonidos guturales. Cuando ella trató de moverse, él la zarandeó con suavidad, hundiendo los dientes en su hombro pero sin llegar a desgarrarle la piel. Soltó un gruñido de advertencia.

Vash se quedó inmóvil, en actitud sumisa. Se estremeció con un sentimiento que parecía de placer. Quizá de triunfo. Seguramente también de alivio.

Él la había perseguido. La había atrapado.

Vash sintió que su ritmo cardíaco se aceleraba, al igual que su respiración, unas reacciones que no obedecían al esfuerzo que había realizado. Yacía postrada bajo él, absorbiendo en su espalda el calor que él emanaba, hundiendo los dedos en la tierra.

Pasaron varios minutos hasta que Elijah la soltó. Cuando lo hizo, fue con otro gruñido de advertencia para que no se moviera. Le concedió unos momentos para que ella demostrara que iba a hacerlo sin que él la obligara. Entonces, le rozó la mejilla con su húmedo hocico, tras lo cual lo restregó contra su mejilla.

Al sentir ese gesto sorprendentemente tierno, ella alzó la cabeza para buscar su mirada.

—Elijah…

En respuesta, él le enseñó los dientes. Sus ojos mostraban aún esa luz primaria que ardía en ellos.

—Vale. De acuerdo. —Ella suspiró y volvió a relajarse, tratando de comprender por qué se había sometido a él tan dócilmente. No se sometía a nadie salvo a Syre, y sólo en ciertos aspectos. En muchos otros, ella era la parte dominante. Sí, porque él se lo permitía, pero igualmente… Incluso Char había comprendido que era ella quien llevaba la voz cantante.

Vash se sobresaltó un poco cuando Elijah se sentó con cuidado sobre ella, su vientre curvándose sobre su espalda. No apoyó todo su peso, para no aplastarla, pero sí el suficiente para inmovilizarla y asegurarse de que no olvidara que estaba allí. Como si eso fuera posible.

Era difícil saber cuánto tiempo permanecieron en esa posición, él sentado sobre ella jadeando en silencio, aspirando su olor y acariciándola con su hocico. No sabía por qué, pero esos gestos suavizaron las aristas de su estado de ánimo, las mismas que la habían desgarrado por dentro desde que él la había echado de su habitación la víspera. No sabía cuándo había caído en la cuenta de que llevaban años desgarrándola. Sólo sabía que la serenidad que había hallado en el bosque con Elijah había puesto al descubierto un tormento interior que ignoraba que llevara dentro. La ira y el deseo de venganza eran sus fieles compañeros, pero el dolor había permanecido oculto en su inconsciente, un dolor en el que no había reparado hasta que desapareció.

Cuando él cambió de forma, ella sintió su poder, el movimiento ondulante que desplazaba el espacio que la rodeaba. La suavidad y calidez del pelaje entre aterciopelado y áspero se transformó en unos músculos duros como el acero y una piel ardiente. Él siguió restregando su mejilla contra ella. Siguió jadeando como si estuviera haciendo un esfuerzo sobrehumano.

Las palmas de las manos de ella se humedecieron al sentir su erección contra sus muslos.

—¿Elijah…?

—Vashti. —Su voz tenía aún un tono gutural. Áspero. Profundamente sexi—. No me basta… Lo siento.

Ella se tensó. Sintió cómo la decepción la traspasaba como un cuchillo. ¿Era ella quien no le bastaba? ¿No le bastaba lo que había entre ellos, fuera lo que fuera?

16

—No te pongas tensa —dijo Elijah con voz ronca, restregando sus caderas contra sus suaves nalgas—. No te resistas. Deja... que te tome. Pónmelo fácil...

Vash no podía defenderse contra el escalofrío de deseo que le recorrió el cuerpo.

—¿Quieres practicar sexo? ¿Aquí?

Sólo pensar en ello hizo que se humedeciera y su hambre se intensificara; la idea de que ella le ponía tan cachondo que no podía esperar, que estaba dispuesto a follársela en el suelo de un bosque como un animal en celo...

Él adaptó su postura, rodeándola con sus muslos. Luego se enderezó y la atrajo hacia sí, poniéndola de rodillas. Deslizó una mano entre sus pechos, para sujetarla por el cuello con firmeza y estrecharla contra sí. La otra la introdujo en la cinturilla del pantalón negro de tejido elástico que llevaba, bajándoselo hasta las rodillas.

—Lo siento. —Sus palabras sonaron en el oído de ella como un gemido atormentado—. No puedo detenerme. No trates de huir...

Cuando él empezó a acariciarla entre las piernas con mano temblorosa, ella echó la cabeza hacia atrás, apoyándola en su hombro. No podía evitar mover las caderas para incrementar el contacto.

Él apoyó la frente contra su sien.

—Estás húmeda. Gracias a Dios... —Y con estas palabras, se inclinó hacia delante, obligándola a bajar de nuevo.

Ella extendió los brazos para atenuar la caída con las palmas de las manos. Cuando la tuvo de cuatro patas, él tomó la gruesa punta de su pene y la deslizó a través de su húmeda vulva…, hacia delante y hacia atrás…, frotándole el clítoris…, su cuerpo temblando.

Vash sintió que todos sus músculos se tensaban como un arco, invadida por una excitación tan febril que temía perder el sentido. Esto era lo que deseaba, el hambre que sentía por él era una fuerza tan elemental como su sed de sangre.

—Te necesito. Ahora —gruñó él, inclinándola hacia atrás para poder penetrarla con facilidad.

Ella gritó al sentir que su poderosa verga se clavaba en ella hasta el fondo, produciendo un placer tan feroz que le nubló la vista. Él no le dio tiempo a colocarse mejor o a prepararse, sino que empezó a follarla con una furia primaria, utilizándola como un instrumento para satisfacer su lujuria. Bastaron una docena de embestidas. Su aullido reverberó a través del bosque, haciendo que los pájaros alzaran el vuelo chillando despavoridos. Se corrió de forma tan violenta, que ella sintió su miembro palpitando dentro de ella, derramándose en furiosas contracciones. Vash tenía los muslos cubiertos de semen cuando él se echó hacia atrás, sentándose sobre sus talones. La atrajo hacia él, invitándola a colocarse entre sus muslos.

Antes de que ella recobrara la compostura o la respiración, él le separó los labios de su sexo y empezó a masajear su carne trémula. Vibrando con la furia de su excitación, alcanzó un orgasmo torrencial con un gemido de alivio, mientras su cuerpo se tensaba y se retorcía alrededor del miembro de él, que seguía eyaculando.

De pronto él acercó su muñeca a la boca de ella, ofreciéndole su vena. Estremeciéndose aún por el orgasmo, Vash apartó la cabeza.

—No…

Elijah sepultó la cara en su cabello.

—Lo siento.

Ella deseaba sinceramente responderle, pero tenía las sinapsis fritas. Y él seguía masajeándole el clítoris, manteniéndola excitada y preparada para volver a correrse, como si hubiese dejado de hacerlo.

—No he podido controlarme. —Él rechinó los dientes—. Huiste de mí. No podía pensar con claridad... Tienes que saber que antes me dejaría cortar un brazo que hacerte daño.

Algo estimulante afloró en su interior al comprender por lo que se estaba disculpando: por haber perdido el control. No tendría que haberle complacido que la bestia en él respondiera tratándola de la forma más brutal y primaria que cabe imaginar, pero a Vash le producía un placer perverso. Bueno... Si sus peleas iban a terminar siempre con él penetrándola, ella podría vivir con eso.

Pero él tenía que dejar de sentirse culpable.

Cuando le ofreció de nuevo su muñeca, ella la apartó de un manotazo, ofendida.

—Basta.

Elijah la separó de su cuerpo, lo que no era tarea fácil dado que su miembro estaba aún duro. Ella le dejó hacer. Dejó que se tumbara de espaldas sobre el montón de hojas y se cubriera los ojos con un brazo. Dejó que farfullara con voz ronca que ella necesitaba comer y que él hallaría un medio que le permitiera hacerlo, ya que se negaba a beber de él..., aunque no se lo reprochaba..., puesto que él estaba perdiendo el control, perdiendo el juicio...

Mientras él seguía murmurando, Vash se quitó rápidamente y en silencio las botas y la ropa. Hasta quedarse desnuda. En el bosque. Con un licano. ¿Qué más podía pasar?

—Elijah —dijo con dulzura, montándose sobre él—. Calla de una puta vez.

Vio cómo él contenía el aliento para luego soltarlo con fuerza en el momento en que ella se encajaba en él, sintiendo la íntima conexión que ella anhelaba. El aire había enfriado el semen que cubría su pene, haciendo que ella lo sintiera en su interior frío y duro como el mármol. Él se incorporó rápidamente con un gruñido, y ella rodeó su cuello con los brazos, mirándolo a los ojos.

—Veo que el decaimiento no es un problema en tu caso —dijo secamente, observando que sus ojos seguían emitiendo un fulgor febril. Era salvajemente hermoso. Con el rostro encendido, despeinado y empapado en sudor. Ella percibió su olor animal y su sexo se tensó en un reconocimiento primario. Era tan similar al olor que había odiado durante tanto tiempo con todas sus fuerzas... Y sin embargo, su doloroso pasado no tenía que ver con él. Ella dejó de preguntarse por qué y simplemente... lo aceptó.

—Vashti, yo...

—Me has ofendido. No con tu salvaje sexo animal —aclaró ella, viendo el gesto de angustia en su semblante—. Por ofrecerme tu muñeca que, por si no lo sabías, es la forma más impersonal de dar sangre a un vampiro. Quiero creer que nosotros hemos superado esa fase, y si no es así, deberíamos hacerlo.

Él la abrazó con fuerza.

—¿Como cuando me dejas plantado porque estás asustada? ¿O cuando te disculpas por una tontería en lugar de hacerlo por algo importante?

—Vaya. —Ella le acarició el pelo porque sabía lo mucho que le gustaba. Y porque necesitaba apaciguar a la bestia para poder resolver los problemas con el hombre—. Te recuperas enseguida. Creo que me gustabas más cuando estabas compungido.

—O todo o nada.

—¿Acaso tengo elección? Supongo que si salgo corriendo me perseguirás.

Él entrecerró los ojos, escrutándola. Al cabo de un momento, sus fosas nasales se dilataron y le espetó:

—¡Te ha gustado!

—No lo niego. Fuiste tú quien me echó a patadas.

—¿Quién inició la disputa? —La voz de Elijah sonaba inquietantemente neutral.

Ella tragó saliva, deslizando su mirada hasta localizar la vena que palpitaba con fuerza en el musculoso cuello de Elijah.

—Vashti. —Él la zarandeó levemente—. Háblame. ¿Qué hacemos aquí?

Ella volvió a mirarle a los ojos con el ceño fruncido.

—¿Es una broma?

—Si lo único que quieres es sexo, permite que te diga que hay otras opciones que no causan tantos quebraderos de cabeza.

—¿Te refieres a Himeko?

Él esbozó lentamente una sonrisa puramente masculina.

—¿Te sientes territorial?

—Me parece genial que mi confusión y mi dolor te diviertan —se quejó ella—. Escucha, lo he jodido todo tratando de apañármelas yo sola. Dime lo que quieres de mí. Y yo te diré si puedo dártelo.

—Un compromiso.

Ella sintió un nudo de temor en el estómago.

—¿Qué tipo de compromiso?

—Uno en el que yo sea algo más que un joystick con el que jugar cuando te apetece.

—Vale. —Vash trató de centrarse de nuevo después de sentir el «joystick» de Elijah jugando en su interior—. Mira quién habló. Me consta que lo único que te atrae de mí son mis tetas.

—Hagamos un pacto. Yo te concederé acceso exclusivo a lo que tengo a cambio de que tú hagas lo mismo.

—¿Eso es todo? —preguntó ella, recelosa. Sabía que lo de la exclusividad comportaba muchas otras cosas, pero tenía que preguntárselo.

La mirada de él era serena, completamente humana y cargada de paciencia.

—¿Qué más estás dispuesta a aceptar?

—Bueno... —Ella se pasó la mano por el pelo—. No estoy dispuesta a aceptar que me des de lado. Ayer hiciste que perdiera los estribos. Te comportaste como un gilipollas.

—¿Yo me comporté como un gilipollas?

Ella suspiró, consciente de que tenía que ponerlo todo sobre la mesa o arriesgarse a perderlo. Puede que el animal estuviera colado por ella, pero el hombre no era un tipo que se dejara manipular.

—Te quiero a ti. No sólo por el sexo, sino por ti. Te respeto. Respeto la forma en que tratas a tu gente. Pero es justamente por eso por lo que no puedo tenerte. Temo querer más. Temo volver a sufrir.

Él alzó ambas manos y le apartó el pelo de la cara.

—Piensas en mis responsabilidades como Alfa.

—Dime que tú no —replicó ella—. Y si no lo haces, deberías hacerlo.

—A estas alturas estoy empezando a preguntarme si no ha sido un grave error. He perdido el control en dos ocasiones por ti.

Vash frunció el ceño.

—¿Cuándo fue la otra vez?

—Da lo mismo. El caso es que ocurrió—. Sus perfectos labios rozaron los de ella—. La caza empezó en el momento en que te vi. No concluirá hasta que reconozcas que eres mía o yo deje de respirar. Eso es lo que quiere la bestia y lo que yo quiero darle. En cuanto al hombre, admiro tu fuerza y tu coraje. Agradezco los consejos que me das y que siempre hayas estado dispuesta a compartirlos conmigo. Soy adicto a tu cuerpo, pero también disfruto simplemente con tu compañía. Tienes el grado justo de locura para encandilarme. Contigo no me aburro nunca, cariño.

Ella se apoyó contra él, sintiendo que algo se abría en su interior al oír esas palabras. Su cuerpo se tensó alrededor de su miembro, abrazándolo por dentro.

Él soltó un breve gruñido.

—Podría volver a correrme sólo con esto. Sosteniéndote en mis brazos y sintiendo que me abrazas. Aunque siga siendo el Alfa, en estos momentos no puedo fingir que deseo tomar una compañera. La perspectiva de mantener una relación íntima con otra mujer me repele.

Ella cerró los ojos sintiendo que la embargaba una sensación de alivio y ternura.

—Sólo existió Char. Luego tú. Quiero que esto funcione. Quiero hacer que funcione.

—Entonces comprométeme a esto, Vashti, a acostarnos juntos, a trabajar juntos, a permanecer juntos. Eso es algo que no le incumbe a nadie más. Sólo tenemos que hablar entre nosotros y convertir al otro en una prioridad.

—No existe un licano vivo que no quiera matarme, incluso tú a veces.

—Y hay muy pocos vampiros que no me liquidarían si estuvieran seguros de que no iban a pagar por ello. Toda relación tiene sus problemas y una familia política hostil.

—¡Eres la monda!

—Y soy terco y arrogante. —Él le mordió el labio inferior con sus dientes blancos y perfectos—. Eres mía, Vash. Desafío a que alguien lo niegue. Incluso a ti.

—Eres un cabrón. —Ella sintió un delicioso hormigueo en su boca; el sabor de él se extendió por su lengua—. Sabías perfectamente lo que estabas haciendo ayer. Sabías que me destrozaría perderte, que no podría soportarlo.

—Confiaba en ello —le corrigió él—. Me atormentaban las dudas sobre si trazar o no una línea que no estaba seguro que cruzarías. Cuando te ofrecí mi habitación anoche y tú no la aceptaste, sentí deseos de estrangularte. Irrumpiste en una creyendo que era la mía invadida por una furia territorial, pero no diste el paso que yo quería que dieras. Empecé a pensar que no conseguiría tenerte como yo quería. Luego te presentaste en el desayuno y estuve a punto de decirte que aceptaba tus condiciones.

—Y yo estuve a punto de suplicarte que dejaras de machacarme. —Se le nubló la vista y desvió la mirada—. Me echaste. Eso… me dolió. Odio que me hagan daño. Hace que me vuelva loca. Más loca de lo que estoy.

Él suspiró y se inclinó sobre ella.

—Eres terca como una mula.

La verdad la aguijoneó.

—Y tú te has tumbado boca arriba para que te rasque la barriga sin oponer demasiado resistencia, cachorro.

—Tú ya has pasado por esto, con Charron. Es comprensible que no quieras volver a exponerte y a mostrarte vulnerable. Pero todo esto es nuevo para mí. Nunca he tenido esto, y lo deseo. No puedo imaginarme sin esto. Sin tenerte a ti.

Vash colocó la palma de su mano sobre el corazón de él, que latía con fuerza.

—¿Se te ha ocurrido que yo podría estar seduciéndote y haciendo que te enamores de mí para que no seas capaz de matarme?

Él apoyó la mano sobre la suya.

—¿Me tomas por un estúpido? ¿Crees que sería capaz de follarte todos los días y clavarte luego una estaca en el corazón? Me olvidé de eso incluso antes de que nos encontráramos en el almacén. Micah ha muerto. Lo que le hiciste fue terrible, porque tus suposiciones sobre mí eran equivocadas. Pero no puedo decir que yo no hubiese hecho lo mismo. Si te mato por venganza, haría exactamente lo que tú le hiciste a él para vengar a Nikki. Es un círculo vicioso que no conseguirá que ninguno de ellos resucite, pero que nos destruirá a los dos.

Ella lo acarició con la nariz, aspirando su olor.

—Algunos se harán esa pregunta y me achacarán el motivo a mí. Otros, la mayoría, pensarán en ello.

—Que les jodan.

—Nooo —se quejó ella, mordisqueándole detrás de la oreja—. Hemos hecho un pacto: exclusividad. No puedes joder a nadie salvo a mí.

Elijah la tomó por los omóplatos, estrechándola contra su cuerpo. Ladeó la cabeza, ofreciéndole la gruesa arteria de su cuello por la que fluía su sangre vital. Ese gesto de sumisión por parte de un macho tan dominante —que Vash sabía que le había costado un gran esfuerzo— le encendió a ella la sangre. La cazadora que llevaba dentro se excitó ante la perspectiva que se le ofrecía, pero la mujer se derritió.

Vash deslizó con precisión y habilidad su lengua por el cuello de Elijah, haciendo que se le hinchara la vena. Notó cómo él tragaba saliva y sonrió.

—¿Sabías que el mordisco de un vampiro puede proporcionarte el más dulce éxtasis sexual?

—¿Por qué crees que no permito que te alimentes de nadie salvo de mí?

—Estaba demasiado ida como para procurarte placer en Las Vegas. Y lo lamento. Deseo complacerte, Elijah. Deseo hacerte feliz.

—Créeme. Ya disfruté en Las Vegas. —Deslizó sus manos, esas manos cálidas y maravillosas, por la espalda de ella hasta posarlas en sus nalgas, haciendo que se meciera sobre su miembro en erección—. Siempre me complaces, en muchos sentidos. Pero si quieres compensarme, no me opondré.

—¿No? —Al rozar suavemente con sus colmillos el cuello de Elojah, no pudo evitar sentir el leve temblor que le recorría—. Eres un excelente depredador, y estás a punto de convertirte en el bocado de otro depredador.

—Soy un hombre —contestó él con voz ronca—, que se dispone a relajarse y gozar mientras su mujer se lo folla hasta hacerle alcanzar un orgasmo de infarto.

—Eres un machista —le reprendió ella con tono risueño. Pero su sonrisa se desvaneció cuando se apartó para mirarlo. Su rostro denotaba una fuerte tensión y sus ojos, esos ojos como joyas capaces de verla realmente, refulgían. Por más que el hombre pudiera bromear, la bestia que llevaba dentro se resistía a ser el alimento de otro. Ella lo apaciguó acariciándole el pelo con dulzura—. No tienes por qué hacer esto, Elijah. Puedo beber de la muñeca de otro. Rápida y limpiamente.

—No.

—De una mujer, si lo prefieres. Podemos ir a una guarida de vampiros. Podrías follarme mientras me alimento. Quizá te excite ver cómo...

—No, maldita sea. —La voz de él era grave y gutural, casi un gruñido. La agarró por la nuca y la apretó contra su cuello—. Yo te daré lo que necesitas. Hazlo.

Ella cerró los ojos, respiró hondo y encontró su centro. El placer de él era más importante que su necesidad de comer, porque comprendía el regalo que él le hacía y que con ello violaba la misma esencia del depredador que era. A un Alfa macho le costaba un tiempo adaptarse al placer de la penetración. Algunos no lo conseguían nunca. Vash no soportaba la idea de que Elijah se arrepintiera de haberle ofrecido su sangre. Y para ser sincera, esperaba que él gozara con ello tanto como para querer repetirlo. Como para pedírselo.

Vash se humedeció sus labios secos y los entreabrió, acariciando con la lengua la vena de su amante. Lo rodeó con los brazos y, para distraerlo, oprimió sus senos contra su pecho. Luego clavó los colmillos en la vena, de la que brotó un chorro de sangre deliciosa y embriagadora.

Él maldijo y se tensó, pero empezó a gemir de placer al sentir que los rítmicos movimientos de su boca eran imitados por su sexo, tensándose y relajándose alrededor de su pene. Sujetándole por la nuca para que no se moviera, Vash le acarició su rígida espalda con la otra mano. Luego retiró sus colmillos y le lamió la herida para cerrarla, su lengua repasando su piel con suavidad. Deslizó la boca sobre su cuello, besándolo. Cuando él se relajó, ella le clavó de nuevo los colmillos en otro lugar. Al sentir que él empezaba a correrse, ella succionó con más fuerza.

Él resopló, agarrándola por las caderas para sentirla más cerca mientras se derramaba en su interior.

Embriagada por su sangre, ella se perdió en los recuerdos que ésta guardaba, centrándose egoístamente en los que hablaban de ella: el afán de posesión, el placer, el dolor. A cambio, ella inundó su mente con sus propios recuerdos, transmitiéndole lo que sentía cuando él la penetraba, el fuego que le recorría el cuerpo cuando ella lo miraba, el profundo respeto y admiración que le inspiraba, y el deseo que sólo su pasión podía saciar.

—Vashti. —Él se sobresaltó cuando ella bebió su sangre hasta provocarle otro orgasmo, haciendo que su musculoso cuerpo se estremeciera al sentir que ella se corría con él, sus delicados músculos tensándose alrededor de su verga en el más íntimo de los abrazos. Él emitió unos sonidos guturales de placer que vibraron contra los labios de ella, unos gemidos roncos de deseo, un ansia que parecía insaciable.

Una vez aplacada su hambre, Vash retiró sus colmillos y cerró los dos diminutos orificios, masajeando la vena que palpitaba con la sangre de él. Con las manos sobre sus hombros lo apartó lentamente. Sonrió al ver cómo él se tumbaba, jadeando, sus ojos relucientes y cálidos. Inclinándose sobre él, le arañó levemente el pecho y empezó a mover las caderas, estrechándolo entre la humedad de sus piernas.

Esta vez ella no tenía las palabras adecuadas. Las había tenido con Char. Las había tenido cuando era un ángel. Pero ahora, con él, no las tenía. Estaban atrapadas en su garganta, abrasándola.

Pero lo bueno de Elijah era que no las necesitaba. Ya lo sabía. La aceptaba y la deseaba tal como era. Sabía que su cuerpo podía decirle todo cuanto ella no podía expresar en voz alta. Su cuerpo de vampira, que encajaba a la perfección con la sexualidad primaria de su licano.

—Toma lo que necesites —dijo él con voz ronca, habiendo comprendido—. Todo lo que necesites. Y dámelo todo a cambio.

Ella se mordió el labio inferior, moviéndose sobre él de forma pausada y firme, saboreando los espasmos de placer que él tenía cada vez que lo llevaba al límite.

—Quiero que vuelvas a correrte. Necesito sentirlo dentro de mí.

—Soy un hombre —dijo él con tono divertido—. Sólo puedo hacerlo un determinado números de veces seguidas sin descansar para recuperarme.

Los labios de ella se curvaron en una lenta sonrisa de gozo.

—Aún estás cachondo.

—Tú aún estás desnuda y follándome. —Él le acarició los pechos, recorriendo y pellizcando sus duros pezones—. No te preocupes por mí.

Disfruto viéndote gozar. Sintiendo cómo me aprietas como un puño. Un puño pequeño, caliente, tenso y perfecto. Un orgasmo es un extra cuando el polvo es así de bueno.

Vash se enderezó y recorrió con sus manos sus duros pectorales y sus musculosos abdominales. Las agujas de pino se le clavaban en las rodillas, pero no le importaba. Lo había recuperado, justo en el momento y en la manera en que lo necesitaba, conectado a ella, sin nada que se interpusiera entre ellos. Sin rangos, sin roles, sin medias verdades o evasivas. Se habían desnudado por completo. Comprometidos. Él era suyo; ella podía afirmarlo ahora sin temor a equivocarse. Y se sentía orgullosa de ser suya.

—Una vez más —pidió con tono persuasivo, moviendo las caderas—. Hazlo por mí. Quiero volver a correrme, Elijah, pero no puedo hacerlo sin ti.

Arqueando el cuerpo, él la abrazó y la hizo rodar, poniéndose encima de ella. Sus antebrazos, que pasó por debajo de su espalda y sus hombros, le hacían de colchón, impidiendo que las agujas de pino se le clavaran, mostrando una vez más la comprensión y consideración que ella tanto admiraba en él.

Ella estaba inmovilizada contra el suelo, pero cómoda, mientras él la tomaba, entrando y saliendo de ella, sus poderosos músculos flexionándose y contrayéndose. Él no apartaba los ojos de los suyos, su mirada escrutadora y más íntima incluso que los eróticos movimientos de su cuerpo mientras la poseía.

—Mío —musitó—. Dilo.

Ella arqueó el cuello sintiendo que estaba a punto de perder el sentido. No podía ver, apenas podía oír más allá del martilleo de la sangre en sus oídos.

—Dilo, Vashti —murmuró él con los labios contra su cuello, su cálido aliento sobre su piel—. Dilo y me correré para ti.

—Mío —dijo ella, rodeándole con sus piernas—. Eres mío.

Purificado y reforzado, Adrian descendió lentamente y aterrizó en el jardín sosteniendo en sus brazos a una Lindsay relajada y saciada. Por primera vez en mucho tiempo, era capaz de pensar con claridad, algo que agradeció al ver un coche desconocido aparcado en el camino de acceso.

—Ha venido alguien.

Lindsay levantó la cabeza, que tenía apoyada en su pecho.

—¿Podrías hacer eso que haces con tu mente y cubrirme con unas ropas?

Recordando la ropa que ella había traído, Adrian la vistió, utilizando el poder de su mente, con un pantalón y una camiseta con los hombros descubiertos de color negro. Para él eligió un pantalón ancho y una camisa blanca. Tras arremangarse la camisa, se dirigió a la puerta trasera.

—Te has olvidado de mi ropa interior —murmuró ella cuando entraron en la cocina.

En los labios de él se dibujó una sonrisa.

—No me he olvidado.

La visita les esperaba en la sala de estar, riéndose con los dos guardias de Adrian de algo que habían dicho. Los dos licanos se pusieron de pie cuando él entró, pero la hermosa mujer asiática que había estado entreteniéndolos se levantó más despacio. Vestida con una falda tubo de raya diplomática, una blusa de seda y unos zapatos Louboutin, la emisaria de Raguel Gadara lucía un atuendo acorde con su vida secular. En su vida celestial, solía llevar unos gastados vaqueros, una nueve milímetros y unas botas Doc Martens.

—Evangeline. —Adrian la saludó estrechando sus manos y penetrando en sus pensamientos gracias a esa conexión, con el fin de averiguar lo que quería saber—. Me alegro de verte.

Ella sonrió.

—Lo has dicho con un tono tan afable, que casi me has convencido.

Él se volvió para incluir a Lindsay en la conversación.

—Lindsay, te presento a Evangeline Hollis. En la actualidad Eve se ocupa de la decoración interior del casino de Montego. Eve, Lindsay fue durante breve tiempo la subgerente de la propiedad Belladonna que Raguel tiene en Anaheim. Ahora es mía.

Eve estrechó la mano de Lindsay.

—Tienes suerte de haberte librado de trabajar para Gadara.

Lindsay frunció el ceño, confundida por la frase de la recién llegada, pues ignoraba que los subalternos de Gadara no trabajaban para él bajo contrato sino que eran reclutados a la fuerza. Adrian ya la pondría al día más tarde.

—¿Qué te trae por aquí? —preguntó éste a Eve, desviando la conversación para ahorrarse unas explicaciones que no quería dar ahora.

Ella señaló la pequeña nevera portátil a sus pies, que lucía una pegatina que indicaba «PELIGRO BIOLÓGICO».

—Sangre de arcángel. Yo misma vi a Gadara extraerla y depositarla aquí. Dijo que me creerías cuando te dijera que él no la había manipulado ni sustituido por otra. Supuse que explorarías mi mente cuando me tocaras y tú mismo podrías confirmarlo.

—Me conoces bien.

Eve se rió, pero sus ojos oscuros eran duros.

—Es bueno saber que la mayoría de ángeles son previsibles.

Lindsay miró la nevera portátil.

—¿Por qué no nos dio Gadara la sangre cuando se la pedimos ayer?

—Por una cuestión de control —respondieron Eve y Adrian al unísono.

—Mierda—murmuró Lindsay—. Esto no es un juego.

—En cierto sentido sí lo es —le explicó Eve—. Un juego que Gadara no quiere que Adrian pierda, pero que tampoco quiere que gane sin su ayuda. La ambición es el talón de Aquiles de todos los arcángeles. En este caso, Gadara sabía que controlaba la situación porque se trataba de su sangre, que podía cederos o no. Sólo quería asegurarse de que Adrian lo supiera, y que se diera cuenta de que ahora está en deuda con Gadara por habérsela dado; siempre va bien tener el favor de un serafín en la recámara.

Lindsay miró a Adrian.

—Joder.

—Tú, neshama —respondió él en tono bromista—, tienes la suerte de tener a todo un serafín en tu recámara.

Ella le dio un afectuoso golpe en un hombro.

—¿Por qué no ha venido él mismo para restregárnoslo por las narices?

Eve sonrió con cierta amargura.

—Para ponerme en mi lugar e insultar al mismo Adrian enviando a una emisaria del rango inferior de la jerarquía. Así ha conseguido matar dos pájaros de un tiro. Es un maestro en eso.

— ¿Le irritaría saber que en lugar de sentirme ofendido estoy encantado? —murmuró Adrian.

Eve dirigió una mirada cargada de significado a los dos licanos.

—Corren rumores. He oído decir que buena parte de tu mano de obra está en huelga. Gadara, por supuesto, espera poder intervenir y ayudarte a salir del apuro. Pero si quieres evitar pagarle una exorbitante comisión y no te importa trabajar con gente que cobre en negro, te puedo dar algunas referencias. Dímelo si te interesa.

Adrian descifró el mensaje con claridad, y lo agradeció. Significaba que sus Centinelas no estaban totalmente desprotegidos sin su «mano de obra» compuesta por licanos. Si decidía que necesitaba más refuerzos, podía conseguirlos. Que utilizara o no esa información no era tan importante como el hecho de poseerla.

Eve se encaminó hacia la puerta.

—Te he traído el periódico que había junto a la puerta —dijo, señalando el periódico doblado dentro de una bolsa de plástico cubierta de rocío matutino—. Y deberías hacer que alguien retirara tus cubos de basura de la acera. Supongo que no solías preocuparte por esas cosas en Angel's Point, pero en algunos barrios multan a los residentes que dejan la basura fuera después del día en que pasan a recogerla. La vida de los mortales es muy jodida.

Cuando la puerta se cerró tras ella Adrian miró el periódico. Aire acondicionado, periódicos, basura...

—Alguien ha estado aquí —murmuró Lindsay—. Nos olvidamos de ello cuando Vashti se presentó aquí, pero imagino que a ella no le molesta el calor. No creo que se le ocurriera conectar el aire acondicionado, ¿verdad?

—No.

—¿Quién se atrevería a utilizar la vivienda de otro?

—Quizá no fuera un atrevimiento —murmuró él—, sino que lo hizo por desesperación. Lago Navajo queda a tan sólo unas horas en coche.

—Ya. —La compasión que traslucían los ojos de Lindsay conmovió a Adrian.

Podía quedarse y esperar a que los intrusos aparecieran de nuevo, pero si temían una represalia, no volverían. Sólo lo harían si se sentían seguros.

Volviéndose hacia los dos licanos, dijo:

—Ben, Andrew, os quedaréis aquí. Sé que podréis resolver la situación. Traed a los intrusos de regreso a Angel's Point, si es lo que quieren. De lo contrario, informadles de que esta propiedad será puesta en venta la semana que viene.

Los dos guardias callaron unos segundos. Luego uno de ellos asintió con la cabeza; el otro sonrió.

—Gracias, Adrian.

—¿Por qué?

—Por confiar en nosotros —respondió Ben.

—Y acogernos de nuevo —añadió Andrew.

Adrian miró a Lindsay sin saber qué decir. Ella le dirigió una sonrisa de ánimo que lo tranquilizó.

—Vamos a hacer las maletas y vayamos de inmediato al aeropuerto. Tenemos que llevar estas muestra a Siobhán.

Ella le tomó la mano y se la apretó. Él se preguntó si ella era consciente de lo que este sencillo gesto significaba para él, el amor y el apoyo que transmitía, lo mucho que él dependía de estas cosas. De ella.

Había venido a Las Vegas en busca de sangre y partiría con algo mucho más valioso: una conexión más profunda con la mujer que ocupaba su corazón. En el caos de su vida, obligado a enfrentarse a tremendos contratiempos y decisiones aún más terroríficas, Lindsay era su luz en la oscuridad. Una luz que brillaba incluso cuando él no podía verla.

17

—Este lugar me da mala espina —murmuró Raze, cruzando los brazos mientras se apoyaba en el costado del vehículo que Vash había alquilado—. Hay un silencio sepulcral.

Elijah miró al vampiro y asintió con gesto serio. Coincidía con esa opinión. Ese lugar le ponía la carne de gallina. Se habían separado y rodeado la zona residencial, para luego explorar su interior en busca de alguna señal de vida. Pero no habían encontrado nada. Nada en absoluto.

—¿Dónde están los periódicos? —preguntó Vash, inquieta—. ¿Y el correo? El césped está sin cortar. Es imposible que todo un barrio desaparezca sin dejar un rastro que alguien pueda seguir.

Syre abrió la parte trasera del Explorer y empezó a sacar las armas.

—¿Cómo propones que abordemos esto, Vashti?

—Debemos situar a los vampiros en un lugar estratégico, por ejemplo en el tejado, uno en cada extremo de la urbanización. Luego tres equipos: uno vigilará las viviendas en el centro mientras los otros dos se aproximan por el círculo exterior desde lados opuestos. Los licanos pueden registrar las casas en busca de ocupantes, mientras los vampiros se ocupan de reunir información. Tiene que haber algún cabo suelto del que podamos tirar.

—De acuerdo. —Syre miró a los dos vampiros que había traído consigo—. Crash y Lyric montaréis guardia. Cualquiera que trate de huir, abatidlo.

Cada uno de los esbirros eligió un arma y luego se alejaron; sus cuerpos estaban protegidos contra el sol del mediodía por la sangre de Caídos que acababan de recibir.

Elijah esperó que Syre le diera órdenes, alegrándose de que sus gafas oscuras ocultaran la forma en que observaba a Vashti. Ésta llevaba el pelo recogido en una coleta, su cuerpo enfundado como de costumbre en un conjunto negro: el pantalón que él le había bajado hacía poco y un chaleco de cuero cerrado con una cremallera desde el ombligo hasta el escote. Su piel de alabastro y sus relucientes ojos ambarinos le cautivaban, como todo en ella. Su mujer. Tan bella y letal. Una guerrera a la que otros guerreros seguían al campo de batalla sin vacilar. La adoraba y admiraba, aunque a veces lo volviera loco.

Después de distribuir a los cinco vampiros restantes en equipos formados por dos, dos, y un individuo, Vash se volvió hacia él para que le aconsejara sobre dónde asignar a los cuatro licanos. Él colocó a Luke y a Trey con los equipos de dos vampiros, y ordenó a Himeko que permaneciera junto a él. La chica sabía arreglárselas sola, pero él había sobrevivido a duras penas al ataque en Las Vegas. Si volvían a enfrentarse a algo así, quería estar cerca de ella para protegerla.

Él y los otros licanos empezaron a desnudarse. Elijah se quitó la camiseta por la cabeza y la arrojó al maletero del Explorer. Luego se quitó las botas y se desabrochó el botón de la bragueta.

—¿Qué haces? —preguntó Vashti, sosteniendo en la mano el cinto de sus katanas.

Él la miró sorprendido.

—Armándome, como tú.

Los otros siguieron quitándose la ropa y los vampiros se afanaron en asegurar las fundas de sus armas a sus cuerpos, pero Elijah era consciente de que estaban pendientes de la conversación entre ambos, aunque intentaran disimularlo.

Vash miró la bragueta abierta de Elijah y luego a Himeko, que sólo llevaba puestos el sujetador y las bragas. Luego lo miró de nuevo a él.

—No vas a desnudarte aquí.

Himeko soltó un bufido y se desabrochó el sujetador.

—La desnudez forma parte de lo que somos. Así que vete acostumbrando, chupasangres.

—Tiene razón —terció Crash, contemplando los pechos desnudos de la joven—. Es una forma genial de empezar una cacería.

—Cállate. —Vash se encaró con Himeko—. En cuanto a ti... Has visto todo lo que vas a ver de él en toda tu vida.

Himeko sonrió con frialdad.

—Habrá otras. Mujeres con pelo en lugar de colmillos.

Vash hizo girar una de sus katanas trazando un perfecto arco.

—No me provoques, zorra.

—Vashti... —Elijah suspiró, comprendiendo que los ánimos estaban exaltados. La emoción que producía la cacería formaba parte de la feroz tensión, pero también los fantasmas de Micah y Rachel. Bajo aquella provisional y novedosa tregua entre vampiros y licanos se ocultaba una intensa hostilidad. Mantener esa enemistad a raya era ahora una prioridad, sobre todo teniendo en cuenta que estaban a punto de enfrentarse a una posible situación de vida o muerte, donde era imprescindible que confiaran los unos en los otros.

—Yo también puedo desnudarme —le espetó ella—. Poner de moda una nueva tendencia.

—No es lo mismo y lo sabes.

Ella arqueó una ceja, desafiándolo, mientras empezaba a bajarse la cremallera del chaleco.

Tras dirigirle una mirada que lo decía todo, Elijah rodeó la parte delantera del Explorer y cambió de forma, regresando al cabo de un momento sosteniendo sus vaqueros entre los dientes, que dejó caer a los pies de Vash.

—Gracias. —Ella los recogió y los arrojó a la parte posterior del vehiculo junto con el resto de la ropa. Luego se ajustó las katanas, hizo una indicación con la cabeza a Syre —que llevaba una ballesta de repetición de aspecto letal— y se alejaron de los vehículos para iniciar la cacería.

A Elijah no le sorprendió que Vashti se uniera a él y a Himeko, aunque no era una buena idea. Vigilar a una mujer de carácter no era empresa fácil. Vigilar a dos que se odiaban mutuamente era una temeridad.

La tensión entre los tres desapareció en cuanto entraron en la primera casa. La vivienda de dos plantas unifamiliar estaba bien amueblada y era acogedora. No había señales de que se hubiera producido ningún altercado. De hecho, parecía un hogar modelo, todo estaba en su lugar…, incluso las fotos familiares en la repisa de la chimenea. Elijah las miró, tomando nota de unos padres jóvenes y sus tres hijos, el menor de los cuales era un bebé.

Subió las escaleras para registrar los dormitorios. Allí encontró señales de vida: camas deshechas, juguetes desperdigados por el suelo y cestos llenos de ropa. En el cuarto del bebé había un cubo de basura que contenía un pañal sucio y un biberón rancio y medio vacío en la cuna.

Al cabo de unos instantes Vash entró en la habitación del bebé.

—Hay mensajes en el buzón de voz. Llamadas desde el trabajo del padre preguntando dónde está. También hay llamadas dirigidas a la madre, que al parecer tenía que recoger a otros niños y llevarlos al colegio. Todo indica que desaparecieron hace cuatro días.

En las otras casas se encontraron con un cuadro similar. Cuando entraron en la octava, Elijah decidió explorar también el jardín trasero. Al igual que en las anteriores viviendas, Vash se reunió con él al cabo de unos momentos. Elijah tenía la sensación de que lo vigilaban.

Él le soltó un gruñido, pero ella lo encajó con calma. Sin embargo, su lenguaje corporal denotaba preocupación: Vash temía dejarle hacer su trabajo.

Él cambió de nuevo de forma y se encaró con ella.

—Deja de agobiarme.

Ella lo miró irritada y se colocó ante él para que no pudieran verlo desde la casa.

—Vuelve a cubrirte con tu pelaje antes de que aparezca Himeko.

—Joder, la desnudez no equivale automáticamente a sexo en la mente de un licano.

—Es una hembra. Por si no te habías fijado, babean cuando te ven vestido. Cuando estás así... —Ella señaló su cuerpo con un ademán impaciente—... es como si pidieras que te violaran.

Él movió la nariz al percibir el primer síntoma de excitación sexual.

—¿Otra vez? ¿Durante una cacería? Joder, vas a acabar conmigo.

Ella se sonrojó y cambió el peso al otro pie.

—Si no quieres que me ponga cachonda, no vayas por ahí desnudo.

Al darse cuenta de su turbación y de que ninguno de los dos podía hacer nada para evitar la fuerte atracción que sentían, él suavizó el tono:

—No necesito guardaespaldas, Vashti. Haz tu trabajo y deja que yo haga el mío.

—Lo dices como si fuera fácil. ¡Esos cabrones te tienen más ganas que las malditas mujeres! Ya vi cómo te destrozaban una vez. No quiero volver a presenciarlo. No... puedo.

—Vash. —Al observar el dolor reflejado en su hermoso rostro, él sintió un nudo en la garganta—. Cariño...

—No. —Ella lo miró enojada. Tan fuerte y valiente, y al mismo tiempo frágil—. Tú me has metido en este desastre.

—¿Qué desastre? —Pero él conocía la respuesta. Y si hubieran estado en otro lugar, la habría besado hasta dejarla sin sentido.

—¡Éste! —gritó Vash, señalándolos a ambos—. Tú y yo. Nosotros.

—Nosotros.

—¿Acaso eres un loro? Sí, nosotros.

—¿Nosotros somos un desastre? —Elijah se esforzó en reprimir una sonrisa.

—Anoche lo éramos. —Ella lo miró de arriba abajo y suspiró—. Pero hora estamos bien. Cuando no me dices que no me preocupe por ti o tratas de compartir tu cuerpo desnudo con el resto del mundo.

—No comparto mi cuerpo con nadie salvo contigo, mi desquiciada vampira. Dios, te adoro.

—¡Himeko se acerca! —murmuró Vash, aproximándose a él para ocultarlo con su cuerpo—. Si ve las joyas de la corona, tendré que matarla.

—Estás loca. Como una cabra. —Él también estaba loco. Por ella. Volvió a cambiar de forma y se apartó.

Cuando Himeko salió de la casa a la carrera, él le ordenó que explorara un lado del jardín mientras él exploraba el otro. Su olfato detectó la tumba de un perro en uno de los rincones, confirmada por una pequeña lápida, pero no encontró nada fuera de lo normal. Sin embargo, Himeko comenzó a aullar y a escarbar la tierra.

Él se reunió con ella y empezaron a excavar hasta descubrir debajo de la tierra una capa de cal viva. A un metro por debajo hallaron los restos de un niño, identificables sólo por el tamaño de los huesos. Ambos retrocedieron horrorizados.

—Joder —murmuró Vashti, llevándose la mano al vientre cuando el hedor traspasó la capa de cal viva—. Malditos espectros.

«¿Sin cerebro? ¡Y una mierda!», pensó Elijah con rabia. El entierro era prueba de inteligencia y de una capacidad de premeditación fría y clara. Miró a Vash, frustrado por no poder hablar con ella mientras conservara su forma de licano, una conexión que habría podido existir si ella fuera su compañera.

Vash se volvió y dijo en voz baja:

—Syre. Raze. Ordenad a los licanos que registren todos los jardines traseros.

Él notó el temblor en su voz y sintió su preocupación. Estaba horrorizada y trastornada por el descubrimiento. Se acercó a ella, restregándose suavemente contra su cadera para reconfortarla.

Ella le rascó distraídamente detrás de la oreja.

—¿Cuántos espectros son necesarios para hacer desaparecer todo un barrio? ¿Cuánto tiempo tardarían? Porque si les llevó más de unas pocas horas, tendrían que haber actuado con gran cautela para evitar que los descubrieran y sólo me he topado con un espectro que tuviera unas neuronas que funcionaran.

La maldición que soltó Raze desde el otro extremo del barrio hizo que Elijah moviera las orejas.

—Hemos hallado un cadáver en el jardín. Maldita sea…, es el cadáver de un niño.

—Aquí también —dijo Syre con aspereza—. No hay rastro ni evidencia de la madre, una madre soltera por lo que deduzco del correo y las fotos que hay en la casa.

Elijah regresó junto a la fosa y empezó a excavar más hondo, soltando un gruñido a Vash cuando trató de ayudarlo. No podía protegerla de todo, pero al menos quería ahorrarle esta macabra tarea.

Al final, encontró tres cadáveres, todo ellos niños.

—¿Dónde están los adultos? —preguntó Vashti, siguiéndole hasta donde se hallaba la manguera enrollada, que ella conectó para quitarle la tierra.

La voz de Raze atravesó la distancia entre ellos.

—En la siguiente vivienda no hemos encontrado nada. No había niños en esa familia. Al parecer sólo vivían dos hombres, cuyos cadáveres no están enterrados en el jardín.

Elijah fue abriendo el camino a través de la casa, seguido de Vash. Cuando se dirigían hacia la siguiente vivienda, Syre dijo:

—He observado movimiento en una ventana de mi sector. Las cortinas están echadas, por lo que no puedo ver el interior.

Vash echó a correr.

—Espera a que lleguemos allí.

Raze se reunió con ellos en la casa. Sin mediar palabra, condujo a su equipo hacia la puerta lateral del jardín y entraron por la parte posterior.

Mientras contemplaba la casa desde la acera, Elijah se fijó en las ventanas del piso superior y captó un pequeño movimiento en las cortinas, como si la brisa las agitara, pero no oyó el zumbido de un aparato de aire acondicionado ni el de un ventilador. Le alarmó no percibir tampoco ni una respiración ni un movimiento. ¿A qué diablos se enfrentaban?

—Esto no me gusta —murmuró Vash—. Prefiero obligarlos a salir prendiendo fuego a la casa que entrar en ella. Pero las llamas alertarán a los bomberos, y estaríamos involucrando a mortales.

Syre escudriñó el exterior.

—Mi equipo irá por las ventanas superiores. Tus licanos pueden entrar por la planta baja. ¿Preparados?

Asintiendo con la cabeza, Vash se plantó de un salto junto a la casa y trepó por la fachada como una araña. Syre hizo lo mismo. Elijah se situó a un lado de la vivienda; Luke al otro. Himeko permaneció frente a la fachada, mientras Thomas esperaba en la parte posterior.

—Al contar tres —murmuró Raze, cuya voz se la llevó el viento—. Uno, dos...

Elijah se abalanzó contra la ventana más cercana, penetrando en la casa envuelto en una lluvia de cristales. Apenas se había dado cuenta de que había aterrizado en un pequeño estudio, cuando resbaló sobre la moqueta cubierta de una sustancia viscosa y chocó con la puerta del armario. Tras recobrarse del golpe, se fijó en lo que cubría el suelo: el residuo negro y pringoso que quedaba tras la descomposición de los espectros.

Los frenéticos ladridos de Himeko le hicieron reaccionar. Salió disparado hacia el pasillo, con tanta velocidad que chocó con la pared, dejando una marca, antes de que sus patas pudieran adaptarse a la moqueta, que no estaba sucia. Irrumpió de un salto en la sala de estar, donde vio a Himeko y Thomas rodeados de espectros. Soltando un rugido de furia, Elijah se abalanzó sobre ellos, agarrando a un espectro por el cuello y partiéndoselo mientras arrojaba el cuerpo a un lado como si fuera un muñeco.

En la habitación sonaron varios disparos cuando uno de los vampiros vació su cargador contra los espectros que rodeaban el grupo que peleaba con los licanos. Raze irrumpió a través de la puerta corredera, agarrando a los espectros por el pelo y decapitándolos con su espada. Uno de los espectros atacó a Elijah por el costado. Sintió cómo le clavaba los colmillos en el flanco. Con un gruñido de rabia, le golpeó con sus patas traseras mientras le clavaba sus garras en el muslo. El espectro le soltó y cayó al suelo. Elijah se volvió y se preparó para atacar, apuntando al tatuaje de un ancla que decoraba la piel blanca como la leche sobre el corazón del espectro…

—¡Vashti!

El grito de Syre traspasó a Elijah como una bala de plata. Abandonó a su atacante y subió las escaleras como alma que lleva el diablo. Al llegar al segundo piso se topó con un muro de espectros, una masa de cuerpos de color grisáceo que invadían el reducido espacio. El destello de una hoja de acero le hizo alzar la vista hacia el techo, donde Vashti estaba suspendida boca abajo agarrándose con una mano. Con el brazo que tenía libre esgrimía una katana con la que intentaba cortar las manos de los espectros que trataban de agarrarla.

El miedo a que le pudiera pasar algo hizo que se preparara para abalanzarse contra ellos con el fin de llegar a ella.

—No tan deprisa, Alfa —murmuró una voz. Alguien lo agarró con fuerza por la pata trasera y lo arrojó violentamente al interior de una habitación, mientras él sentía el angustioso dolor de un hueso al partirse.

Elijah lanzó un aullido de dolor, horrorizado al ver que su atacante cerraba la puerta de una patada, impidiéndole ayudar a Vash. Procurando no apoyarse en su maltrecha pata, se encaró con su agresora. Ésta se apartó un mechón pelirrojo de la frente y apoyó las manos en sus caderas embutidas en cuero negro. Durante una fracción de segundo, Elijah pensó que se trataba de Vashti; luego reparó en las diferencias a través de la bruma de dolor que le nublaba la vista. La mujer era más delgada que Vash. Sus rasgos duros y menos refinados. Y sus ojos emitían una luz feroz y enloquecida.

La mujer desenfundó una pistola que llevaba sujeta al muslo y sonrió, mostrando sus afilados colmillos.

—Adiós, amor —murmuró.

La puerta de madera se abrió violentamente, saltando de sus goznes y estampándose contra la espalda de la vampira. La pistola se disparó, pero el tiro no dio en la diana. Vash saltó a través de la puerta destrozada mientras Elijah se abalanzaba sobre la otra vampira, agarrándola del brazo y partiéndole el hueso con sus fauces, obligándola a soltar la pistola.

Vash asestó una patada al espectro que irrumpió en la habitación tras ella, luego sujetó a la vampira por el pelo y la obligó a incorporarse. Durante una fracción de segundo se produjo un silencio sepulcral mientras las dos mujeres se observaban.

—¿Quién coño eres? —bramó Vash.

Riendo, la vampira tomó impulso y saltó por la ventana, dejando a Vash con un puñado de cabellos en la mano. Elijah saltó en pos de su presa, aullando de dolor al aterrizar sobre el césped con su pata lesionada. Persiguió a la vampira a tres patas, y estuvo a punto de atraparla por el tobillo justo antes de que ésta saltara la cerca de más de dos metros que rodeaba el jardín trasero.

Sonaron unos disparos. Elijah oyó un grito desde uno de los tejados cuando uno de los vampiros que montaban guardia se unió a la persecución.

Incapaz de saltar en aquellas condiciones, Elijah atravesó las tablas de la cerca, que daban al jardín trasero de la casa contigua. A lo lejos oyó a Vashti gritar su nombre, pero no redujo la marcha ni se volvió, movido por el recuerdo de los pequeños huesos infantiles triturados por colmillos.

La vampira saltó sobre una verja lateral para alcanzar el jardín delantero, y Elijah atravesó también esa barrera. Estaba tan cerca que podía notar su sabor. Tenía las fauces abiertas, enseñando los dientes. Cuando estaba a punto de alcanzarla…

Ella dio un salto y aterrizó en la parte posterior de una furgoneta que estaba detenida junto a la acera. El vehículo partió con un chirrido de neumáticos, haciendo que Elijah se atragantara con el humo acre de goma chamuscada. Crash abrió fuego desde el tejado, haciendo añicos el parabrisas con una lluvia de balas. La vampira se sujetó a la barra antivuelco y esquivó los disparos, riendo.

Elijah siguió persiguiéndola, a pesar del dolor que le producía pasar del césped al asfalto. La furgoneta ralentizó la marcha para doblar la esquina al final de la calle, y Elijah exprimió sus reservas de energía para aumentar un poco su velocidad.

De pronto el vehículo estalló.

La explosión fue tan violenta que Elijah salió disparado hacia atrás. Cayó en el jardín, aullando de frustración, con un zumbido en los oídos. Vashti corrió por el césped, cayó de rodillas junto a él y lo acunó en sus brazos.

—¿Qué...? ¿Qué ha pasado?

Syre contempló al tembloroso esbirro que yacía en el suelo de la sala de estar, cuya moqueta estaba cubierta de sangre viscosa. A su alrededor, los espectros que habían sobrevivido a la trifulca estaban clavados al suelo por unas dagas recubiertas de plata que atravesaban sus manos. Lejos de mostrarse lúcidos, se retorcían para liberarse, siseando y entrechocando los dientes.

Vashti apareció en el umbral de la puerta corredera posterior, que estaba hecha añicos, sosteniendo al Alfa renqueante que había asumido su forma humana y se había puesto sus vaqueros.

—¿Qué diablos ha pasado aquí? —gruñó Syre.

Elijah se paró en seco, haciendo que Vash tropezara y soltara una maldición. Señaló al esbirro, que estaba aturdido pero en su sano juicio.

—Ese cabrón me mordió. Como un espectro.

—¿Quiénes sois? —preguntó el esbirro entre sollozos—. ¿Dónde está mi ropa?

Vashti miró a Syre antes de ayudar a Elijah a sentarse.

—La cabeza me va a estallar si no ocurre rápidamente algo que tenga sentido.

—¿Dónde están Raze y Crash? —inquirió Syre después de hacer un rápido recuento mental.

—Han ido a apagar el fuego de una furgoneta que ha estallado en la calle antes de que atraiga la atención —respondió Vash, enderezándose—. Maldita sea. Yo quería atrapar a esa zorra viva.

Syre la miró con gesto interrogante.

—La vampira que mató a la madre de Lindsay —le explicó Elijah, mirando a Vash—. Está claro que adoptó un aspecto idéntico al tuyo para confundirnos.

—Sí, está claro —dijo ella—. Tenía raíces.

—¿Qué?

—Su pelo. Las raíces eran de color castaño; me fijé cuando le arranqué un puñado. Y estoy segura de que sus tetas eran de silicona. Parecía que se hubiese puesto los moños de la Princesa Leia en el pecho.

El nerviosismo hizo que Syre a empezara a pasearse de un lado a otro, como normalmente hacía Vash. «La sangre que me enviaste ha tenido unos efectos espectaculares», había dicho Grace. «La he mezclado con las muestras de sangre de los espectros y se ha producido una breve remisión.»

La sangre de Adrian, filtrada a través de Lindsay y que habían dado a Elijah, al que los espectros habían mordido.

Syre señaló al individuo que no paraba de sollozar y de mecerse en el suelo como un niño.

—¿Este esbirro era un espectro?

—Lo era cuando me pegó un mordisco —confirmó el Alfa—. Recuerdo ese tatuaje del ancla. Iba a arrancárselo con los dientes.

—Yo también lo recuerdo —dijo Raze, al entrar por la puerta principal—. Lo vi en una foto enmarcada en una de las casas que registramos.

—Es increíble. —Vash miró a los espectros—. ¿Estos son los residentes? Dios… ¿Devoraron a sus propios hijos?

El esbirro empezó a gritar y a mesarse el cabello. Syre lo dejó inconsciente de un puñetazo en la sien.

—Tenéis un problema más gordo —dijo Elijah—. Esa doble de

Vashti era una de los vuestros. Estaba aquí, y sabía perfectamente lo que ocurría con estos espectros. Estaba loca de atar, pero igualmente... Lleva años cazando a seres humanos por deporte. Dudo que la madre de Lindsay fuera su primera o última víctima.

—Syre.

Todos se volvieron para mirar a Lyric, que acababa de bajar del segundo piso.

—Arriba hay una docena de espectros que llevan tanto tiempo sin comer que apenas pueden pestañear.

—Les alimentaba ella —dijo Vashti—. Ella les infectó, y luego les dio de comer a sus propios hijos. ¿Por qué?

—Hay algo más —prosiguió Lyric—. Creo que debéis verlo vosotros mismos.

Syre indicó a Vashti que le precediera y ambos subieron las escaleras detrás de Lyric. Lo hicieron apresuradamente, sorteando los charquitos negros semejantes a brea que marcaban el fin de la vida de los espectros. Lyric les condujo a una habitación situada al fondo del pasillo, el dormitorio principal, que estaba patas arriba. Los muebles habían sido arrojados a un rincón, dejando espacio para colocar una mesa y unas sillas. Unas anotaciones en la pared indicaban la evolución del virus a lo largo de un período de setenta y dos horas. Unas radios portátiles estaban conectadas a sus cargadores. Unas bolsas de viaje y una maleta habían sido colocadas contra las puertas cerradas del armario ropero.

—Aquí —dijo Lyric señalando la maleta abierta. Entre una pila de prendas arrugadas se podía ver el carné de un empleado.

Syre se agachó para cogerlo y contempló el rostro familiar que aparecía en la foto. La sangre se le heló en las venas mientras pasaba el dedo sobre el logotipo alado que decía MITCHELL AERONAUTICS.

—¿Qué es? —preguntó Vashti a su espalda, sin poder ver lo que era.

Él le pasó el carné sin volverse y registró el resto del contenido de la maleta.

—Phineas —dijo Vash con tono quedo—. Pero está muerto.

—¿Estás segura?

El equipaje sin duda pertenecía al primer lugarteniente de Adrian, pues entre sus pertenencias habían encontrado dos plumas que había mudado. Syre observó el color azul verdoso de los filamentos, que le recordaron las alas que él mismo había ostentado antaño. Las alas de cada uno de los ángeles tenían un color único, por lo que no cabía duda de que las plumas que sostenía en la mano habían pertenecido a Phineas.

La voz de Elijah rompió el tenso silencio.

—Eran unos experimentos —dijo, leyendo las anotaciones en la pared—. Fijaos en cómo los han dividido según el peso y el sexo, y luego por las letras A, B y C.

—Mirad. —Raze entró en la habitación con lo que parecía un neceser en una mano. Lo depositó en la mesa y lo abrió, mostrando una colección de viales.

—Debemos enviárselos a Grace —dijo Vash.

Syre se levantó.

—Grace necesita ayuda.

Vash se acercó a Elijah y le entregó el carné de identidad de Phineas.

—Raze conoce a una técnica de laboratorio en Chicago. Estoy segura de que puede ayudarnos a reducir la lista de los expertos más destacados en ese campo.

—No conseguiremos nada —dijo Raze con vehemencia—. Me la follé y la dejé. Dudo que tenga muchas ganas de ayudarme si me presento allí para pedirle un favor. Es… complicado.

Syre se abstuvo de señalar que abandonar a sus amantes después de follárselas estaba a la orden del día en el caso de Raze.

—Ve a verla con tu polla preparada. Seguro que obtendrás lo que necesitamos de ella.

—Tiene que haber otro medio —insistió el capitán—. Podemos recurrir a los esbirros. Seguro que hay alguno que tiene conexiones que podamos utilizar.

A Syre no le pasó inadvertido el ímpetu con que Raze se oponía a su plan, pero decidió no ahondar en el tema de momento.

—No tenemos tiempo para dar palos de ciego, y una recomendación de alguien que conoces personal e íntimamente será más útil que ponernos a buscar en Google. Ocúpate de ello.

Raze tensó el maxilar.

—De acuerdo, comandante.

—Phineas —dijo Elijah con la vista fija en el carné de identidad. Levantó los ojos y escudriñó la habitación—. ¿Qué diablos se proponía esa vampira? Mortales, vampiros, Centinelas... Nada era sagrado para ella.

Syre cruzó los brazos.

—¿Qué probabilidades hay de que Phineas no esté muerto?

Elijah soltó una seca carcajada.

—Es imposible. Él y Adrian eran uña y carne. —Miró la maleta que había en el suelo—. Phineas estaba volviendo de un viaje al enclave de Lago Navajo. Se detuvo en Hurricane, Utah, para que los licanos comieran y cayó en una emboscada en un nido de espectros. Quienquiera que fuera esa doble de Vashti, debía de tener montado un tinglado allí. Y cuando liquidaron a Phineas, cogió sus pertenencias y se largó.

—Es posible. A estas alturas no podemos descartar nada.

—Ya —comentó el Alfa con mirada dura—. Porque resulta más creíble que los Centinelas y los vampiros trabajen juntos que el hecho de que unos esbirros se hayan vuelto locos.

Syre le dio la razón. La mayoría de esbirros habían sucumbido a la locura; los mortales no estaban destinados a vivir sin sus almas.

Un grito inhumano y desgarrador rompió el momentáneo silencio. Todos bajaron corriendo. Llegaron a la planta baja en el preciso instante en que unos disparos reverberaron por toda la casa.

Crash estaba junto al cuerpo desmadejado del esbirro convertido en espectro. Sostenía la pistola con una mano, mientras la otra oprimía la herida sangrante que tenía en el bíceps.

—Se volvió loco y trató de atacarme.

El esbirro que se había recobrado momentáneamente yacía muerto en el suelo; su rostro había asumido de nuevo el aspecto atormentado y macilento de un espectro. Mientras lo observaban, el cadáver se desintegró en un charco viscoso.

Syre sintió cómo la furia se desataba en su interior, desatando una feroz sed de sangre. Ahora estaba claro por qué Adrian no había dudado en arriesgar la vida de Lindsay: no podía permitirse ceder siquiera una gota de su propia sangre cuando todo apuntaba a que podía ser un componente elemental para el remedio contra el Virus de los Espectros.

Syre miró al Alfa. Lindsay era la llave a Adrian, Elijah era la llave a Lindsay y Vashti era la llave a Elijah. Los medios que necesitaba para salvar a su gente estaban a su alcance, y no vacilaría en utilizarlos.

18

Adrian salió de su avión privado y tendió una mano a Lindsay para ayudarla a bajar los pocos escalones.

—Caramba —dijo ella—. Realmente hace más frío en Ontario.

Dentro de poco no repararía en esos detalles. Cada día el vampirismo en su sangre se afianzaba más en ella, y cada día Adrian se alegraba de comprobar que su alma seguía pura e intacta. Al parecer el sacrificio del alma de Shadoe había sido suficiente, y había dejado a Lindsay libre de la maldición de los Caídos. Aunque él dudaba de que el Creador siguiera prestándole atención, Adrian seguía dándole las gracias por el milagro que representaba Lindsay.

Adrian la enlazó por la cintura y la condujo hacia el hangar de Mitchell Aeronautics que Siobhán utilizaba como su cuartel general. Tras pasar por la pequeña abertura entre las puertas del hangar, se dirigieron hacia las escaleras que bajaban a los almacenes de la zona inferior. El inquietante silencio con el que se encontraron contrastaba con el que Adrian había hallado en su última visita. En aquella ocasión los gritos de los esbirros enloquecidos por la infección eran ensordecedores. Desde entonces las habitaciones estaban insonorizadas para proteger la cordura de los Centinelas que trabajaban allí.

—Capitán.

Adrian se volvió hacia la puerta que acababa de dejar atrás.

—Siobhán. Me alegro de verte.

La mujer, morena y menuda, se acercó. Saludó a Lindsay con una sonrisa y a Adrian con un gesto de cabeza, pero enseguida desvió la mirada hacia la bolsa que él llevaba en la mano.

—¿Qué me traes?

—Lo que has pedido —respondió él, entregándosela.

—Venid conmigo —dijo ella, pasándose la mano por su pelo corto y húmedo que desprendía un fresco olor tras la reciente ducha. Como de costumbre, lucía un pantalón de camuflaje urbano, unas botas militares y una sencilla camiseta negra. Ese atuendo no conseguía darle un aspecto duro. Era una mujer de complexión menuda y apariencia delicada, algo que había utilizado para coger por sorpresa al enemigo en varias ocasiones.

Él las siguió por el pasillo y entraron en el laboratorio equipado con el material más puntero que se podía permitir con su fortuna. En las paredes había unas neveras y unidades de refrigeración con puertas de cristal, mientras que las mesas metálicas del centro estaban repletas de blocs de notas, ordenadores portátiles y microscopios.

Siobhán hizo sitio en la mesa más cercana y depositó la nevera portátil. Sonrió al abrirla y leer la etiqueta en la bolsa de sangre.

—Me habría gustado estar presente cuando Raguel te dio esto. ¡Y has obtenido también una muestra de Vashti! Tienes que contármelo con todo detalle.

—Desde luego, aunque supongo que tú también tendrás información que querrás compartir conmigo. —Adrian acercó un taburete de metal para Lindsay y permaneció de pie detrás de ella—. ¿Dónde están los demás?

—Los otros están en la enfermería o realizando trabajos de campo. —La Centinela se acercó al refrigerador más cercano y guardó en él las dos bolsas—. Quería que tuviéramos un poco de privacidad cuando te hablara de mis últimos descubrimientos.

—Adelante.

Lindsay tomó la mano de Adrian y enlazó los dedos con los suyos.

Siobhán regresó y apoyó una cadera contra el borde de la mesa. Tenía el rostro encendido y los ojos relucientes. Él nunca la había visto tan… feliz.

—He llevado a cabo pruebas utilizando las diversas muestras que me habéis enviado durante los últimos días. La mayor parte de sangre de los licanos no tiene efecto alguno.

—¿La mayor parte?

—Una de las muestras era anómala. Cuando la analicé, produjo una reacción violenta. El virus se hizo inestable muy deprisa. De haberla probado con un sujeto vivo, éste habría muerto.

—¿Qué muestra era?

—La del Alfa.

Lindsay apretó la mano de Adrian.

—¿La de Elijah? ¿Por qué?

—Tengo que hacer más análisis para estar segura, pero creo que se debe a que el virus fue creado con su sangre o una sangre semejante a la suya. Debo cerciorarme de si Elijah tiene una anomalía genética singular o si es común a todos los Alfas. —Siobhán cruzó los brazos—. Por desgracia, no puedo contactar con Reese para obtener más muestras.

Adrian pensó en la última vez que había tenido noticias de Reese, el Centinela a cargo de los Alfas. Los licanos dominantes habían sido separados de los otros para impedir una revuelta, y eran utilizados para misiones que requerían un gran sigilo, en las que un cazador solitario constituía la mejor ofensiva.

—Hace unos tres meses que no hablo con él, pero nos informa a menudo y no ha informado de ningún problema por ahora.

—¿Lees los informes personalmente?

—No, delego en mi segundo.

—¿De modo que la tarea le correspondía a Phineas, luego a Jason y ahora a Damien?

—Correcto.

Ella asintió con la cabeza.

—Te aconsejo que hables directamente con Reese, capitán. Un donante no habría sido suficiente dada la magnitud de la epidemia a la que nos enfrentamos, a menos que sintetizaran la proteína identificada. Y habrían necesitado una gran cantidad de sangre de los Alfas para conseguirlo. Hablo de litros y litros de sangre y mucho tiempo dedicado a la investigación y desarrollo.

—No lo entiendo —dijo Lindsay—. Si existen unos marcadores genéticos que identifican a los Alfas, ¿por qué tuvieron bajo observación a Elijah? Si un simple análisis de sangre podía demostrar lo que era, tendría que haber sido fácil saberlo, ¿no?

—Todo esto es una novedad para mí —dijo Adrian con calma, mientras los pensamientos se agolpaban en su mente. ¿Cómo era posible que algo tan vital y elemental hubiera pasado inadvertido durante tanto tiempo? ¿Y si no había sido así? Y si alguien lo sabía... Ese temor hizo que sus pensamientos se tornaran más oscuros. Lindsay había sido raptada de Angel's Point por alguien con alas y entregada a Syre, quien la había sometido a la Transformación. Desde entonces, tenía la sospecha que uno de sus Centinelas podía ser un saboteador, pero esto... Esto revelaba una conspiración de enormes consecuencias—. ¿Has estado alguna vez en Alaska, neshama?

—No.

—Mañana partiremos para allí.

—¿Capitán?

Adrian miró a Siobhán.

—¿Sí?

—Hay algo más. —La Centinela respiró hondo—. Me he enamorado de un vampiro.

Cuando la puerta de la habitación del hotel se cerró detrás de ellos, Vash arrojó su bolsa sobre la cama y miró preocupada la pierna de Elijah.

—¿Estás mejor?

—Estoy bien —respondió él, ofreciéndole una sonrisa espontánea que le partía el alma—. Como nuevo.

Ella asintió, pero la inquietud le producía un nudo en el estómago.

Como la mayoría de licanos, Elijah odiaba volar, y su malestar durante el vuelo a Virginia Occidental la había irritado. Vash apenas había prestado atención a las calles de Huntington mientras conducía de camino al hotel. Sus pensamientos se centraban en los acontecimientos de la jornada y en el hecho de que su calma dependiera en gran medida del bienestar de Elijah. Todo había cambiado en el momento en que decidió quedarse con él. Ahora tenía algo que perder, algo que no podría soportar perder. Lo que se estaba creando entre ellos era demasiado nuevo, demasiado raro, demasiado valioso y con infinitas posibilidades. Los retos, las alegrías...

—Vashti. —Él se acercó a ella, y le mesó el cabello, sosteniendo su cabeza—. Me he roto la pierna. Son cosas que ocurren.

Ella lo agarró por las trabillas del pantalón y lo atrajo hacia sí.

—Vi cómo te metían en esa habitación y cerraban la puerta... Me entró el pánico. Nunca he sentido nada parecido en mi vida. Era terror en estado puro. Tuve que luchar para abrirme paso para llegar a ti y cada segundo parecía una hora. Y cuando lo conseguí y vi que la vampira te encañonaba con una pistola, me quedé helada... Apenas podía pensar...

—Tranquilízate. —Él la besó en la frente—. Todo va bien.

—No, maldita sea, todo no va bien. No quiero volver a sentir jamás esa sensación. Es demasiado.

—Lo sé. Es terrorífico.

—Tú no pareces asustado —le espetó ella con tono acusador—. No actúas como si tuvieras miedo.

—Procuro controlarlo —contestó él con voz grave y tranquilizadora—. Cuando me uní a ti sabía lo que eras..., quién eras. Si trato de restringir tu libertad de movimientos para que estés segura, te perderé. Y como no quiero perderte, tengo que adaptarme a esta situación.

Era reconfortante descubrir que sus sentimientos eran similares a los suyos, pero no era una respuesta. No aliviaba el dolor que ella sentía en su pecho.

—No soy tan fuerte como tú. No quiero perderte nunca de vista.

Él acarició su rostro con la nariz y ella se arrimó a él, sintiendo que sus piernas se derretían ante ese gesto de ternura.

—Porque ya perdiste a alguien de vista una vez y desapareció. Imagino lo duro que debe de ser dar ese paso de nuevo.

—Esto no estaba previsto. No debería volver a sentir esto. Tuve mi oportunidad. Tuve a Char. No debería suceder por segunda vez.

Elijah se apartó y la observó con sus ojos verdes de cazador. Fríos y calculadores.

—¿Qué es lo que no debería suceder?

—Tú. Esto. Nosotros. —Ella cerró los ojos para no ver la forma en que él la miraba. Estaba hecha un manojo de nervios. La ansiedad iba a acabar con ella—. Mierda. ¿Por qué no podemos conformarnos con el sexo? ¿Por qué ha tenido que ocurrir todo lo demás para complicarnos la vida?

Él le inclinó la cabeza hacia atrás y selló con un beso su boca. Sentir el primer roce de su lengua la volvió loca, provocando que se alzara de puntillas para apresarlo suavemente entre sus labios. Él emitió un gemido que la inundó, despertando en ella un hambre salvaje. El deseo carnal estaba siempre a flor de piel, dispuesto a arder a la menor provocación.

Vash lo besó con una avidez feroz, metiéndole la lengua hasta el fondo. Deslizó las manos bajo su camiseta, buscando y hallando su piel cálida, entre áspera y satinada. Clavó sus dedos en los músculos que surcaban su espalda, apretándolo contra ella para que lo único que se interpusiera entre ellos fuera la ropa.

La risa gutural de Elijah vibró en los pechos de Vash.

—Te has propuesto follarme hasta acabar conmigo.

—Te deseo —murmuró ella mientras le besaba el mentón y el cuello.

—Perfecto.

Ella le levantó la camiseta y respiró la esencia que desprendía su piel, perdiéndose entre el fino vello que cubría su pecho. Su lengua jugueteó con el pezón, lamiéndolo con avidez.

—¡Dios, cómo me gusta! —dijo él con voz ronca, levantando los brazos para quitarse la camiseta.

Ella se arrodilló y le desabrochó la bragueta con frenesí.

—Eh. —Él arrojó su camiseta a un lado—. ¿A qué viene tanta prisa?

Ella le bajó los vaqueros, pero él la detuvo, tomándola de la barbilla para ver su rostro.

—Vashti. —Los ojos de Elijah reflejaban preocupación—. Háblame.

—No quiero hablar. Te quiero a ti.

Él se arrodilló junto a ella, apartándole el pelo de la cara.

—Nos vamos a enfrentar a muchas situaciones complicadas juntos. Forma parte de nuestra naturaleza.

—Para ti es fácil decirlo. —Ella le apartó la mano bruscamente—. Las posibilidades de que yo muera son remotas, por no decir nulas. Tú te estás muriendo ahora mismo. Con cada minuto que pasa.

—Ya. —Elijah se sentó sobre sus talones, ajeno a la imagen tremendamente sensual que ofrecía: con el torso desnudo y la bragueta lo bastante abierta como para mostrar la fina y sedosa línea de vello que conducía a ese apetitoso lugar más abajo. Tan vital y viril. Una poderosa fuerza de la naturaleza. Y sin embargo sus días en la Tierra estaban contados—. Entiendo.

—No lo creo. ¿Cómo vas a entenderlo?

Él apoyó las manos en las rodillas y suspiró profundamente.

—Los licanos que tienen pareja viven más tiempo.

—¿Qué? ¿Qué has dicho?

—Ya me has oído. Y tú me amas. Lo bastante para hacer que estés más loca de lo que estabas.

Ella lo miró fijamente y se levantó, intentando recuperar la compostura con la mayor dignidad posible. No iban a hablar de esto. Jamás. La situación ya era bastante complicada sin expresarla en palabras.

—Ve a darte esa ducha que querías darte.

Agarrándola de la muñeca cuando ella pasó junto a él, Elijah se levantó.

—Me alegro.

—No te hagas ilusiones. Es posible que en este lugar no haya agua caliente.

—Me alegro de que me ames —aclaró él.

—¿He dicho yo eso? No creo haberlo dicho.

—De acuerdo. —Él acarició su muñeca, notando con el pulgar su pulso acelerado—. Yo tampoco lo diré. Pero no por eso deja de ser verdad.

El intenso dolor que ella sentía en el pecho hizo que se tambaleara hasta la cama. Se dejó caer en ella, con la vista fija en la pantalla del televisor, que estaba apagado.

—Ve a darte una ducha —repitió.

—¿Te vienes?

Ella negó con la cabeza, preguntándose cómo sobreviviría a esto por segunda vez. Padecer dos veces ese dolor devastador. Le chocaba que fuera capaz de equiparar a los dos hombres a los que amaba: uno que había estado con ella durante siglos y otro que había conocido hacía sólo unos días. ¿Cómo era posible que se hubiera enamorado de él en tan poco tiempo? Peor aún, estaba segura de que su amor por Elijah aumentaría con el tiempo, hasta hacerse tan necesario que no sería capaz de respirar sin él

Él tomó su mano, besó sus nudillos y la soltó. Al cabo de un momento, ella escuchó correr el agua de la ducha. Y un momento después, le oyó cantar.

El dolor en su pecho dio paso a un dulce anhelo. Elijah tenía una hermosa voz de tenor, que exhibía en aquella canción desconocida para ella. Pero aunque hubiera desafinado, a ella le habría dado igual. No era su talento lo que la seducía, sino el hecho de compartir esos momentos de intimidad con él. El regalo de verle abrirse y mostrarse espontáneo.

Ser su pareja. Vash sacudió la cabeza. Esa palabra no significaba lo mismo para un licano que para un vampiro. Cuando Charron murió ella siguió adelante. Trastornada por la pérdida, sin duda, pero capaz de continuar adelante. Cuando Elijah tomara una compañera, viviría hasta que muriera de viejo o muriera su compañera. No podría sobrevivir a ninguna de esas dos circunstancias.

Vash seguía reflexionando sobre ello cuando él salió del baño, desnudo y empapado. Sacudió la cabeza para eliminar el agua del pelo, rociándola a ella y el resto de la habitación.

—¡Eh! —protestó ella—. Vigila, cachorro.

Él la miró mientras se acercaba a la cómoda y echaba un vistazo a su teléfono móvil.

—Tú ya vigilas por los dos, que no me quitas los ojos de encima, fiera. No dejas de mirarme el culo.

—Un culo muy bonito —respondió ella, sorprendida por su tono gutural. Debido al efecto que él le producía, sin duda. El que ella venía experimentando desde el momento en que lo había visto desnudo y sangrando en la cueva en Utah, un cuerpo espectacular aún en tensión ante la amenaza de un ataque inminente.

No quería pensar en el fin. Se centraría en el presente, tomando todo lo que pudiera de él, dándole todo cuanto ella tenía. Si la vida de él iba a ser tan breve como un sueño, ella se aseguraría de que ambos brillaran como el sol para que, llegado el momento, ella ardiera con él.

Se bajó la cremallera del chaleco y dijo con un inconfundible tono posesivo.

—Mío.

Él se volvió hacia ella, mirando fijamente sus pechos desnudos.

—Mía —ronroneó.

Ella le indicó con el índice que se acercara. Él se detuvo frente a ella, colocándose entre sus piernas abiertas, su reluciente pene al nivel de sus ojos. Cuando intentó echarla en la cama, ella enlazó sus manos con las suyas y lo detuvo, recorriendo con la lengua su pene en erección.

—Dios... —Él echó la cabeza hacia atrás—. He soñado con tu boca desde la primera noche en Bryce Canyon.

Decidida a borrar el recuerdo de la última vez que le había hecho una felación, Vash le soltó y empezó a acariciar su miembro con las manos para acompañar los movimientos de su boca. Los ásperos gemidos de placer que él emitía le parecían tan bellos como cuando le había oído cantar. Cuando él enredó sus dedos en su cabellera y empezó a dirigir sus movimientos, ella se sometió a él, dejando que marcara el ritmo y la intensidad, deleitándose en la seguridad con la que él tomaba lo que necesitaba de ella. Con Char había sido distinto, porque sentía por ella un amor reverencial. Elijah era un ser más visceral. Era un licano, con las necesidades primarias de una bestia, y al mismo tiempo un hombre que comprendía la necesidad que tenía su compañera de cederle a veces el control.

Ella apretó los labios y le chupó el pene con decisión, embriagada de deseo y amor. Su sabor, tan limpio, intenso y puramente varonil, la volvía loca. Su sexo se humedeció, ávido de él.

Él contuvo el aliento; los muslos le temblaban.

—Me la chupas tan bien... Estás tan buen...

Ella levantó la cabeza y apartó los labios de su rígido miembro. Lo encerró entre esos pechos que tanto le gustaban, apretándolos con sus brazos para sentir aquella erección.

—Vashti. —La expresión en los ojos de él era la recompensa que ella anhelaba, el deseo que él revelaba sin tapujos en estos momentos de intimidad—. Me destrozas.

—Tuya —dijo ella suavemente, pasándose la lengua por los labios mientras él la sujetaba por los hombros para que estuviera quieta. Entonces él empezó a mover las caderas, suavemente, en un ritmo irregular.

—Preciosa —dijo con voz ronca—. Maldita sea, eres preciosa.

Él dobló un poco las rodillas, incrementando la rapidez de sus movimientos, jadeando. Sus ojos brillaban con intensidad y hambre, el rostro encendido y perlado de sudor.

Ella sintió cómo la tensión se apoderaba de él, vio cómo los músculos de su abdomen se relajaban y se contraían con cada uno de los movimientos de sus caderas. Sintió que él estaba a punto de alcanzar el orgasmo.

—Basta. —Él se apartó, la volteó sobre la cama con un solo movimiento, para quitarle las bragas. La penetró hasta el fondo mientras la agarraba del cabello, deslizándose con facilidad dentro de su sexo.

Sus ojos se cerraron con un gemido de gozo. Se sumió en la bruma de placer, en la simple belleza del ritmo pausado y sostenido de Elijah. Lento y relajado. Moviendo las caderas con una pericia y un control que la dejaban sin aliento. Sabía cómo hacerle el amor, penetrándola hasta el punto justo, retirándose lo suficiente para volver a entrar, ejerciendo la presión exacta mientras se movía dentro de ella. Vash sintió que las lágrimas afloraban a sus ojos, conmovida por la pureza de esta conexión, a un tiempo sensual y tierna. Increíblemente íntima.

Él la besó en el hombro, apartándole el chaleco, que estaba desabrochado, y le murmuró al oído:

—Un día, dentro de poco, cuando estés preparada, voy a montarte así. Voy a montarte mientras arqueas el cuello, ofreciéndomelo. Voy a marcarte con mis dientes. Voy a follarte. Voy a aparearme contigo. Entonces serás mía, Vashti. Irrevocablemente. Cada centímetro de tu maravilloso, obstinado y peligroso ser. Mía.

Ella se estremeció al tiempo que alcanzaba un orgasmo arrollador con esa promesa en el corazón. Por imposible que pareciese, era suya. Al igual que él era suyo.

Elijah se despertó de un sueño profundo y reparador en pleno proceso de cambio de forma; su cuerpo se levantó con forma de hombre y aterrizó sobre la moqueta como un licano. Se volvió, gruñendo, tratando de localizar la amenaza que había despertado a su bestia. El gemido de Vashti desde la cama hizo que se quedara helado.

—¡No! —exclamó ella, su cuerpo estremeciéndose por la pesadilla—. Por favor, basta...

Dios. Él gimió de dolor, sintiendo una opresión en la boca del estómago. Se centró en su ritmo cardíaco para que se ralentizara, esforzándose en pensar con claridad para asumir de nuevo la forma con que despertarla sin asustarla. La forma con que podía abrazarla y consolarla.

Los escasos momentos que tardó en recobrar el control le parecieron días. Vashti se revolvía desnuda en el lecho que compartían, el recuerdo de un dolor pasado agitando su maravilloso cuerpo. Y él no podía luchar contra los demonios que atormentaban su alma. No podía vengarla. Todavía no.

En cuanto logró cambiar de forma, saltó sobre la cama y la abrazó con fuerza mientras ella luchaba contra él en medio de su pesadilla.

—Vashti —dijo con voz ronca, sintiendo un nudo en la garganta de ira y dolor—. Vuelve, cariño. Despierta.

Ella se acurrucó contra su pecho; su sedosa piel estaba empapada de sudor.

—Elijah.

—Estoy aquí. Te tengo en mis brazos.

Se estremeció con violencia y oprimió su fría nariz contra la piel de él.

—Maldita sea.

—Cálmate... —Él la acunó en sus brazos, rozando con los labios su coronilla—. Todo está bien. Ya ha pasado.

—No. —Ella meneó la cabeza, clavándole las uñas en la espalda mientras se aferraba a él—. No puedo dormir, maldita sea. Sólo quiero yacer a tu lado mientras descansas, acurrucarme junto a ti y soñar contigo. Pero esos cabrones me arrebataron esa opción.

Inclinándole la cabeza hacia atrás para contemplar su rostro cubierto de lágrimas, Elijah le apartó unos mechones húmedos que tenía adheridos a la frente y las mejillas y contempló el tormento en sus ojos. Ver a una mujer tan fuerte reducida a una criatura aterrorizada le partía el corazón y le provocaba una furia letal que no podía descargar. Podía protegerla de fuerzas externas, pero la oscuridad que la invadía era algo a lo que no podía acceder si ella no se lo permitía.

—No para siempre. Cuando seamos pareja…

—¡Maldita sea, nunca seremos pareja! —Ella se revolvió para liberarse de sus brazos, como una bestia enfurecida, y él la soltó para que no se lastimara—. No puedo procrear, Elijah. No puedo darte unos lindos cachorritos dotados de colmillos con los que puedas jugar después de una larga jornada persiguiendo a las manadas de licanos que quieren matarme.

—Y yo no viviré para siempre —respondió él—. No somos perfectos, pero somos todo lo que tenemos. No estoy dispuesto a verte sufrir cuando puedo ayudarte.

—¡No puedes ayudarme! Ocurrió hace tiempo.

—No en tu mente. No en tus sueños. Cuando seamos pareja… —Elijah alzó una mano antes de que ella abriera la boca—. Calla y escúchame. Cuando seamos pareja, podré compartir esos sueños contigo, podré ahuyentar a los demonios que te mortifican. Podremos hablar entre nosotros, compartirlo todo, sin una palabra.

Ella lo miró horrorizada.

—No te quiero en mi cabeza.

—Tú no tuviste reparos en meterte en la mía.

—Era distinto. Practicábamos sexo. Quería que te sintieras bien.

—No cuela, tesoro. —Él tensó la mandíbula—. Me necesitas en tu cabeza. Y yo necesito estar allí. Me mata verte sufrir de este modo. Oler tu temor.

—Sólo necesito permanecer despierta. —Vash empezó a pasearse de un lado a otro de la habitación, con su cabellera balanceándose alrededor de su torso desnudo—. No necesito dormir como tú. Puedo prescindir del sueño.

—¡No digas chorradas! —Él se levantó—. Puede que tu cuerpo no necesite dormir, pero tu mente, sí. Tu corazón también.

—No sabes lo que me hicieron —soltó ella de sopetón—. No quiero que lo sepas. Nunca lo sabrás. No lo permitiré.

Elijah cruzó los brazos.

—Intenta impedírmelo.

—No es necesario. Podemos resolverlo sin necesidad de que lo averigües.

—No hay trato, cariño. ¿Crees que existe algo, lo que sea, capaz de impedir que te desee? ¿No crees que ya habría buscado esa vía de escape antes de que alcanzáramos el punto de no retorno? Tienes razón. No sé lo que te hicieron. Pero lo sospecho y tengo una imaginación muy retorcida, depravada y jodida. Lo que imagino en mi cabeza quizá sea peor que la realidad, pero da lo mismo. Eso no cambia mis sentimientos hacia ti. Nada puede alterarlos.

—Eso no lo sabes. —Ella se pasó las manos por el cabello—. No quiero arriesgarme a que lo averigües por las malas.

Él la agarró cuando pasó a su lado y la obligó a mirarlo.

—Lo único que puede interponerse entre nosotros es una infidelidad. En tal caso, no tendrías que preocuparte de que te abandonara porque los dos estaríais muertos.

Vash lo observó unos instantes con tristeza; luego esbozó una media sonrisa.

—¿Y dices que yo estoy loca?

—Quiero hacerte feliz. —Él la estrechó contra sí. El gélido nudo que sentía en la boca del estómago se fundió cuando ella le rodeó con sus esbeltos brazos—. Te guste o no. Tanto si te resistes como si no.

—Puedes estar seguro de que me resistiré —le prometió ella con ojos claros—. Yo soy así.

Él la besó en la frente.

—Y así es como te quiero.

19

—No te apartes de mí —dijo Elijah cuando Vashti se bajó del coche alquilado por el lado del copiloto, su mirada fija en la gigantesca puerta de metal que daba acceso al enclave de los licanos en Huntington—. En cuanto te huelan sabrán que eres mía. No me extrañaría que no nos topáramos con algún problema. En especial de quienquiera que haya estado dirigiendo este lugar desde que se sublevaron.

Ella se colocó las gafas de sol sobre sus ojos dorados y rodeó el coche.

—Te cubriré las espaldas, tesoro. Y tu bonito culo.

Él no pudo evitar contemplarla. Vash llevaba uno de sus monos sin mangas, negro, tan ajustado que parecía pintado sobre la piel. Unas botas de cuero negro le cubrían las piernas desde los pies hasta las rodillas, y su larga cabellera roja le caía por la espalda. Por primera vez desde que se habían conocido, lucía una joya: un espectacular collar que había comprado esa mañana cuando había salido a por un café para él en el Starbucks. Le conmovió que hubiera pensado en su necesidad de ingerir cafeína, una necesidad que ella no compartía. Pero el collar lo conmovió aún más. Era un exquisito collar de peridoto cuyo color ella había dicho que le recordaba a sus ojos.

Él no se dejó engañar por el tono despreocupado con que ella le había explicado el motivo de su elección. El collar era un cambio obvio que destacaba contra el negro luto con el que vestía habitualmente. Era una declaración clara que no podría pasar inadvertida; y había decidido hacerla con algo que asociaba a él.

Vash había añadido que sus alas habían sido de un color parecido, permitiendo que él imaginara a un ángel de cabello de color rubí, ojos de zafiro, alas de color peridoto y una tez pálida como la perla. Imposiblemente bella, había pensado él, lamentando no haberla visto de aquella manera. Luego la había abrazado y besado hasta que ella se había relajado en sus brazos, esbozando una sonrisa de felicidad que mostraba sus afilados colmillos. El ángel que había sido pertenecía al pasado. Era la vampira la que le había robado el corazón. El ángel caído con alma de guerrera. La mujer que había sufrido un ataque brutal a manos de unos demonios y había quedado destrozada, para regresar luego más fuerte y feroz que nunca.

—Micah siempre será un problema entre nosotros, ¿verdad? —preguntó ella bajito, ajustándose con gesto distraído las fundas de sus katanas—. O para ser más precisos, lo que yo le hice y lo que tú le hiciste a su viuda por mi culpa.

Él no lo negó. Era inútil negarlo.

—Lo siento, El. —Ella extendió la mano y enlazó los dedos con los suyos—. No que lo hiciera, porque dadas las circunstancias y la información que tenía, volvería a hacerlo. Pero lamento haberte herido y que lo que hice te esté causando problemas ahora.

La pantalla de vídeo junto a la puerta se encendió y apareció un rostro masculino que los observó con seriedad.

—¿Quiénes sois? ¿Qué queréis?

Puesto que el vídeo se hallaba más cerca de Vashti, se apresuró a decir:

—Vuestro Alfa ha venido a echar un vistazo. Confía en que le deis una cordial bienvenida. Y no estaría de más que le lamierais un poco el culo.

Elijah suspiró.

—Vashti.

—¿Qué? —Ella se acercó a él.

La puerta de unos diez metros de altura se abrió lentamente, mostrando a un grupo formado por media docena de licanos armados, cinco machos y una hembra. Vashti bajó la mirada y se fijó en la multitud de puntos rojos que habían dirigido hacia su pecho. Esbozó una maliciosa sonrisa, enseñando los colmillos.

—Pórtate bien —le advirtió él antes de entrar—. Deponed las armas. Ella está conmigo.

—Es una vampira —gruñó el licano, alto y de color leonado que estaba en el centro del grupo con cara de pocos amigos.

—Un tipo simpático y observador —replicó Vash con tono zalamero—. Siento haberme dejado las galletitas para mascotas en el hotel.

El licano apuntó con la pistola a la frente de Vash.

Elijah se quitó las gafas de sol.

—Sí, pero está claro que no oye bien. Quizá tenga que liquidarlo.

—¿Puedo presenciarlo? —inquirió ella con dulzura.

El licano moreno que estaba junto a Gatillo-Fácil enfundó su arma y avanzó hacia ellos. Los olfateó un poco y observó con curiosidad a Elijah y a Vashti.

—Qué interesante.

La sonrisa de Vash se ensanchó.

—Ni te lo imaginas.

El licano tendió la mano a Elijah.

—Soy Paul. No sabíamos que había un Alfa dirigiendo la manada.

Vash se acercó con gesto claramente protector.

—¿Para qué enviar a un emisario cuando él mismo puede hacer esta gestión? Vuestro Alfa se encarga personalmente de las tareas que le competen.

—Aquí tenemos una jerarquía —dijo Gatillo-Fácil secamente—. O la respetáis, u os buscáis otro enclave que os dé cobijo.

Ella meneó la cabeza.

—Decididamente, no voy a darte una galletita.

Gatillo-Fácil apuntó con su pistola.

En los segundos que Vash tardó en pivotar para esquivar el disparo,

Elijah cambió de forma y se abalanzó sobre el licano rubio, derribándolo y partiéndole el cuello con un ágil movimiento.

Sonaron unos disparos a su alrededor. Elijah se volvió, gruñendo, dispuesto a atacar de nuevo... Pero vio que a tres de los licanos les sangraban las manos con las que habían empuñado sus pistolas y uno de los machos tenía los dos brazos en alto y la vista clavada en el suelo. Vash sostenía con una mano la pistola de Paul y con la otra lo sujetaba por el cogote, obligándole a permanecer de rodillas.

Elijah asumió de nuevo su forma humana y se encaminó hacia las ropas que se había quitado, sintiendo un profundo respeto y admiración por su compañera.

Vash miró a la licana.

—Cierra los ojos, zorra. No mires. Como veas una parte de la anatomía de tu Alfa que no sea la cara, no vivirás para lamentarlo.

Él se puso primero los vaqueros, para complacer a Vash, y luego utilizó su camiseta para limpiarse la sangre de la boca y el pecho.

—Soy tolerante con muchas cosas —informó al grupo de licanos—. Pero no tolero la desobediencia ni las amenazas contra Vashti. ¿Está claro?

Al averiguar quién era ella, dos de los machos cambiaron de forma, incapaces de reprimir su agitación. Elijah les soltó un gruñido que les obligó a sentarse, aunque seguían moviéndose, inquietos.

—Suelta a Paul.

Vash soltó al licano al que tenía inmovilizado en el suelo, pero no apartó la vista de los otros.

Paul se incorporó y estudió a Elijah.

—Nunca había visto a un licano cambiar de forma con tanta rapidez.

—Apuesto a que tampoco has visto nunca a un licano que se folle a una vampira —dijo Vash—. Nada menos que a la lugarteniente de Syre. Es un mundo nuevo, tío.

Elijah la miró con gesto de reproche.

—¿No te dije que te comportaras?

—No obedezco órdenes tuyas cuando no estoy desnuda.

Elijah decidió no darle más munición.

—Necesito acceder a vuestro centro de datos, Paul.

—De acuerdo, Alfa. —Paul señaló la puerta—. Te conduciré hasta él.

Elijah estaba ocupado analizando la información cuando sonó el móvil de Vash. Disculpándose, ésta salió al pasillo para atender la llamada. El rostro de Syre en la pantalla de su iPhone, sonrió.

—Vashti —dijo Syre a modo de saludo—. ¿Cómo va todo en Huntington?

—Aún no lo sé. Están tratando de sacar algo en limpio.

—¿Qué llevas alrededor del cuello? —preguntó él, frunciendo el ceño—. ¿Una joya?

Ella se sonrojó.

—Sí. ¿Qué pasa?

—¿Has solucionado las cosas con tu licano?

—Voy a quedarme con él. —Vash decidió que era mejor comunicárselo cuanto antes.

La sonrisa de Syre reveló sus colmillos.

—Excelente.

Vash apretó el puño a su costado, dibujando en su imaginación la bifurcación en la carretera ante ella y la decisión que pronto tendría que tomar entre los dos hombres más importantes en su vida.

—¿Puedes hablar en privado? —La voz suave y tranquilizadora de Syre tuvo el efecto contrario.

—Aún no. —Vash miró a uno de los licanos que montaban guardia—. ¿Dónde está la habitación insonorizada más próxima?

Él señaló con el pulgar el otro extremo del pasillo, observándola con ojos fríos y duros.

—Dos puertas más allá, a la derecha, chupasangres.

—Gracias, Fido.

Una vez a solas, Vash aguzó el oído para cerciorarse de que no oía nada aparte de su propia respiración. Golpeó las paredes con el pie, por si percibía un sonido que indicara la presencia de un hueco donde pudiera haber un micrófono oculto.

—Vale, ya estoy sola. ¿Cómo va todo?

—Dentro de un rato parto con Raze hacia Chicago para hablar con el contacto que tiene allí. Torque nos cubrirá durante esta misión. —Syre se reclinó en su butaca—. En cuanto a tu licano..., hay algo que debes saber.

Ella sintió que el corazón le daba un vuelco.

—¿De qué se trata?

—La remisión que su sangre causó ayer en ese espectro tiene una explicación: acababa de beber sangre de Centinela filtrada a través de Lindsay. Cuando Grace analizó la sangre de Lindsay a través de las agujas y demás parafernalia que decidiste recoger, comprobó que el efecto era aún más marcado. Es probable que la clave del remedio contra el Virus de los Espectros se encuentre en la sangre pura, sin diluir, de Centinelas, o tal vez en la sangre de ángeles.

Ella contuvo el aliento y asintió con gesto serio.

—Tú lo sospechabas —dijo él.

—Sabía que tenía que ser algo muy importante para que Adrian dejara que Lindsay viniera conmigo. —Vash se pasó una mano por el pelo y empezó a pasearse de un lado a otro, sus tacones resonando sobre el suelo enlosado—. Es increíble. Esto explicaría por qué Adrian robó mi sangre. Probablemente cree que aún tenemos unas propiedades sanguíneas similares.

—He enviado a Grace unas muestras de mi sangre, de Raze y de Salem. Veremos qué resultados obtiene. Con suerte, este viaje a Chicago resultará muy provechoso y conseguiremos que la técnica de laboratorio nos ayude a agilizar las cosas. —Syre se detuvo un momento—. Además, entre los restos de la furgoneta hallaron un artilugio incendiario. Es posible que fuera detonado por control remoto.

—¿Cómo supo la persona a cargo del control remoto cuándo activarlo? —En la mente de Vash bullían multitud de preguntas—. A menos que estuviera observando.

—Encontramos C4 por toda la casa de los espectros. Era una trampa.

—¿Cómo es que la casa no voló por los aires? Si vieron partir a la furgoneta, es evidente que nos vieron a nosotros también.

—No lo sabemos. Quizá tu doble tenía en la furgoneta el control remoto para hacer volar la casa. O el receptor fuera defectuoso. Salem está registrando la casa con equipo en estos momentos. Torque está siguiendo el rastro de la compra del C4. Con suerte, dentro de poco tendremos alguna respuesta.

Vash se frotó el gélido nudo que sentía en el pecho.

—Hasta que no tengamos más datos sobre esto, ten cuidado en Chicago. Y vigila a Raze. Hay algo entre él y esa técnica de laboratorio a la que vais a visitar.

—Ya lo supuse. Mantenme informado.

El hermoso y austero rostro de Syre desapareció de la pantalla y ella emitió un suspiro de alivio. De pronto oyó que la puerta se abría a su espalda y se volvió.

Al ver a Elijah el temor que había empezado a apoderarse de ella remitió.

Él le tendió la mano.

—Hemos encontrado lo que buscábamos.

Vash apretó el hombro de Elijah al leer los datos en el gigantesco monitor instalado en la pared.

—Tres licanos —dijo—. Tres contra Char e Ice. Es extraño que consiguieran ganar.

Él la miró, observando su semblante, deseando saber con quién había estado hablando por teléfono y qué le habían dicho. Se mostraba menos vivaz que de costumbre, y eso le preocupaba.

—¿Crees la acusación de que el neófito transformado por Charron instigó el ataque?

—Es posible. —Vash cruzó su intranquila mirada con la de Elijah—. Ice era problemático. Luchaba contra su sed de sangre y su falta de autocontrol, pero Char creía poder lograr que se centrara. Yo estaba tan liada con mis deberes como segunda que no podía negarle algo que le complacía y le mantenía ocupado.

Elijah leyó entre líneas. Charron y ella no habían sido iguales, como lo eran Vash y él.

—Pero Ice sobrevivió al ataque…

—Sólo unas horas. El sol le había causado graves quemaduras.

—… mientras los otros torturaban a Charron.

Ella asintió con la cabeza.

—Fue un ataque brutal. Llegué a pensar que los demonios lo habían encontrado antes de que yo llegara. Pero su cuerpo apestaba a licanos, y eran dientes de licano los que le habían arrancado las entrañas.

Los demonios. Él sintió que un escalofrío le recorría el cuerpo. Abrazándola, acercó los labios a su oído y preguntó:

—¿Cuánto hacía que Char había muerto cuando te atacaron?

Ella se apartó bruscamente.

—¿Quién te ha dicho que yo…? —Luego calló, con el ceño fruncido—. Una hora. Más o menos.

—Una hora… —Él la estrechó con tanta fuerza que ella sintió que se ahogaba y trató de soltarse—. Encontraré la forma de obligarlos a salir del infierno y los mataré de nuevo.

—Elijah. —Ella se relajó y dejó que la amara, besándole en la barbilla—. Siempre tienes que vengar a alguien…, excepto cuando yo me interpongo en tu camino.

Él se volvió de nuevo hacia el monitor, enlazándola por la cintura con un brazo.

—¿Puedes localizar sus historiales y mostrarlos uno junto a otro? —preguntó al licano llamado Samuel que estaba sentado ante el teclado.

Samuel tecleó la búsqueda y Elijah tomó nota del resultado.

—Los tres nacieron el mismo mes y el mismo año.

—Y todos murieron el mismo año —murmuró Vashti—. Con pocos meses de diferencia.

—¿Eran de la misma camada, Samuel?

El licano observó el monitor con el ceño funcido.

—No se producen muchos nacimientos de trillizos entre nosotros, pero consultaré sus gráficos de reproducción. Qué raro. No hay ninguno.

—Podemos analizar su sangre —sugirió Elijah—. Envía a alguien al centro de conservación criogénica para que la examinen.

Samuel tomó el teléfono incorporado a la terminal de trabajo y transmitió la orden.

Vash paseaba las yemas de sus dedos por la cadera de Elijah de forma nerviosa.

—¿No es raro que unos hermanos cacen juntos?

—Depende. —Samuel no apartó la vista del monitor—. No si son jóvenes. Pero estos eran unos machos en edad de reproducirse. Lo lógico es que los hubieran enviado a distintos enclaves.

—Para ampliar la reserva de genes —comentó ella secamente—. Qué romántico.

—Eso explica que los datos referentes a ellos sean tan similares. Pero no explica por qué murieron. ¿Por qué no consta la causa de su muerte, Samuel?

Samuel se encogió de hombros y respondió:

—Depende de la situación en ese momento y de lo concienzudo que fuera el técnico a cargo. Ten presente que esta habitación sólo estaba ocupada por Centinelas antes de la sublevación, y a la mayoría de ellos les importa un carajo cómo morimos.

Elijah sacó su móvil del bolsillo, que estaba sonando, para silenciarlo, pero al ver el nombre de Stephan decidió atender la llamada.

—¿Qué tienes?

—Unos centenares de licanos —respondió su Beta secamente—. Estoy de nuevo en el almacén. A medida que los equipos se desplazan a través del país, se topan con licanos extraviados y los envían aquí. Alguien tiene que permanecer aquí todo el tiempo para procesarlos.

—Menos mal que tienes iniciativa.

Stephan se rió.

—Si te incordiara con cada decisión administrativa que hay que tomar, me arrancarías la cabeza. Quizá literalmente.

—Eres demasiado valioso. Buscaría otra forma de torturarte.

—Escucha, hay algo más.

La repentina gravedad del tono de su Beta alarmó a Elijah.

—¿De qué se trata?

—Himeko ha contado a todo el mundo que has tomado como compañera a la lugarteniente de Syre.

—Hmm… —Elijah observó que Vash le miraba con el ceño fruncido; su oído vampírico había captado cada palabra. Él le acarició el entrecejo con suavidad, para eliminar las arrugas de preocupación—. Todavía no. Aún no está decidida.

Se produjo una larga pausa.

—Alfa, lamento recordarte lo obvio…

—Entonces no lo hagas.

—Los vampiros no pueden procrear.

—Gracias por la información.

A Stephan el comentario no le sentó bien.

—Como tu Beta tengo el deber de informarte de cualquier tema que cause preocupación entre nuestras filas. No te burles de mí por hacerlo.

—Jamás me burlaría de ti, te respeto demasiado. A cambio, te pido que no me hables como si fuera idiota. Hago cuanto puedo y lo mejor que puedo. Es cuanto podéis exigirme. Mi vida personal me pertenece a mí. Si hay algún problema con eso, diles a los demás que dediquen sus esfuerzos en localizar el enclave del Alfa. Luego organizaremos unas elecciones democráticas para que todos puedan manifestar su opinión.

Vashti lo miró irritada. «No tiene gracia», dijo moviendo los labios en silencio.

No, no la tenía. La única forma en que otro Alfa podía asumir el control de la manada era liquidando a Elijah. Sin esa victoria, no obtendría el respeto que necesitaba para liderar.

—Te mantendré informado —dijo Stephan.

Elijah colgó y fijó de nuevo la vista en el monitor.

—Bien, ¿dónde estábamos?

El sonido del teléfono en la terminal de trabajo interrumpió la conversación. Samuel atendió la llamada.

—¿Estás seguro? Compruébalo de nuevo.

Vash entrecerró los ojos.

—¿Qué te apuestas a que la sangre ha desaparecido?

—No me gusta apostar —respondió Elijah, que no se sorprendió cuando Samuel confirmó las sospechas de Vash—. De acuerdo, localiza sus fotografías.

—No hay problema. Veamos… Aquí hay una. Peter Neil.

En la pantalla apareció una imagen familiar y Elijah torció el gesto.

—Lo conozco. Trabajé con él en un par de ocasiones. No se llama Peter.

—¿Un hermano, quizá? —inquirió Vash.

—No. ¿Veis esa cicatriz en su labio? Es el mismo tipo.

—¿Está aquí? —preguntó Vash a Samuel.

—No le he visto nunca.

—Ha muerto —dijo Elijah secamente—. Murió durante el asalto a un nido hace unos veinte años. Yo estaba presente cuando ocurrió. ¿Tienes unos primeros planos de los otros?

Samuel se puso a silbar y tecleó.

—Este es Kevin Hayes —dijo cuando apareció otra fotografía en el monitor.

Vash contuvo el aliento.

Elijah estaba a punto de perder la escasa paciencia que le quedaba.

—No es él.

—Es la foto que tomamos cuando llegó aquí —insistió Samuel.

—Es un error. Ése es Micah McKenna.

—¿McKenna? Espera un momento. Vale, hay un Micah McKenna en el sistema. Sí… tienes razón. Llegó el mismo día que Kevin. Puede que alguien confundiera las fotos y las archivara en el lugar equivocado. Aquí está la foto del historial de Micah. —En el monitor apareció la misma foto—. Alguien la ha jodido.

Pero Elijah tenía la vista clavada en los datos del historial, que se había abierto junto con la foto. Leyó rápidamente toda la información que contenía: datos de su compañera, archivos de traslados y matanzas, gráfico de reproducción.

—Mintió —dijo Vash—. Le pregunté qué edad tenía y dijo…

—Cincuenta años. —El expediente oficial de Micah indicaba que tenía ochenta años, lo que implicaba que era posible que matara a Charron. Si hubiera tenido cincuenta años habría sido demasiado joven, la coartada perfecta—. ¿Dónde está la foto del tercer licano?

—Aquí. —Samuel hizo que apareciera en el monitor—. Anthony Williams.

Al reconocerlo, Elijah apretó los puños.

—Busca a Trent Perry.

—Vale… Sí, también está aquí.

—Vaya, vaya —murmuró Vash—. La misma foto que la de Anthony.

El mundo de Elijah se desmoronó al comprender que los hombres en quienes había confiado le habían traicionado a él y a los demás licanos.

Vash empezó a pasearse de un lado a otro de la habitación.

—Es una conspiración. Crearon una pista falsa de tres licanos imaginarios y los absolvieron de toda culpa en la muerte de Char. ¿Por qué, maldita sea? ¿Por qué protegieron los Centinelas a tres perros rabiosos?

Elijah le dirigió una mirada advirtiéndole que no dijera nada más.

—Samuel, consígueme una copia de todos estos archivos, tanto en pendrive como en disco. Busca también la ficha de Charles Tate, y agrégala al resto. Es el que utiliza el alias de Peter Neil.

Vash se detuvo frente a él.

—¿Trent está muerto al igual que Micah y Charles? ¿He estado persiguiendo a unos fantasmas?

—Trent estaba conmigo en Phoenix durante el viaje en que Nikki atacó a Adrian y encontramos a Lindsay. —La besó en la frente y murmuró—: Quizá tengas que pelear con ella para echarle el guante. Ella también quiere atraparlo.

—¿Por qué?

—Te lo explicaré más tarde. Ahora larguémonos de aquí.

20

Vash no se percató de lo furioso que estaba Elijah hasta que llegaron al hotel y él empezó a meter sus cosas en su bolsa.

—Elijah. —Ella le detuvo cuando pasó frente a ella.

—Recoge tus cosas. Quiero sacarte de aquí. No me fío de este lugar. No me fío de lo que queda de esa manada.

—Elijah.

—Si tú no lo haces, lo haré yo—contestó él con aspereza, mientras entraba en el baño para recoger los artículos de tocador—. Luego no te quejes si me dejo algo.

Cuando salió, ella se plantó ante él.

—¡Háblame, maldita sea!

—¿Qué?

—Estás cabreado.

—Por supuesto que estoy cabreado. —Él arrojó las cosas que sostenía en la mano sobre la cama y gruñó—. ¿Sabes lo que me dijo Rachel antes de instigar la rebelión en Lago Navajo? Me dijo «tú eres el responsable de esto». Ahora me pregunto si me han manipulado sin que me diera cuenta. Está claro que querían que tú y yo nos matáramos el uno al otro. Si no nos hubiéramos puesto a fornicar como animales en celo en cuanto nos vimos, uno de nosotros, o los dos, estaríamos muertos. No hubiésemos compartido lo que nos ha traído hasta aquí y Syre estaría buscando sangre.

—¿Crees que fue Micah quien dejó tu sangre para que yo la encontrara?

Él cruzó los brazos, tensando las sisas de la camiseta que había tomado prestada después de mancharse la suya de sangre.

—Tú mataste al compañero de Micah pero a él lo mantuviste con vida para interrogarlo. ¿Por qué no a la inversa?

—Era un bocazas. No dejaba de provocarme y comportarse como un gilipollas. Fue fácil elegirlo a él.

—Él te lo puso fácil. Y creo que es posible que tú reconocieras su olor por el ataque contra Charron sin siquiera darte cuenta. Quizás incluso lo reconocieras del secuestro de Nikki. Puede que siempre lo hayas sabido, pero estaba enterrado en el fondo de tu mente.

—Tengo el olor de los asesinos de Charron grabados en mi memoria. No me pasarían inadvertidos.

—Una vez tuve que defender mi derecho a reivindicar la autoría de una muerte porque una licana malherida había sangrado sobre el cadáver. Olía más a ella que a mí. Si Micah tuvo acceso a mi sangre para tenderme una trampa, es evidente que tuvo acceso a la sangre de otros. Teniendo en cuenta lo complicado que debió ser crear esa pista falsa, dejar un par de bolsas de sangre junto al cadáver de Charron tuvo que ser fácil. Y los dos sabemos cómo apestan las vísceras recién arrancadas de un cadáver. Eso explicaría por qué fue un ataque tan brutal, porque querían que el hedor ocultara sus identidades.

Vash se dejó caer en la cama.

—¿Por qué?

Elijah se colocó en cuclillas frente a ella.

—Para destruirte. Supongo que llevan años tratando de conseguirlo. Primero a través de la muerte de Charron, luego a través de mí. Micah es el hilo conductor en este asunto. No me digas que fue una casualidad, porque no lo creo.

—No. —Ella soltó un resoplido—. Yo tampoco lo creo.

—Y no podemos olvidar que tu doble atacó a la madre de Lindsay. Lindsay creció con la obsesión de matarte.

—Debían saber quién era ella. Que portaba el alma de Shadoe en su interior.

—Sí. Al igual que sabían que Adrian o Syre la encontrarían, y a través de ellos, ella te encontraría a ti. Eso explica por qué no la mataron junto con su madre. Por lo que he podido comprobar, a los esbirros que se vuelven locos les gusta la sangre de niños.

—Dicen que es más dulce que la de los adultos —murmuró ella distraídamente, frotándose el dolor que sentía en el pecho. Pensar que Char murió a causa de ella…—. No soy tan importante como para que se complicaran tanto la vida.

—Eres importante para Syre. Y mucho. Como lo era Phineas para Adrian. —Elijah tomó las manos frías de Vash en las suyas—. Esta es una guerra psicológica destinada a destruir a los jefes liquidando a sus segundos. Es probable que Micah se sacrificara deliberadamente por la causa, al igual que sospecho que hizo Rachel. Querían manipularme de determinada forma para conseguir sus fines.

—¿Para colocarte a ti y a los licanos en una situación de control? ¿De esto se trata? ¿Convertiros en la facción dominante?

—Lo ignoro. —Él se pasó la mano por la cara—. Eso no explica los archivos manipulados y la sangre que ha desaparecido; sólo los Centinelas tenían acceso a las instalaciones de criogenización y a los centros de datos. Y tu doble indica que los vampiros también estaban involucrados en el asunto. ¿Por qué querían colocar a los licanos en lo alto de la cadena alimenticia?

—Unos vampiros entregaron a Lindsay a Syre…, después de que un Centinela la raptara de Angel's Point.

—Ya. Tenemos a los vampiros, licanos y Centinelas equivocados implicados en este asunto. La cuestión no es quién está sucio, sino si todos se han ensuciado juntos.

Vash retiró la mano de entre las suyas y le acarició el rostro. Luego le explicó la conversación que había tenido con Syre.

Él maldijo y se levantó.

—Tengo que volver. Tengo que regresar junto a Adrian.

Ella también se levantó. El corazón le latía con furia.

—¿Qué?

—Los Centinelas corren peligro. Cuando se sepa que su sangre constituye la cura, irán a por ellos. Necesitan ayuda. Al menos tengo que intentar alcanzar una alianza con ellos.

—Si quisieran, podrían liquidar a un centenar de vampiros en un minuto. Nunca te han necesitado realmente.

Él la miró con gesto irritado…, y resuelto.

—Nosotros los necesitamos a ellos. Pese a sus defectos, mantienen a los esbirros a raya.

—¡Los esbirros se están muriendo, El! —Pero en el fondo sabía que no lograría disuadirlo.

—Tengo que regresar ni que sea por lo mucho que Micah se esforzó en obligarme a que me fuera. Tiene que haber una razón para ello, y no voy a seguirles el juego.

—¿Y yo? Te necesito. Mi gente te necesita.

Elijah la abrazó con fuerza y la besó en la frente. Permaneció unos instantes en esa postura, sintiendo que su ritmo cardíaco se aceleraba más de lo normal.

—Ellos te tienen a ti, tesoro. Eres un ejército de una sola mujer.

Ella lo sujetó por las trabillas del pantalón con firmeza. El pecho y el cuello le ardían.

—No puedes pedirme que haga esta elección. No es justo.

Él le acarició el pelo, apartándoselo de la cara. La miró con tal ternura, que ella sintió un dolor que casi no le dejaba respirar.

—No te pido que hagas nada, Vashti. Te digo lo que yo tengo que hacer.

Vash se quedó inmóvil mientras él la obligaba a soltarlo y se apartaba de ella. Le vio recoger los objetos de la cama y meter sus pertenencias en su bolsa y las de ella en la suya. Separándolos. Dividiéndolos.

—Que te den, licano. —Vash apretó los puños. Experimentó una perversa satisfacción cuando él se detuvo, sorprendido—. No puedes hacer que me enamore de ti y luego largarte tranquilamente. Estamos juntos en esto. Tú y yo.

—No me largo. —Él se volvió hacia ella y cruzó los brazos—. Eres mía, Vashti. Nada puede cambiar eso. Si aún no te habías dado cuenta de eso, tenemos un problema más gordo que la guerra en la que estamos a punto de meternos.

Vash sintió que el puño que le atenazaba el corazón se relajaba.

—¿Entonces qué diablos haces?

—Dejar que seas lo que debes ser. Dejar que seas la mujer a la que amo, aunque eso signifique que estés al otro lado del mundo, al otro lado de la línea. Si te obligo a seguir mi camino, te perderé. Lo sé, porque si tú trataras de obligarme a seguir el tuyo, me perderías a mí.

—No puedo vivir así, El. —La angustia que se estaba apoderando de ella hacía que sintiera náuseas y frío. Empezó a pasearse de un lado a otro de la habitación—. No podemos estar separados, trabajando uno contra el otro. Tenemos que hallar una solución con la que podamos vivir.

—¿Se te ocurre alguna? —respondió él sin perder la calma—. Tengo que llamar a Lindsay y decirle que el vampiro que probablemente mató a su madre está muerto, lo que será al mismo tiempo un alivio y un problema, porque ella quería matarlo personalmente. Luego le diré que es probable que yo sea el culpable de que mataran a su padre, puesto que había elegido personalmente al equipo de licanos encargados de custodiarlo y uno de ellos era Trent. Después informaré a Adrian de que Syre sabe que la cura reside en la sangre de Centinelas y que dentro de poco lo sabrán también otros vampiros, por lo que no hay tiempo que perder. Entretanto, Syre tiene a unos renegados infectando a su gente y yo a unos licanos saboteando deliberadamente mis relaciones con ambas partes. ¿Dónde está el terreno neutral?

—En Suiza.

Él arqueó una ceja.

—¿Quieres huir a Suiza? ¿Ése es tu plan?

—No, nosotros seremos Suiza. Tú y Lindsay formaréis un equipo, Syre y yo formaremos un equipo, y tú y yo seguiremos siendo una unidad. Salvaremos la brecha entre los dos bandos. En este momento, la principal prioridad de todos es el Virus de los Espectros. Si todos lucha-mos contra el mismo enemigo, es lógico que aunemos fuerzas.

—¿Desde cuándo ha impedido el sentido común que estalle una guerra?

—No creo que Syre entable una guerra sin mí. Me consta que se lo pensaría dos veces si yo me opusiera. Si tú consigues convencer a Adrian de que el riesgo para los Centinelas es demasiado grande sin tu ayuda, quizá logremos frenarlos a los dos. Especialmente si averiguan que nos han tendido una trampa a todos. Al igual que tú, no querrán seguirles el juego a sus enemigos. Merece la pena intentarlo.

—De acuerdo.

Vash se detuvo en seco, asombrada de que él hubiera cedido con tanta facilidad.

—¿Así, sin más?

—Es peliagudo, complicado, y probablemente nos saldrá el tiro por la culata. El Virus de los Espectros en realidad no es un problema de los licanos…

—¿Y el hecho que te consideren una exquisitez?—apuntó Vash.

—Ya, supongo que sí. —Él siguió haciendo el equipaje—. En cual-quier caso, haremos lo que podamos.

Ella experimentó una sensación de alivio que la impactó como un camión articulado. Quizá fue por eso que dijo de sopetón:

—Y quiero ser tu compañera.

Elijah se quedó helado, con la mano suspendida sobre la cremallera de la bolsa que iba a cerrar.

—Vashti.

Ella comenzó a hablar atropelladamente, sintiendo que el corazón le latía con furia y tenía las palmas de las manos húmedas.

—Sé que es egoísta. Si alguien quiere obtener mi sangre y consiguen abatirme, tú caerás conmigo. Sé que los licanos no viven mucho tiempo después de perder a su compañera o compañero, pero…

Él se colocó frente a ella y la miró a los ojos.

—Yo caeré tanto si eres mi compañera como si no. Supuse que lo sabías. Estoy sentenciado, Vashti. Creo que lo estoy desde que me diste esa charla para levantarme la moral en la cueva.

Vash se arrojó en sus brazos.

—Eres lo peor que me ha ocurrido en la vida. Lo has jodido todo.

Él se rió, y el sonido de su risa eliminó al estrés y el temor que habían hecho mella en ella.

—Y no hemos hecho más que empezar.

—Podremos comunicarnos sin palabras, ¿verdad? Tendremos esa ventaja.

—Entre otras. —Él le apartó el pelo de la cara—. Seremos más fuertes si formamos una unidad conectada… y más vulnerables. Sabrán cómo herirnos.

—Entonces no se lo diremos a nadie. Yo seré tu rollete con colmillos y tú mi juguete sexual. Dejaremos que los demás piensen que nos estamos utilizando el uno al otro, pero nosotros sabremos que no es así.

—No tienes que hacer esto —dijo él con dulzura—. Puedo esperar a que estés preparada.

—Estoy más que preparada. No intentes impedírmelo, cielo.

Ella llamó a Syre y le dijo lo que habían averiguado sobre el ataque contra Charron. Entretanto, Elijah llamó a Lindsay y le dijo que tenía que reunirse con ella y con Adrian. Luego Vash y El terminaron de hacer el equipaje y se dirigieron al Centro de Reactores de Huntington para esperar la llegada de uno de los aviones privados de Adrian.

Cuando ultimaban el papeleo para devolver el vehículo que habían alquilado apareció una empleada de la agencia con un sobre en la mano.

—Señor Reynolds —dijo la bonita joven de pelo rubio rojizo, exhibiendo una sonrisa cautivadora que hizo que Vash se aproximara a su hombre con gesto posesivo—. Se ha dejado esto en el asiento trasero.

—Eso no es mío.

Elijah frunció el ceño y tranquilizó a Vash demostrando que los encantos de la chica de la agencia le dejaban indiferente.

—Su nombre está escrito en él.

Elijah aceptó el sobre y lo abrió, extrayendo su contenido. Unas fotografías. Tomadas a través de una ventana, como las fotos tomadas por un investigador privado. Vash reconoció de inmediato a la Centinela que aparecía en ellas.

—Helena —murmuró—. Caray. Haciendo cosas que no debe. Con un tío cachas.

—Mark —dijo Elijah con tono sombrío—. Un licano de la manada de Lago Navajo.

Tardaron unos instantes en asimilar la importancia de las imágenes que tenían delante. El hecho de que un o una Centinela follara con alguien, fuera quien fuera, era de por sí insólito.

—Es increíble.

Él examinó las fotos rápidamente, convirtiendo las imágenes en una minipelícula. La pareja abrazándose con pasión, besándose…, desnudándose…

De pronto vieron una figura enmascarada en la habitación con ellos, de pie junto a la cama, en una postura tan amenazadora que Vash sintió que se le erizaba el vello de los brazos. La siguiente fotografía era de la ventana con las cortinas cerradas, seguida por varias imágenes del interior de la habitación, unas escenas de una carnicería tan espeluznante que ella sintió que se le formaba un nudo en el estómago: Helena con las cuencas de los ojos vaciadas, sus hermosas alas arrancadas de la espalda, su amante postrado en el suelo, pálido y exánime, con dos diminutos orificios en el cuello. El sello con la fecha y hora en la esquina inferior derecha de las fotografías indicaba que habían sido tomadas hacía casi un mes.

—¿Qué es esto? —murmuró Vash, desolada—. ¿De dónde salen estas fotos? ¿Qué diablos se supone que debemos hacer con ellas?

Elijah guardó el sobre en su bolsa de viaje.

—Alguien nos ha enviado un mensaje que debemos descifrar.

Se apresuraron en concluir los trámites en el mostrador de la agencia de alquiler de vehículos y se dirigieron al hangar para coger su avión. Entre ellos se hizo un silencio que, pese a estar plagado de interrogantes, no les incomodaba.

Vash entrelazó sus dedos con los de él mientras esperaban en la pista.

—¿Estás seguro de que quieres ir a Alaska? Es un vuelo muy largo, El. Quizá sería preferible organizar una videoconferencia. O podemos esperar a que Lindsay y Adrian regresen.

Él la miró.

—¿No te he dicho que los reactores de Adrian disponen de una cabina habilitada como dormitorio?

—¿De veras? —Ella sintió un calor abrasador, capaz de fundir su temor y angustia durante varios días—. No, creo que olvidaste mencionar ese detalle.

Él se inclinó hacia ella y la besó en la sien.

—Cuando aterricemos serás la compañera de un licano.

—Perfecto. —Vash apoyó la cabeza en su hombro, permitiéndose el lujo de deleitarse con el maravilloso regalo que suponía tener a alguien en quien apoyarse—. Quizá te aficiones a volar.

La doctora Karin Allardice llegaba tarde, como de costumbre. Después de tomar su maletín del asiento del copiloto de su elegante Mercedes AMG negro, se volvió y apoyó un pie calzado en un zapato con un tacón de vértigo en el suelo.

La mañana era fresca, pues el sol apenas había asomado por el horizonte. Frente a ella se extendía el amplio césped que llenaba el espacio entre la zona reservada del parking y la entrada de su laboratorio. La frondosa y verde hierba relucía aún con las gotas de rocío, y el aparcamiento estaba desierto. Dentro de unas horas tendría que lamerle el culo a uno de los filántropos más destacados de Chicago. Una donación de varios millones le sería muy útil, pero sabía que no debía hacerse ilusiones. A lo sumo organizarían otra gala para recaudar fondos, otra interminable velada en la que el cátering costaría un ojo de la cara y ella tendría que arrastrarse ante potenciales benefactores mendigando una limosna.

Cuando se disponía a apearse, le sorprendió ver a un hombre de pie junto a su coche. Durante unos instantes se sintió confundida, pues éste parecía haber surgido de la nada, pero enseguida se tranquilizó. Todos los pensamientos que le habían estado dando vueltas en la cabeza se desvanecieron al contemplar al hombre más impresionante que había visto en su vida.

Él le tendió la mano.

—¿La doctora Allardice?

Dios, su voz era tan deliciosa como todo lo demás. Cálida y sensual, como un buen whisky añejo.

—Sí, soy Karin Allardice. —En cuanto sus dedos tocaron los del desconocido, sintió una descarga eléctrica que le recorrió el brazo. Sorprendida por la intensidad de su reacción física, cerró la puerta del coche y respiró hondo para recobrar la compostura—. ¿Puedo ayudarlo en algo?

—Eso espero. Me han dicho que es una afamada viróloga. ¿Es cierto?

—Es muy halagador. —Ella se apartó el pelo de la cara—. Mi especialidad es la virología, sí.

La suave luz del amanecer envolvía al desconocido en un resplandor dorado, realzando el brillo natural de su cabello negro y espeso y la belleza de su piel de color caramelo. Sus ojos, de un insólito color ambarino, estaban enmarcados por unas pestañas oscuras y espesas. Su voluptuosa boca excitaba los sentidos. El labio inferior, firme y bien dibujado, era lo bastante carnoso como para que ella pensara en el sexo mientras que el superior incitaba al pecado. Lucía un terno que le sentaba de maravilla, y cuando su boca se curvó en una sonrisa ella contuvo el aliento.

—Me he enterado hace poco de que ha aparecido un nuevo virus, doctora Allardice. Me gustaría conocer su opinión al respecto.

—¿Ah, sí? —Ella obligó a su mente a seguir funcionando—. Desde luego, estaré encantada de examinarlo, señor...

—Syre —respondió él—. Excelente. Confiaba en que accediera a colaborar.

El destello de unos colmillos insólitamente largos fue lo último que vio la doctora antes de que el mundo se sumiera en la oscuridad.

ECOSISTEMA DIGITAL

NUESTRO PUNTO DE ENCUENTRO

www.edicionesurano.com

2 AMABOOK
Disfruta de tu rincón de lectura
y accede a todas nuestras **novedades**
en modo compra.
www.amabook.com

3 SUSCRIBOOKS
El límite lo pones tú,
lectura sin freno,
en modo suscripción.
www.suscribooks.com

DISFRUTA DE 1 MES
DE LECTURA GRATIS

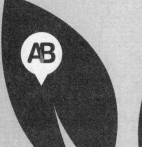

1 REDES SOCIALES:
Amplio abanico
de redes para que
participes activamente.

4 QUIERO LEER
Una App que te
permitirá leer e
**interactuar con
otros lectores.**